99年散文選

宇文正 主編

2010

九歌

《99年散文選》

年度散文獎得主

蔣 勳

作品

〈滅燭，憐光滿〉

年度散文選 99

九歌散文獎感言

蔣勳

散文在文學不同的形式中最難歸類，詩的格律性很明確，小說的故事性也很清楚，然而，散文在詩與小說之間，卻並沒有絕對一眼可以看出的形式規範。

散文也許更是一種文體風格吧——司馬遷的文體不同於陶淵明，陳映真的文體也不同於七等生，我常常喜歡反覆朗讀某些作家的文體片段，咀嚼出好的書寫者的文字風格。那些片段，通常都可以獨立成為極美的散文，散文因此或許是書寫者最核心本質的精神面貌吧。

散文書寫因此對我並不是形式上的追求，而更是一種書寫者在生命本質上的不斷焠鍊吧。謝謝九歌給我二〇一〇年的散文獎，大病初癒，知道生命應當如何謙卑。

輯五　時代·最好的時光

像我這樣一個無可救藥的樂觀主義者

——《九十九年散文選》序

宇文正

我一直認為台灣是華文世界裡散文發展最蓬勃的地區，換種說法，我們的作家較世界各地華文作者都擅於寫散文。猶如食不厭精的豪門之家，台灣地區長年以來整個孕育散文的環境，練就散文作家不但文字鍛鑄，或精緻、或曠達、或飛揚、或平淡雋永，甚且大膽跨界吞併小說、詩的疆域，乃至哲學、美學、自然、歷史……領域。散文，這一個在諾貝爾文學獎裡毫無地位的文類，在台灣卻是一支基業厚實、陣容龐大的族裔。要想從文學裡看一個社會的脈動與活力，在台灣，不得不看散文。

民國八十八年我初進聯副，為當屆聯合報文學獎散文組撰寫決審記錄時，用了這樣的標題——「散文的時代」，十一年後，編選年度散文，定期掃描報紙副刊、文學雜誌及各大文學獎項，檢視整個文學環境，尤其傳播形態的發展、發表的生態、讀者的感應，以編輯檯上第一手的觀察，散文仍然占極大的優勢、獲得讀者最直接的回饋。

在這樣的文學環境裡編選年度散文，壓力如何不大？我對這個選本的期望值：形式、內容必須多元並陳，作者必須老中青兼顧，尤其不能忽略文字美學的傳承與創新。

接下這個年度任務之後，除了一般文學刊物的閱讀，這一年是我參與過最多文學獎評審的一年，有些獎項，我甚至主動要求更換文類，不看小說改看散文。關於文學獎，很多作家提出過警語，盼望文學的書寫、發表應該回歸常態，這一點無庸置疑，但我仍細密檢視眾多文學獎得獎作品出於兩個理由：第一，得獎作品的誕生（未必是第一名），經過初、複、決審階段，集眾多文學菁英的審察、辯論，它們往往提醒我，有另一種品鑑的觀點，彌補我的不足或偏見。第二個理由算是我的溫情主義吧！也許我比大部分人更了解現在作品發表的困難度。我的辦公桌抽屜裡滿滿的稿子，一年只有三百六十五天，一天只能取用約五千字的稿量，而作家何其多，舉目能投稿的刊物有幾個？產量正豐的年輕創作者如果不甘心隨意把作品丟在網路上，又該何處去呢？我想至少理應給予這些作品公平的對待。

說到網路，這才是我心中滿滿的一大片遺珠。紙本文學刊物已成稀有物，照理說，在無限遼闊的網路發表才是王道，我也曾考慮從中尋找珠玉，很快地，我就棄械投降了。刊物有編輯，文學獎有評審，網路完全沒有，雖然深知其中臥虎藏龍，但胡亂遊逛的結果，我感嘆網海浩瀚，弱水三千，我怎能隨機任取一瓢？這個以人氣匯聚為價值標準的新世界，與經由層層把關而與讀者相見的文壇運作模式，性格上先天就是格格不入的，至少在還沒有運作成熟的「雲端文學副刊／雜誌」出現之前的現階段，也只能彼此尊重，保持距離了。

還有一種遺珠，是因為字數，確實有我非常鍾愛的由歷史說文解詞的長篇散文，我讀了又讀，很想擇一納入選本，但字數一算，近二萬字，這個選本只能容納十餘萬字，這樣的文章選入勢必造成排擠效應，於是到最後階段，我還是割捨了。

選文的過程中，我並沒有設定主題，但是到年底完成篩選後，主題便奇妙地自動浮現了。成長、人生、行旅、沉思、時代，民國九十九年，散文家們在這些大主題裡各自譜曲，交響共鳴。

成長

「龍眼很多的那一天」，母親過世了，〈在龍眼樹上哭泣的小孩〉黃春明，到今天，仍然是那一個小孩，回答老師的那一刻，他便已懂得了文學描述的高妙，因為，「我們的記憶，都寄放在許多人、事、物上」，那一刻起，便注定了他終身要為我們說更多更多的故事。

同樣刻寫一個日子，羅珊珊在詩人父親商禽過世前不久，從書中掉出一張高中時代的紙條，有點嚴肅的詩人，一生總在努力「逃亡」的詩人，面對「有點學壞了」、凡事潛心悖反的女兒，其溫柔、其不知所措，與天下的父親毫無不同。

成長之路上影響廖玉蕙最深的母親，在廖玉蕙一篇篇書寫，一斧一鑿的雕刻下，形象已經鮮活得可從紙頁出走了，〈取藥的小窗口〉捕捉的是母親一抹謙卑的身影。歐銀釧〈曬年糕〉裡的爺爺，則啟動她溫暖的心靈，吉祥祕語深藏心中，不僅是一年，更可成為一生的信念，這是老一輩教給我們的事。已經成為人母的郝譽翔，似有一個角落仍然是個殘酷的少女啊！〈追憶逝水空間〉裡複雜的家族脈絡，極其另類的外省父親形象，如寅時（作者的出生時辰）的灰濛天光迷離灑落，如幻似真。

成長之路，更有面對孤獨、愛情、性向認同乃至於死亡的種種艱難。楊莉敏〈看太陽的方式〉，簡筆寫孩子的孤獨，連悲涼都是我見猶憐的。分手的情人，如何再相見？陳寧〈咖啡店再相見〉，「城市改變了，我們走過的路已經模糊。但我們健在如昔……」那樣平淡的文字，娓娓地道來，竟教我隨著心神恍惚！劉祐禎〈六色的原罪〉，同志身分、父子隔膜，看似近年非常普遍的題材，但他的文字本身就帶著強光，而他只有十八歲，大有資格說「原罪」！楊明的〈別後〉，描畫與朋友死別的一扇窗景。我們從窗外，卻見被白雪急凍的鮮麗青春。

人生

生活種種，原就是散文題材的大宗，無可歸納的都能放進來吧，不過，在我選文成輯之後，這批作品拿在手邊，卻有種玩撲克牌大老二，立即湊出對（Pair）、三條、鐵支、同花順之類的樂趣。

比如王鼎鈞〈四月的聽覺〉和柯裕棻〈春日午後的甜膩及其他〉，都是刻意挑選的輕快小品。氣勢磅礡的長文固有大器之美，但清雋小品卻特別能表現情致性靈。我總覺得看待散文，不能因為當前副刊版面限制及文學獎字數門檻，而致選出一本格局方正，字數齊整的教科書來。

楊邦尼的〈毒藥〉、黃克全的〈生死簿〉、黃信恩的〈網紗象城〉、劉峻豪的〈拍痰〉都寫病，從第一線的病人、至親、醫生的角色面對疾病、看待疾病，〈拍痰〉更以痰的隱喻擴及擔負長期臥病者照護工作的外傭。這類書寫，近來如異軍突起，迭有佳篇。我感覺至少就這一年發表的散文所見，多少帶有布爾喬亞意味的時尚、飲食散文退潮了，凝視病痛、思索醫病關係的作品倍增，我不想太簡單以「高齡化社會」這種說法來詮釋，事實上這些作者都相當年輕，只覺面對這些作品，沉重裡，卻有種被淨化的舒展。

張耀仁〈自己的房間〉與鄭麗卿〈想去遠方〉，一從男孩的角度看外婆被漠視、空洞的人生，到暮年，外婆只說：「我要出去走走。」；一是中年女性凝睇遠方，連呼喊聲都不曾發出，遠方，只是一個心理的方位，只能眺望。女性的空間，在今日，是擴展了？還是被上、下擠壓得更令人窒息了呢？

要看中年女子的內在，怎能錯過周芬伶的〈蘭花辭〉！這篇散文，無論文字、語言技藝的轉變，抑或思緒情感流動的恣肆狂亂，都可視為她創作里程新高峰——《蘭花辭》全書的一面展示櫥窗。

許正平〈冬夜，高鐵下錯站〉卻是一篇妙手偶得的文章，偶然的經驗書寫，有時更讓人會心。雷驤這篇〈沐浴綺譚〉，不同於他大部分散文極簡的速寫風格，此文細膩的描繪，筆端帶著溫度，帶著霧氣，思緒卻是跳躍的，最終把讀者帶進「維納斯誕生」的畫面裡，他卻戛然而止了！馮平〈給吉米的信〉說的是他跟貓兒凱莉的故事，離別、「託孤」的故事，一會兒殷殷叮囑友人善待小貓，一會兒絮絮叨叨回憶與凱莉相處種種，唉！問世間情是何物？

在這一輯裡，刻意最後才提張輝誠的〈生生不息〉，只因我吃東西總把甜的留在後頭。雖說人生不過生、苦、死，但總要循環回來，生的喜悅，永遠滋潤人心。我連看小老鼠生寶寶都會看得滿心歡喜，何況聽張輝誠說他家嚕嚕呢？我是這樣一個無可救藥的樂觀主義者呀！

行旅

前面說到，感覺飲食文學在這一年裡似有退燒跡象，那麼旅行文學呢？

行旅各地，在住過許多地方以後，大哉問：「就是這樣了嗎？青山後再沒有青山了嗎？有那麼一個地方，一沙一石一草一葉都給我們歡欣嗎？」以理性哲思見長的張讓，她的〈也許有一個地方〉可為此卷開宗明義，這是一個舉世遷徙、移民、游牧的時代，對遠方的嚮往，也可能成為一種鄉愁。

於是我們讀到的旅行文字愈來愈非典型。那個曾經垂釣睡眠的女孩鍾怡雯，在〈夜色漸涼〉的春日再度等待不告而別的睡眠，是那冬日出走歐洲所遇，巴黎白茫茫的大雪、普羅旺斯霸道的陽光，還是友人突如其來的告別帶走了夢與睡眠呢？

王盛弘〈廁所的故事（二〇一〇）〉則是一篇道在屎尿的旅行版，將汙穢之事收攏於美的尺幅，從日本旅店到童年鄉廁，到誠品的自動馬桶蓋，到職場裡的心靈轉運站；一如旅行相對於日常，廁所是生活裡的逃逸出口，是最個人、最私密的道場。

余光中盪氣迴腸的〈雁山甌水〉，歷數雁蕩山身世與一行老當益壯之遊，年度最壯美的一篇遊記，非此莫屬！

回到我們的生活周遭，鄭衍偉的〈陶淵明說悄悄話〉，以靈動之筆，如清明上河圖般流動的視角，走過士林下樹林街，亦走過了時間之流。方秋停〈兩面海洋〉，思索太平洋與台灣海峽，隔著蕭條與繁華，隔著美與亂，隔著山嶺，隔著一頁頁的衝突爭戰……

回過神來，一如張讓所說，鄉愁——具備了雙重意義：對舊地的惆悵，或是對遠方的嚮往。

沉思

散文不止於傳統的抒情、敘事、詠物；談藝、論道、哲思，讓散文的延展性更發揮到極致。

林谷芳寫富春江，意不在山光水聲，不在途道風景，〈真山真水〉談的是中國山水，也是中國人的生命情性。

王文華在民國九十九年青年節懷想九十九年前的「烈士」，好比林覺民，死時僅有二十四歲，他只是一個「剛戀愛的少年」，他還是個酒鬼，「他也是一個爸爸」……重新認識他們，不從「烈士」的角色，而是認識那些「人」。這是一場別開生面的私人紀念會。

劉克襄〈雲豹還在嗎？〉，書寫一個追尋雲豹的傷心故事，以及「小獵人」給我們的夢。雲豹還在嗎？你的夢想還在嗎？

葉佳怡〈七個清晨〉、徐孟芳〈質數〉，兩個年輕女子審視自己的孤獨，前者浪漫迷離，後者理性中有慧黠。

然後我們品讀的視線來到蔣勳的〈滅燭憐光滿〉。暈黃溫暖燭光下，詩人張九齡起身吹滅蠟燭，頃刻，月光洶湧進來，如此飽滿。那樣的月光，在京都嵐山腳下，在莫內的畫布中，在東海岸石梯坪海上……月光無處不在。蔣勳解詩，讀帖，看畫，談美，說的無不是人生！

蔣勳近年大量、系統的美學書寫，融會中西，遠遊歷史，近及生活小事小物，挑動整個華人世界的美感神經，謹以年度散文獎致敬。

時代

比起九十八年（西元二〇〇九年）——「一九四九」六十年的熱潮，這一年出版界的焦點不再是「大時代」了，但時代的故事在散文書寫的脈絡裡從不會停歇。

不談人的「大時代」，朱天心追憶街貓逝水年華，篇篇精采耐讀，這本集子以〈我的街貓朋友——最好的時光〉作為代表。回應朱天心尊重一切生靈的殷殷呼籲——我們祈願：「最好的時光」才將要到來！

林文義〈光影迷離〉回首青春，及他走過的工作職場、編輯時光。必定有某種自我投射吧，文中那段「副刊編輯檯前」的為難、憤慨，讀來實在是心有戚戚啊！

吳鈞堯在〈我與金門的四個年代〉中，為他的心靈原鄉——金門註記四個時光標籤。瓦歷斯．諾幹的〈烏石柔軟〉則以泰雅人角度書寫「烏石坑」閩客莊園的開墾史，文字簡練，形式卻近於報導文學，是這個選本裡的異數。

呂政達〈避雨〉以小說筆法鋪陳白色恐怖遺留的氛圍、被時代壓抑的人心，遲來的坦白，比起慷慨陳詞更令人揪心；鍾文音〈建國村的少女夜憶〉旁敲老眷村、側擊「村人」複雜的身世，一樣具有小說質地。

祕魯作家尤薩去年（二〇一〇）十月摘下諾貝爾桂冠，記憶力驚人的季季追憶三十三年前尤薩首次來台種種，她為這篇雜憶下了一個令人莞爾（苦笑？）的標題：你們國家的作家，都是這麼富有嗎？

最後要說一說這篇蔡素清口述、蔡怡執筆的〈兩百里地的雲和月〉，一支素樸之筆，竟能如此深刻表現戰爭的殘酷、人性的怯懦、良善和苦難裡的光輝，我想，只因為真切，只因為，是那樣的一個時代吧！

一　成長・看太陽的方式

曨年糕**歐銀釧**　咖啡館 再相見**陳寧**　別後**楊明**　黎明，才正要降臨**羅珊珊**　在龍眼樹上哭泣的小孩**黃春明**　取藥的小窗口**廖玉蕙**　看太陽的方式**楊莉敏**　六色的原罪**劉祐禎**　追憶逝水空間**郝譽翔**

曬年糕

歐銀釧

一九六〇年生，台灣澎湖人。世新圖書資料科與東海大學中文系畢業。一九九七年創辦台灣第一個監獄寫作班；曾獲《台灣文學年鑑》選為「十大文學特寫人」之一；二〇〇一年獲「五四文學獎」之「文學教育獎」。散文〈澎湖太武村五號〉收入台灣第一套地誌文學選集《閱讀文學地景》散文卷。曾任《皇冠雜誌》編輯、《聯合報》系《民生報》資深記者。現任星洲媒體集團駐台灣特派員，「少年天人菊寫作班」指導老師。

著有《城市傳奇》、《藏在澎湖的夢》、《生命的瓶中信》、《不老的菜園》等書。

「屋頂上曬著吉祥好話，上去翻翻看。」

一直記得外公說的這句話。

童年時，我住在澎湖三合院古厝裡。年節裡沒吃完的年糕切成一塊塊的，像小孩子的手掌般大小，放在古厝的屋頂上曬太陽，要曬成年糕乾。

我和外公爬上屋頂，把年糕一塊塊排好，讓每一塊都曬到太陽。每當曬了一陣子，外公就喊我一起上屋頂去，把年糕翻面。

「你看，這塊是萬事如意，那塊是平平安安……。」外公說，這些年糕充滿了祝福，所有的吉祥話都在這裡了。

明明只是一塊年糕，可是外公看到裡面有著祝福話語，我卻看不到。

「沒有吉祥話啊？」我翻著年糕仔細地瞧著。

「再看看。拿起來對著陽光看，妳會看到的。」外公說。

「啊！歲歲平安。」我看著那米色的年糕，想到我在年節期間不小心摔壞了一個碗，大人沒有罵我，趕緊說「歲歲平安」。一時之間，好像這句話就在年糕上浮起來了。

那時也不知道這四個字是什麼意思，只知道是好話。後來，外公才告訴我，那是「碎碎平安」的諧音。轉個彎，說好話，過年時不罵小孩，不吵鬧，祈求吉祥如意。

那些年，我和外公在屋頂曬年糕的記憶，深印心底。

遠遠的，好像還聞到濃濃的香蕉油味。那是過年時炊粿才有的味道。遠遠的，好像還見著外公身手俐落，翻身上屋頂曬年糕的模樣。

冬日時分，風剪著銀合歡。冷冬裡，遠遠的，見著家裡灶房裡冒出來的炊煙，心就暖了起來。

「無日無風」，東北季風來了之後就是這個景象。沒有一天沒有風。外公說，澎湖人天生就是與風一起生活。

整個冬天吹著冷風。蕭瑟中，年節的味道帶來無限的暖意。

從冬至開始，家裡的「石磨」就忙了起來。家人忙著磨米成漿，再用石塊壓出水，將米糰搓成湯圓。之後，春節的大事就是炊粿、蒸發粿。祥和才能迎來好運，長輩早早叮嚀，不能說不吉利的話，不能吵鬧、打架。

要炊年糕囉！

我從除夕開始就想著吃年糕，但要到初二之後才能嘗到。有時就這麼切了一塊嘗嘗，有時候母親會在年糕外頭裹一層麵糊，起油鍋，炸成金黃色。外酥內軟的甜年糕，趁熱吃，美味無比。連屋外的東北季風似乎都聞香而至。

吃年糕的時候，母親都愛隨口念一句「吃年糕，長得高」。有一次到鄰居家裡拜年，聽見大人對我說：「食甜甜，乎你快大漢」，我依著家人教我的，回應了吉祥話。

誠心誠意的吉祥話似乎特別靈驗。每一年，我都長高一些。

年糕曬得乾乾的。曬好的年糕，好像足夠吃整個春天。我們到田裡或到海裡工作，總是一路嚼著年糕乾。

「嚼到那一句了?」外公神祕的問我。

「快快樂樂。」

「哈哈,那是我送給你的吉祥話……。」他高興得笑起來。

每翻動一塊年糕,彷彿見著一句吉祥好話:「平平安安」、「吉祥如意」……。那是外公在古厝屋頂上告訴我的祕語,只有我和天空聽見了。

——原載二〇一〇年一月二十六日《人間福報》

咖啡店　再相見

陳寧

香港作家，筆名塵翎。香港中文大學新聞與傳播學系畢業，英國艾塞克斯大學社會學碩士。曾任記者、編輯。城市漫遊者。長住香港，曾旅居英倫、台北、巴黎、紐約。偶爾從事劇場創作與音樂練習。

著有《六月下雨七月炎熱》、《八月寧靜》、《風格練習》。二〇一一年將出版短篇小說集《交加街38號》。

分手的時候，在茶餐廳。我們對望著，喝完了奶茶，當是道別。後來我每次走過那家茶餐廳，總看看窗邊那個卡座，坐的是甚麼人。後來，茶餐廳結業了，換上一家連鎖化妝店，午膳時間擠滿購買廉價唇彩的辦公室女子。黑短裙白襯衣，手裡拿著小布袋。而我還住在那條街上，開始忘記了那家餐廳，還有你的樣子。

再碰上的時候，在咖啡店。那是一個昏暗的冬日下午，一家普通不過的商場咖啡店，賣有機食物，手製的麵包擺放在門外的鐵架，排列整齊。旁邊也有一些自家製的果醬、有機白酒，都能引起人們的購物意欲。我在門邊的桌子旁，等待一個在附近上班的友人。天氣很冷，圍了頸巾還是直打哆嗦。我點了一杯熱的卡布其諾，再加一個杏仁牛角包。下午茶時光，店裡人不多，鄰桌看來像一對退休老夫婦，丈夫喝的是熱茶，英式雕花藍杯，妻子喝咖啡，短小的白瓷杯，兩人分食一個藍莓蛋糕。空出來的椅子上放了一大個購物袋，大概是減價的精品。夫妻不多話，妻子頭髮染暗紅色，耳戴珍珠耳環，臉圓，化了淡妝，嘴唇是暗紅，顯得素靜而雍容。丈夫也沒禿髮，齊整地撥向額側，穿典型的有領馬球衣，戴著一枚不錯的腕表，氣質儒雅。可想而知，我在等人時多麼百無聊賴，把別人都看得仔細。心裡想著，或許有一天，我和戀人在年老的時候，也有這樣的閒情，共聚一頓下午茶。

然後你從我身邊走過。儘管有八年沒見，單憑背影我仍然一眼看出是你，我拉拉你的手臂，喚你的名。你回過頭來，也一眼認出我，眼神裡既是驚喜又是微微慌張卻轉瞬即逝，你二話不說拉出椅子坐到我身旁，這爽快教我覺得可親。「妳還好嗎？」你輕聲問。你沒有喚我的名。（我不知你會如何喚我。）我回說，還好還好，聲音卻有點哽咽，是甚麼卡在喉嚨裡。也許是這些兜兜轉轉的年月。我們快速地交換了近況，家中各人的健康、工作、情感事項，無一遺漏。我確定你妹妹健康無恙，感到安心。你也確知我在離開你之後，做了你想我做的所有事，你也深感欣慰。

為了令氣氛更輕快一點，我開始向你炫耀古董腕表的知識，都是你當初教曉我的。也跟你述說，現在的一些收藏。你果然雀躍起來，如果是往時，或許會拍拍我的頭以示讚許。關於音樂，我說我沒有再吹長笛了，只是打算去學鋼琴。你從前的樂隊已經解散了，只偶爾聚在一起彈點結他。我們又說到共同的朋友，共同的音樂品味。我覺得和你分別之後，我和你的世界更近也更遠。

你一點也沒有改變，髮型、衣著風格，一身的藍，甚至笑起來眼角的細紋也是如昔。過後你說，我的電話電郵都還是那個。我的電話號碼卻已改了，你仔細輸入，過後給我發了一條長長的短訊，字字句句溫暖而貼心。

我從來沒有幻想過，重遇是這樣短促而隨意。近似是隨機。我甚至沒有幻想過重遇，更莫說預早編寫台詞。可是那一天，我們沒有約好的短聚，竟也有足夠長的時間，足夠我們去重新確知彼此無恙。約好了的朋友遲到，你陪我等著，直至我的咖啡來了，直至我的朋友來了，你才離席走遠。我看著你的藍色背影，眼眶溼潤起來。

忘記了跟你說，那個冬日的早上，其實狼狽而沮喪。在醫務所發呆半晌，在電車上找不著零錢，匆匆出的門，襪子的顏色不對，衣服穿不夠，忘了帶給朋友的小禮物，不知為甚麼的心神不定，行色倉促，原來不久之後是要重遇你。卻忘了跟你說這些，別過你之後，重遇你之前，中間的一大段日子，同城的日子，異鄉的日子，快樂的日子，失意的日子。八年，不夠長，也不夠短，從茶餐廳到咖啡店，從奶茶到卡布其諾。城市改變了，我們走過的路，已經模糊。但我們健在如昔，「無穿無爛」，你的短訊說。無穿無爛，沒破沒洞。

有一年在英國海邊小鎮，初夏卻像初冬般蕭條。老人度假的舊式小鎮，曾經有過黃金歲月的小鎮。我們在海邊散步，寒風吹散我其時的長髮。那海與天的灰，有一種冷冷的鎮定，像是舊式明信片裡的風景。我們走進一家咖啡店，點了下午茶，紅茶，配鬆餅，聽說是鎮上最好的鬆餅。因為實在餓，所以記得那味道確是好，尤其足夠溫熱。你笑我遇到好吃的都不等得，總要吃最熱騰騰的，也不怕燙著舌頭。

大概因為你的好廚藝，原來我記起的也不過是一些吃食的場面。在那些廚房裡，你洗洗切切，開火下油，胸有成竹。在外吃食，你卻不挑剔，也體諒別人的辛勞。

那天別後，我心神恍惚，坐電車回家時，選錯了方向，過了幾個站才發現，急急下車跑到對面的站台。天色昏暗，街上行人喧嚷，我忽然覺得日子輕盈，原來也不過如此。然而我心裡的感激，無從向你細說。你的美好，讓我也看見我自己的美好。唯有如此，才能遇見這麼好的你。

事情似乎早已給安排妥當。在茶餐廳分手，在咖啡店重遇。咖啡店秩序井然，不喧鬧，有一定的隱私，時間慢慢流過。茶餐廳嘈吵，食物不精緻，陌生人同坐一桌，時間太快。

我們並肩走過的城市，不算多，可都是你喜歡的。附近必有流水，如你遙遠的島國家鄉。或許可以在海邊開一家小店，無所事事卻又滋味無窮。日子如浪花，翻到半空高，復又退下漸漸消散在海風裡。

——原載二〇一〇年三月《聯合文學》雜誌第三〇五期

別後

楊明

山東濟南人。東海大學中文系畢業，佛光大學文學碩士，四川大學中國現當代文學博士。曾獲《中央日報》文學獎小說類、中國文藝協會文藝獎章散文類。曾任《中央日報》記者、《自由時報》副刊編輯，《文訊雜誌》編輯，現任浙江傳媒學院漢語言文學系副教授。

著有《城市邊上小生活》、《夢著醒著》、《海邊的咖啡店》、《我想說我捨不得》、《走出荒蕪》、《春天的啤酒香》等小說散文集三十餘種。

錢鍾書的《圍城》裡這樣寫道：「心像和心裡的痛在賽跑，要跑得快，不讓這痛趕上，胡扯些不相干的話，彷彿拋擲些障礙物，能暫時攔阻這痛的追趕。」妳走了以後，很長一段時間，我就是這樣的感覺，我不能提到妳，和妳相關的事也不能，可我的腦子又無法控制的不斷想到妳。我覺得自己接下來的人生像是一本裝訂錯了的書，還遺失了許多書頁，再也無法拼湊出原本的樣貌。

當你失去一樣珍貴的東西時，總是會忍不住回想起，初相遇的甜美，那甜美在初遇的那一刻，其實還不知情。

第一次見到妳，是在台中綠川邊上的仁友公車站，妳和JZ在一起，後來我才知道妳們剛去千越百貨二樓吃牛排，而我剛從新大方書店的地下室走回地面，這樣的相遇，我總覺得妳們略勝一籌。JZ為我們做了介紹，JZ是我幼稚園時代一起長大的朋友，而妳是她中學最好的朋友，至少她是這麼告訴我的，妳隨口和我開了個玩笑，雖然一身拘謹的白衣藍裙校服，頂著傻氣十足的短髮，但妳看起來很開朗。那一年，妳十六歲，我十五歲，從此我們開始了長長地相伴。現在回想起來，消失了的不僅是妳，在更早的時候，千越百貨公司和新大方書店就已經從台中的地表消失了。

教室裡，學生的課堂報告，講的是王小波，太太到國外進修時，因為心肌梗塞過世，死時獨自在家，身邊再無他人，和妳一樣，妳離開時，也是獨自一人。那時的他比現在的妳年輕，黃泉路上無老少，道理我懂，卻無法因此覺得比較能接受妳的離開。年輕的學生望著我，輕聲說，老師，生命無常啊！

他們不知道，妳走了，我失去的不僅是妳，還有我們共同的記憶，再無憑證。二十三歲的時候，我出版了第一本小說，高興地叫妳去書店買，那時候新大方還在，我常故意走下樓梯看老闆將我的書放在哪，如果湊巧遇到有人正翻閱我的書，我就會在心裡高興上一陣子。我想妳是為我驕傲的，每次妳向別的朋友介紹我時，總說：「她是寫小說的哦，以後她會寫一本小說叫做《我的前半生》，主角就是我。」現在我卻發現，隨著時間的流逝，我們相伴越久，我越不知道如何寫妳，以及屬於妳的故事。

妳一直想披上白紗，至少一回，感情路上卻一直所遇非人，始終沒能完成心願，雖然妳曾開玩笑說，我結婚，可使全天下的男人都得到解脫，只有一個男人倒楣；但如果妳嫁人，就是全天下的男人損失，只有一個男人得到幸福，所以妳才沒嫁。

下課鐘響，我收拾好東西從前門走出教室，一男一女兩個學生追著喊我，接著討論剛才課堂上提及的作品，男同學說，老師，這篇小說裡的主人翁似乎隨時可以拋下自己的人生，這是不現實的啊！我隨口反問，你認為現實人生是怎樣的？女同學搶著說，至少要結婚生子。

成為一名賢妻良母是妳中學時代的心願，卻直到妳離開人世都沒能實現。學校畢業工作數年的妳勇敢和同事一起離職創業，卻也為日後多舛的命運埋下伏筆，昔時共同創業的夥伴捲款潛逃，妳幾番掙扎，依然無法再起。愛情和事業的雙重打擊，我甚至不知何者傷妳更重。

婚前，我曾經住在妳樓下，後來又搬到妳對面，去台中看妳時，我留意到妳對面的塔位仍是閒置的，我猶豫了一下，要先訂下，將來繼續和妳當鄰居嗎？那段日子，不上班的時候，我們常常一起逛街吃飯，忠孝商圈的高雄木瓜牛奶、溫莎小鎮、聖瑪莉咖啡，往東的賽馬義大利餐廳、明洞韓國料理，往南的鑽石樓、躲貓貓，往北的京兆尹、中興百貨，我們曾經出入的這些地方，都已從台北地圖徹底消失。消失的名單上，最讓我們念念不忘的，當然就是我們曾在新生南路經營的PUB蝴蝶養貓，和延吉街的三布五石。

一九九二年一月，我們不經思索地頂下了第一家店，那時妳每天從貿易公司下了班就去開店，等到十點半，報社下班的我也就來了，一些不明就裡的酒商背後稱呼我們是苦情姊妹花，以為姊姊辛苦供妹妹讀書，妹妹夜校下了課就趕來幫姊姊。這些鐫刻著我們足跡話語的場所，通通在妳離開前業已消失，記憶還留下些什麼給我，竟像是我平白哄了自己一場，歡笑悲傷全沒了憑據。

校舍走廊光線幽暗，盡頭的玻璃窗撒進的大片陽光，尚不足以漫淹至腳邊。我說，人生有很多種選擇，不是僅有單一選項，女同學仍在搶話，我媽說，中國人最重傳宗接代，孩子一定得生，那麼晚生不如早生。簡潔有力的人生哲學，妳也曾這樣想嗎？怎麼沒人告訴妳，如果妳這樣做了，人生會有所不同嗎？我忍著沒跟學生說，人生除了死亡，其他所有選擇都不是唯一不可變的啊，生孩子不是，結婚更不是，只有死亡才是。

我以為無論人生怎樣往下走，至少我的身邊還有妳，在我們老了以後，一起囉囉嗦嗦地數叨著，我們以前哪……我從沒想過妳會比我們之中的誰先離開，一起變老成了不可能的願望時，原本對衰老的無奈與哀傷，此刻卻突然有了幾分溫馨，只是我永遠失去了這機會。妳走的那天，我在杭州，回台後，朋友向我說起妳走後的種種，我腦子裡浮現的卻是杭州窗外的雪景，接到妳驟然離世的電話時，我正在廚房準備晚餐，掛了電話後，我回到廚房打開瓦斯爐，在鍋裡倒入油，依序放入蔥段、肉絲、木耳和金菇，我完全不相信妳已經走了，我繼續工作、吃飯、睡覺，直到有一天早上醒來，發現窗外的街道、花圃、屋頂，全都覆蓋著白雪，在白茫茫的世界裡，是賈寶玉回身告別俗世的雪地，我突然明白，妳走了的事實。

我想起了小說《City》中的一段對話：「我為什麼還活著？」「這是酒吧，你要教堂的話，在路的那邊。」龍舌蘭酒吧從台北消失了，酒吧對面的天主教堂還在，我曾以為那座教堂會先搬走，寂寞的夜晚，微醺時我們也曾拿那座教堂開開玩笑、發發感慨，原來生死問題只適合教堂，不適合酒吧。

過了七七，我才夢見妳，也是在妳的酒吧，妳見我來了，卻沒和我說話，反而打電話給二叔，要二叔催我快走。我聽見妳說，楊明來了，二叔問，妳沒告訴她嗎？妳回答，我沒想到她會來這啊。朋友聽完我的夢，推測我誤入冥界，所以妳急著要我走。

就是在我認清妳走了是無法改變的事實的那一刻，我恍然明白，白雪是上天給人類的恩賜，這是生存在亞熱帶的我們沒能發現的。每年隆冬的白雪將一切覆蓋住，妳熟悉的街道、樓宇，遊走潛藏其間的愛怨慾嗔，一併不見，妳以為在妳心裡，但眼前不見，遂失憑依，北國冬日，原是休憩之際，田裡農活已停，萬物具休，直到來春，人的心念也在白雪皚皚的覆蓋下冷寂了下去，不得不放下。我們卻不明白天地四時的道理，執著盎然愛慾，熾烈不息，只知夏耘，不知冬藏，於是妳提前用盡額度，刷爆了時間給妳唯一的一張卡，直到離去的一刻，才不得不學會了放手。

我也必須鬆開我的手，前去台中看妳的那天，朋友囑我別哭，有人說生者的眼淚，會讓往生者不捨離去。於是，我對妳說，既然走了，就放心地走，妳曾說妳沒法像我一樣，在感情尚未耗盡前瀟灑離開，這回妳不就這樣做了嗎？搶在我前面，去了另一個國度。隨著年齡的增長，愈來愈多的朋友去了那一邊，我寧願當做妳們移民了，總有一天我也會拿到那一個國度的簽證，只是這一回妳竟然背著我偷偷先辦了。

徐志摩的詩，我們年輕時曾經唱過的：假如你願意，請記著我，要是你甘心忘了我。在悠久的墳墓中迷惘，陽光不升起也不消翳，我也許，也許我還記得你，我也許把你忘記。

那時不懂的哀傷，歲月已經都教給了我們。

——原載二〇一〇年六月一日《聯合報》

黎明，才正要降臨

羅珊珊

一九六八年生，東吳大學英文學系畢業，美國波士頓愛默生大學（Emerson College）戲劇研究所肄業。曾任《自由時報》藝術文化版副主編、《旺報》文化副刊組副主任，現任聯合文學叢書部文學叢書主編。

就在父親走之前一個多月吧，某個一如往常回去看望他的週末，因為尋找工作上要用到的參考書，進入我的舊房間胡亂翻著，書架上仍堆滿了我帶不走的書，然後就在一本不相干的書中，掉出一張多年前父親留給我的紙條，上面的內容是：

珊兒：

你好像把自己的生日忘了。昨天大家要和你乾杯都沒機會，今天又早睡，半夜張××打電話來給你祝生日快樂，我沒叫你。希望你明天記得和我去買腳踏車。

祝　生日快樂

爸爸留

我對這張紙片毫無印象，當下頗為震動。其中提到那個張××是我高中到大學時代的死黨，所以估計這張用天藍色的簽字筆寫的紙條應該是留給當時還是個高中生的我，但仔細回想，高中時我們的父女關係其實有點糟，他認為我有點學壞了，而我總覺得他根本就不懂我或我的朋友。但他仍用這樣平和近乎疼愛的語氣留言給我，想來就跟那刻意工整怕我看不懂的字跡一般，費了心。

我默默把這張紙條夾進我要帶走的書裡，沒有跟旁邊任何人提及，彷彿那是一項天機，說出來就破功了。當然也不可能跟父親說，畢竟這一年來，他已經是聽到大部分的事情都沒有什麼反應——我總是分不清他究竟是一切都淡然了，還是根本沒聽進去或沒聽懂。回去後我也沒有把這張紙條放進抽屜收藏好，而是繼續任它夾在那陣子或不時翻看的那本舊書中，這樣反而時不時會不經意地瞥見它，但每每不敢細看，好像知道還未到謎底揭曉的時候。現在，謎底揭曉了，難道是父親在他走之前要提醒我，我們的的確確曾擁有那些敞亮的幸福時光；又或者，根本沒有什麼謎底，那不過是時光與物質的把戲，未被損毀的物質只要仍然不滅，就永遠提醒著一去不復返的時光。

父親走前兩年，為了拿取書架頂上他那台許久未用的Nikon FM2單眼相機而失足跌了一大跤，已近八十歲的高齡做了在脊椎置入鋼架的大手術，加上罹病十多年的巴金森氏症已進入後期，術後別談復健，身體更是開始急速衰敗。行動的嚴重僵直讓他容易再度摔跤，吞嚥的異常困難讓他吃一頓飯彷彿打仗一樣卻又吞不下多少，結果竟是越來越瘦到不成人形；神經網絡系統的失調，讓父親連簡單地口語表達都十分辛苦。雖然幸好巴金森氏症不是失智症，因此父親都還認得我們，只是越來越嚴重的憂鬱、幻覺、妄想，加上難以辨識的語音，他好像已經走入我們無從辨識的私人夢境——而且絕對是一場噩夢，那似乎已經不是我認識的親愛的父親，而我要如何將他從噩夢中拉回來呢？完全使不上力的感覺，讓我每次回家探望完他之後都要沮喪很久。

印象中，比起來我總是跟媽媽比跟爸爸親近些——在我青少女時，媽媽可以一起逛街，一起聊村上春樹、夏宇，或者去挪威森林喝一杯咖啡，甚至抽一根菸；爸爸的角色雖不算嚴厲，但總嚴肅得多——他基本上不跟我討論詩或文學，但會斥責當時想攻讀電影的我說學電影應該要去歐洲而不是美國，但又在我提出想改讀戲劇時搬出一疊他也曾經參與的泛黃《劇場》雜誌告訴我非看不可（多年後才知道這些東西多麼珍貴）。然而潛心悖反的我，雖未當面頂撞，卻很少聽進心裡。直到後來這幾年，才不及追悔地發現，要好好聽懂父親說的話，已真正變成艱難的任務了。

父親走後這幾週，我開始整理他的遺物。許多照片和手稿、書信以我無法想像的數量冒出來，這件浩大工程漸漸演變成一項救贖，我寬心地發現，竟然清晰記起了成長時期仍英姿煥發或者慈祥微笑的父親，強大到幾乎替代了他後來被病魔折磨摧銷的衰殘形象。甚至，許多過去我所不清楚的面向也一一現身，近四十歲才生下我，父親的前半輩人生是我無從參與跟了解的。他的老鄉同袍們替我們補遺了這段記憶，不但各自寫了幾篇令人驚豔的悼文，並且找我一同聚會，其中一位三歲就跟他一起念私塾的同鄉楊德昌伯伯說，「他那雙平板腳，從小下課回家就一路摔跤。後來到了十幾歲一起夜半逃兵恰好走一條石板路他也是一路摔一路哭，我就一直回頭扶他繼續上路。」楊伯伯認真地拿出事先準備好的錄音機，連同揮毫寫了書法長卷的徐術修伯伯、熱心召集讓老友不斷了聯絡的胡志堅叔叔，以及當年以少校身分簽名作保才讓父親能未退伍即離國去到美國愛荷華參加作家工作坊的宋維政叔叔，四老輪流講述之前作家小傳裡不會有的、關於商禽（他們喊羅燕）的年少往事。

這般急速地回溯著不屬於我的人生來時風景，也像是一趟有些奇險的奧迪賽之旅，哪裡會出現食蓮人之島、多頭海怪或醜惡女妖……，完全無法預測。我開始在意起父親生前的寫作年表，試圖找出每一首標有發表年份的詩作，和當時的我或家庭生活有些什麼關聯，但自稱是「超級現實」的超現實詩人，卻將所有深深啟發他的現實，以奇崛或冷峻的文學手法，在詩句裡埋藏得很深，我找得出的軌跡，少得可憐。他寫〈長頸鹿〉的時候我還遠未出生，他寫我很喜歡的〈電鎖〉時我才要準備上大學，但當時的我可還不懂得欣賞他的詩，真是要命。

我以為自己在進行的這趟奧迪賽之旅其實是屬於父親的，如他所說一生總盡最大努力「逃亡」，卻始終感到無法逃脫的悲哀；且如評論家所言，他在詩中「經常虛擬奇幻變形的意象、模擬精神錯亂病態，創造出荒誕情境，遂行逃亡之企圖。」而令我們子女所不忍的是，晚年由於腦部疾病的侵蝕，竟讓他的詩與現實人生，真正地複製重疊了。爸爸從什麼時候開始，已經如被無情流沙攫住一般，日益深陷在他的黑暗世界中，把我們，遠遠地拋在外面。

好在，父親的噩夢即將結束。如果夢的全視境已經進入全然的黑暗，那還不如，等待黎明。

我笑著告訴自己，那個屬於爸爸的美好黎明，如今已然真正地降臨。

——原載二〇一〇年八月《聯合文學》雜誌第三一〇期

在龍眼樹上哭泣的小孩

黃春明

一九三五年生，台灣宜蘭人。筆名春二蟲，曾獲吳三連文藝獎、國家文藝獎、《中國時報》文學獎、第三十屆東元獎人文類社會服務獎、第七屆噶瑪蘭獎、第二十九屆（二〇一〇年）行政院文化獎得主。一九九三年黃春明回到家鄉宜蘭，創立吉祥巷工作室，一九九四年創立黃大魚兒童劇團，二〇〇五年創辦宜蘭人的文學雜誌《九彎十八拐》雙月刊。佛光大學於二〇〇八年六月授予榮譽文學博士學位。現為《九彎十八拐》雜誌發行人、黃大魚兒童劇團團長。

著有《兒子的大玩偶》、《鑼》、《莎喲娜拉・再見》、《青番公的故事》、《放生》、《看海的日子》、《銀鬚上的春天》等。

過去四季的各類蔬果，以及海產的魚蝦貝類，分別在菜市場出現的時候，人們就知道當下的季節和月份。比如說，當人們看到鳳梨和龍眼的盛產時，他們都知道，時值農曆的七月鬼節。七月普渡的供桌上，除了三牲酒禮，還有糕餅鮮花青果；其中一定有鳳梨（旺萊）和龍眼，並且數量很多，因為供品裡面鳳梨和龍眼算是最便宜的了。在閩南的諺語裡面，有這樣的一句：「旺萊龍眼，排排一桌頂。」將鳳梨和龍眼堆排在桌上，那一定是在拜七月好兄弟才如此，平時不可能買很多水果排放在桌上。

我們的記憶，都寄放在許多的人、事、物上，並且每個人寄放記憶的人、事、物，各自不同。我個人對龍眼就有兩件深刻的記憶。

七歲那一年，隨阿公到了他的友人家，他們一見面，熱絡地把小孩子忘在一邊，當我表示無聊吵著要回家時，那位叫叔公的，他抱著歉意說：「啊！我忘了，我帶你到後院，後院的龍眼生得纍纍纍。」他問我會不會爬樹，阿公在旁說：「這孩子像猴子一樣，他常常在帝爺廟前的大榕樹，爬起爬落像搬馬戲。」他們把我留在樹上，又到屋裡喝茶聊天，我看到樹上纍纍的龍眼，高興得不得了，一上樹，馬上就摘一把龍眼吃。當然，這一把吃完還可以再摘。

他們老朋友談話聊天聊到差不多了，阿公他們到後院來帶我回家。他們驚訝地看到我抱著龍眼的樹幹在哭。他們不約而同的問我：「你為什麼哭？」我望著仍然結實纍纍的龍眼樹，哭著說：

「龍眼那麼多，我吃不完……」

我的話不但讓兩個老人笑歪了腰，後來我長大了，想到了總是不忘記再嘲笑我一番。

還有一件有關龍眼的記憶。

那是小學四年級了，有一位代課的女老師，要我們畫圖，畫「我的母親」。當每一位同學都埋頭畫他們的媽媽時，我還愣在那裡不知怎麼好。老師責問我為什麼還不畫，我很小聲的說：「我母親死了。」老師突然客氣起來，她很同情我的問：「你媽媽什麼時候死的？」我只知道一年級的時候，不知是哪一天。我更小聲的說：「我忘記了，我不知道。」「不知道？」她小聲而急切的問我。這下我真的愣住了。老師再問我一次，我還是答不上來。她急了：「什麼？媽媽哪一天死都不知道，你已經四年級了呢！」同學們的注意力都被老師的話吸過來了。老師看到同學都在看我們時，老師就叫我站起來。她大聲的說：「各位同學，黃××說不知媽媽是哪一天死的！」許多同學不知道是討好老師呢？或是怎麼的，他們竟然哄堂笑起來。「有這樣的孩子？媽媽哪一天死的都不知道。你的生日知道不知道？」我想我不能再沉默了，「我知道。」老師用很奇怪的聲音吊了一下嗓子說：「嘿——有這樣的學生？媽媽哪一天死了不知道，只知道自己的生日。」同學笑得更厲害，我羞死了，我想我真不應該，我想我犯了大錯了，有多大，我不知道，我難堪之餘急出答案了來。我說：「老師，我知道了。」

「哪一天？」

「龍眼很多的那一天。」

老師驚叫：「什麼龍眼很多那一天？」

同學們的笑聲，差些把教室的屋頂掀了。

那一節課老師就讓我直站在那裡沒理我，我想起媽媽死的那一天的經過，它歷歷如畫的畫面，就像電影一樣，在腦子裡重翻一遍。

媽媽彌留那一天，家裡來了很多人，平時都很少見過他們，據說都是我們的親戚。阿嬤裡裡外外忙著，中午已過多時，我和弟弟因為還沒吃，所以向阿嬤叫肚子餓。阿嬤嚴厲的罵我說：「你瞎了，你母親快死了，你還叫肚子餓。」我們小孩當然不知道母親快死了就不能叫肚子餓，不過看阿嬤那麼生氣，我們只好不再叫餓。我和弟弟各拿一個空罐準備到外頭去撿龍眼核玩。我們外頭被衛生單位潑撒了濃濃的消毒藥水，還圍了一圈草繩，因為媽媽感染了霍亂。我們撩開草繩就鑽出外頭了。我們沿路撿路人吃龍眼隨地吐出來的龍眼核，撿到帝爺廟的榕樹下，有一群老人圍在那裡聊天，其中有人在吃龍眼。我和弟弟就跟人擠在一起，為的是等吃龍眼的人吐出龍眼核。就這樣過了一陣子，阿公急急忙忙走過來了。這裡的老人都認識阿公，也知道他的媳婦病危，有人問他說：「允成，你媳婦現在怎麼樣了？」他沒有直接回答老朋友的問話，他只對我們兩小孩說：「你母親都快死了，你們跑來這裡幹什麼！」說完拉著弟弟就走，我隨後頭，只知道媽媽快死了，但是一點也不懂得難過。

當阿公帶我們回到家門口時，暗暗的屋裡看不到人影，但異口同聲的一句話，從裡頭轟出來，他們說：「啊！回來了！」

進到裡面，弟弟被推到母親的身邊，媽媽有氣無力的交代他要乖，要聽話。弟弟被拉開之後輪到我靠媽媽的時候，我還沒等媽媽開口，我就把撿了半罐的龍眼核亮給媽媽看，我說：「媽媽你看，我撿了這麼多的龍眼核哪。」我的話一說完，圍在旁邊的大人，特別是女人，他們都哭起來了，我也被感染，也被嚇了，沒一下子，媽媽就死了。哪知道「媽媽你看，我撿了這麼多的龍眼核哪」這一句話竟然是我和母親話別的話。

長大之後，看到龍眼開花的時候，我就想，快到了；當有人挑龍眼出來賣，有人吃著龍眼吐龍眼核的時候，我就告訴我自己說：

「媽媽就是這一天死的。」

——原載二〇一〇年八月一日《聯合報》

取藥的小窗口

廖玉蕙

一九五〇年生，台灣台中人。東吳大學中文博士，國立台北教育大學語文與創作系及研究所教授，講授現代文學、小說創作及散文創作。曾獲中山文藝獎、中興文藝獎及吳魯芹散文獎等。

著有《後來》、《純真遺落》、《大食人間煙火》、《公主老花眼》、《像我這樣的老師》、《廖玉蕙精選集》、《五十歲的公主》、《不關風與月》、《讓我說個故事給你們聽》、《走訪捕蝶人》……等散文、小說、論文計三十餘冊，並編有《文學盛筵》、《繁花盛景》、《文字編織》等書，作品被選入國、高中課本及多種選集。

那年春天，氣息微微的我，緊閉雙眼，趴在母親背上，由她揹著尋醫。頭皮無端發炎紅腫，整個頭幾乎腫成了兩倍大，高燒不止，臉紅得跟關公似的。村子診所的醫生都束手了。後來被診斷出叫「蜂巢症」，我懷疑就是現今所說的「蜂窩性組織炎」。長大後，老聽母親叨念：

「日頭赤炎炎，我揹著四界去找醫生，大家看著你趴在我的背上，跟死去共款，都講未活了！叫我帶轉去厝裡準備。後來，是你姨丈不死心，強強把你救起來的。講起來，伊算是我們的救命恩人，你要一世人記咧。」

母親口中的救命恩人，其實並不是我血緣上的姨丈，而是母親乾姊姊的丈夫。母親年少時，聰明伶俐，非常討人喜歡，因之被鄰居手帕交的母親收為誼女，青梅竹馬的朋友就此成了姊妹。母親十三歲時當了客運車掌，乾姊則到診所去幫忙打雜，掛號、打掃，用現在語言叫「護士」，只是當時的護士不需考執照，只要在診所待久了，自然升格去打針、包藥。藥，包著、包著，和醫生日久生情，竟直升為「先生娘」。因為這層乾姊妹的關係，媽媽的九個小孩，甚至十幾個孫子從小到大，去看病從沒花過錢。早年是因為家境清寒，付不起；其後經濟改善，付醫藥費已不成問題了，卻是姨媽怎麼也不肯收。

姨丈是中部名醫，因為盛名在外，求醫者絡繹於途，基於供需的關係，醫療費用相形之下就高出其他醫院甚多。姨媽老抱怨：「如果不是別的醫院看不好，耽擱到眼看就快不行了，患者也不會送到我們這裡來。來的時候，通常病情已經萬分沉重，醫藥費當然貴啦！」到底是病患無法負擔高診療費，導致非到病情沉重不敢前來就醫？抑或別處無法治療，拖成沉疴，所以，醫療費用才會居高不下？至今已無法判定。但我曾親眼見到一位四處求醫無效的焦灼母親，步履踉蹌地抱著臉部發紫的小嬰兒來求診，姨丈只鬆掉小兒身上層層包裹的衣物，再打一劑鹽水針，孩子便奇蹟式地恢復正常。姨媽悄悄告訴媽媽：「其實，只是衣服包太緊而已！」那位太太滿心歡喜地遞上昂貴的醫藥費不說，還感激地差點兒下跪。我為病患抱不平，母親卻說：「你懂什麼！這就叫做醫術，藥本身值無幾個錢，值錢的是正確的判斷。」

姨丈是位沉默寡言的長者，看病時，一逕肅穆，惜「言」如金，往往只靠三字真訣便一切搞定，病患坐下後一句：「安怎？」患者邊訴苦叨敘了一長串，醫生診脈、觀舌、聽診、按肚子，聽筒取下，最後一聲「嗯！」然後，開藥，用肢體語言示意走人。雖然看來和病患毫無溝通，但光靠望、聞、切三步驟，卻藥到病除，極為神奇。

姨丈的醫術當然是絕頂高明的，據母親說，他經常訂閱最新的醫學雜誌，診療之外的時間，都在認真研究醫理，是個非常用功的醫生。可我那時不明白，只覺得他有些古怪。在診間以外的地方遇到時，他渾然不識似的，目中無人；就算同桌吃飯，他也總像是在狀況外，沉思、斟酌，少與人交談。在我的印象中，他是個溫和卻無法讓人親近的長輩。我小學畢業、考上台中女中那年，有一天，下課後，穿著制服去就醫，他破天荒親切地打破沉默，問我一些病症之外的問題，諸如在學校有無交到好朋友、功課好不好之類的，把我嚇得語無倫次。回家途中，母親驕傲地朝我說：「你姨丈最看重會讀書的孩子。」

小時候，最怕去給姨丈看病。愛臉的年紀，光想著免費佔人便宜，就百般彆扭。到了醫院，母親看似幹練地在居處和診間四處穿梭打招呼，其實是在伺機行動。她眼觀四面、耳聽八方，往往就在兩號病患前後交接、姨丈起身上洗手間的空檔，便眼明手快地推著彆扭扭的我閃電就座。等姨丈回來，看到落座的我，依然是標準句：「安怎？」然後，母親言簡意賅陳述病情，外加簡單的寒暄，我則模仿姨丈不開金口以掩飾內心的忐忑。等候拿藥的時刻最為難捱，勢利的藥局生刻意延捱著，讓我們鵠候多時。有時等得實在久，我不耐煩了，低聲吵著「不要拿藥啦，我們走啦！我的病好了啦！免吃藥了。」媽媽卻只顧威嚇我，頂多也只敢掛上討好的笑容到小窗口前，低下身子、斜歪著頭朝裡頭的藥局生謙卑地怯怯請問，那姿勢，是如此屈辱壓抑，讓人難以忘懷。當時，小小年紀的我冷眼旁觀，每回都猶如亂箭穿心。

醫生家庭，當然家境富裕。他們的孩子和我們家數目相似，年齡參差。母親在我小五時將我轉學到台中師範附小，他們家的其中三個孩子都正好和我同校，有一位甚至還恰恰就跟我同年，雖然隔壁班，卻老死不相往來。他們坐著專用家庭三輪車上學，我則搭乘公路局班車，再徒步到校。中午，偶或經過校門，看到他們家三個白皙的孩子在校門口鵠候車伕送來熱騰騰的便當，我總刻意目不斜視、低頭快步走過，抵死不打招呼，內心裡埋藏著弱勢者的悲傷。明明白白知道我們是兩個世界裡的人，他們是高門裡的王子、公主，佣人、司機環繞。我想像他們的便當裡是油亮亮的雞腿，便當外是香噴噴的蘋果；而我，雖然站在升旗台上昂首神氣地指揮，功課一級棒。但是，寒酸的便當裡有的只是蒸過後顏色慘綠的青菜，外加幾塊薄薄的蘿蔔炒蛋；更傷心的是，進到他們家的醫院，儼然就是沒有付錢看病、接受施捨的窮光蛋，是窄門深巷裡永遠沒有希望的灰姑娘。那種鬱卒，折磨著幼小年紀的我，偏我體弱多病，三天兩頭得硬著頭皮到他們家報到，有時，我甚至寧可自己生病死掉還乾脆些。

年輕時的姨丈高大英挺，阿姨卻是出奇的矮小瘦弱，夫妻倆好像總有排解不完的糾葛，姨丈間歇地和年輕的小護士談著不倫的戀情，他們的婚姻中充滿不致滅頂卻險象環生的怨嗔。媽媽於是順理成章成了阿姨訴苦的對象，當兩個女人闢室密談教戰手冊時，我只能百無聊賴地枯坐一隅，面對窗口外的大片蔚藍天空，覺得地老天荒。

因為積欠太多人情，母親一逕謙卑。同樣出身的姊妹，忽然發展出貧富懸殊的境地，雖然姨媽一如年輕時的瑣碎、嘮叨，可是那樣的瑣碎經過門第的洗禮，翻成奇異的壓力。而想像的豪門起居，真正落實到現實裡，也有我所不能了解的困惑。看完病的午後，阿姨有時會留我們母女倆吃飯。那日，他們的孩子總是格外歡喜，因為我的母親會下廚做菜。成天被保母追著餵飯、看來極度厭食的孩子，對我媽的廚藝顯然滿懷信心。偶而，因為沒趕上做菜，母女倆直接登上餐桌前，說實話，連我對桌上的飲食都難以下箸。食材雖然不錯，吃起來卻詭異地毫無滋味，難怪每個孩子都對吃飯一事懨懨然，一副營養失調的模樣。記憶裡，姨丈極嗜吃豆腐，幾乎無一餐不有之；他奉行「An apple a day, keeps the doctor away.」的信條，飯後總見他拿著一顆紅蘋果，滿意地啃著。似乎一顆蘋果就彌補了他生活中所有的缺憾——明明依照醫學原理細心照顧的孩子偏偏蒼白羸弱；分明戀愛成婚，夫妻感情卻老不盡理想。

家家有本難念的經。做人的骨氣必得靠付出起碼的勞力或財力才能維持基本盤。那些年，我還經常看到母親從公教福利中心購買廉價的大批民生物資如牙膏、牙刷、毛巾、香皂……等，看病前或看病後，不動聲色地塞進姨媽家的櫥內，希望以塞澀的回報弭平心裡的不安與壓力。一家九個兒女是媽媽的罩門，九個孩子輪流生病，她沒有好強的本錢。在形勢比人強下，語言潑辣、個性強悍的媽媽在姨媽面前卻總是俛首斂眉、輕聲細語，成了個我所不認識的人。

除了偶爾即興表演做菜的本事，媽媽還經常被姨媽招去幫忙縫製衣服、窗簾、沙發椅套（天知道她是怎麼學會這些本領的！）只要姨媽開口，媽媽不但從來沒有拒絕過，而且幾乎是立刻放下手邊的工作，急慌慌奔赴。而我一肚子不合時宜，經常對母親的火速應召感到羞愧、甚至萌生莫名的憤恨。等到年紀較長，對人世稍有理解，才知母親勉力維持的施與受的平衡，是她和阿姨一世相交能至死方休的訣竅。母親沒有受過高深教育，不懂得古人「受人點滴，報以湧泉」的浪漫，她一生常掛在嘴邊的是更具庶民精神的「呷人一斤，至少著要還人四兩！」她無時無刻不把這四兩和一斤的重量掂在心底。「伊算是我們的救命恩人，你要一世人記咧。」的殷殷叮嚀，就是能力不達四兩卻想直追一斤的人際失衡憂心，註定她一世得躬身哈腰。

大學畢業後的第三年吧！我還在幼獅公司擔任編輯。那幾個表姊、表弟不是成了醫生，就是正就讀醫學院，唯一的遺憾是小女兒沒有習醫而念了當時有名的新娘私校。為了彌補缺憾，姨媽堅持她一定要嫁個醫生，將來翁婿兒女齊聚，開個綜合醫院。媒婆聞風而至，介紹了一位台大的醫生。年輕英俊的醫生，不知是內心另有所屬還是怎的，竟對我那位粉妝玉琢的表妹不甚青睞。當時，還不時興E-mail，情人間猶流行書信往返。志在必得的姨媽，於是轉而向母親求援，希望在親戚間略有文名的我伸出援手，幫忙寫幾封文情並茂的情書，看看能否扭轉乾坤。當母親轉達姨媽的請求時，我自然以「這無異詐騙集團行徑」一口回絕。沒料到母親居然大發雷霆，責備我忘恩負義，「拿筆對你來講，是極簡單的事情；這款人情你不肯做，是要叫我怎樣做人！」我苦笑以對，跟她解釋中文系其實沒有教人家寫情書，何況這是不道德的事。母親不管，她認定我拿蹺，接下來的好些個日子不言不語，跟我展開冷戰。「寫幾張信，又不是叫伊去殺人，有什麼不道德！哼！」我聽她背著我跟爸爸埋怨兒大不由娘，「呷人一世人的藥，只是叫伊幫忙寫幾張信有什麼為難！哼！……」不得已，我只好勉強應命。如今也想不起來究竟寫了多少信，總之，幾個月後，婚事忽然峰迴路轉，歡喜收尾，我全然不知是否拜文字之賜。

多少年後，台灣經濟起飛，我們的家境也隨之慢慢好轉。兄姊一個個成家立業後，母親開始在家裡過著悠閒的日子：喝咖啡、看電視，到處旅遊，成為孩子們極力孝敬的慈禧太后，她走路有風、話出如令。然而，不管環境如何變化、媽媽如何逐漸成為我們心中呵護備至的寶貝，上半輩子承受自姨媽家的恩惠是累代無法報償的。一年夏日，姨媽想是忘了我的母親業已老邁，不堪眼力太甚的工作，不能負荷長時間的體力付出，她錯認母親依然如年少時的幹練，依舊請她前去縫製沙發椅罩！

那幾日，母親早出晚歸，回家後，非但食不下嚥，甚至暈頭轉向地蹲在馬桶前乾嘔。我心疼不已，建議母親，乾脆買現成椅套贈送；或者由我花錢請專業人士代勞。母親期期以為不可，她說：「做人不可以這樣！不能用這樣無情理的方式對應，這分明故意要讓你姨媽難看了！她一向勤儉慣習，並不是慳吝，我們若是這樣做，怎對得起伊一向的照顧。」於是，她依然排除萬難，掛上老花眼鏡頭昏眼花地逐日完成。姨媽非常開心，逢人便誇耀母親的手藝，她不知道的是母親為此大病一場，躺在床上動彈不得約莫個把個月。稚齡時，倔強地坐在診療椅上為著自己的委屈緊閉雙唇的我，這才徹底了然當年母親揹著一個又一個小孩前去就醫時，內心所承受的壓力是何等的巨大。

前些年，姨媽、姨丈相繼過世，母親也跟著走了。醫院在表姊、表姊夫掌理下，可能因為面臨大型醫院的競爭，也或者醫術不再獨領風騷，好像已逐漸失去優勢，不再像昔日般的風光。然而，那段好似已然塵封多時的歲月，卻常常毫無預警地就在懷念母親的同時，躍上腦海。許多被我忽略的小細節，忽然煌煌地閃耀在我的腦海：不善言詞的姨丈總在診斷完畢後，輕輕地拍拍我的肩膀；姨媽常在我們窘迫等候取藥的當兒及時現身解困；表姊妹們在看到我們時，羞澀轉身的剎那，眼裡曾經閃現的光彩；還有，其後姨丈投資旅館業，將龐大的工程交付父親管理的全然信任……啊！原來當年因為自卑作祟，我見到的只是自己的傷口，想到的只是母親的委屈，完全來不及靜下心來觀看廣闊的世界，咀嚼複雜、細緻的人際關係。如今總算能夠豁達面對心裡居住的自卑小鬼，人生途程中的諸多遺憾和創傷也有了不同的解讀方式。然而，每每思想起當年母親彎腰、微側著頭面對那個取藥的小窗口時的背影，卻還是常常被招得眼紅鼻酸！

——原載二〇一〇年九月十二日《聯合報》

看太陽的方式

楊莉敏

一九八五年生，台中清水人。現就讀於東海大學中文所碩士班，曾獲《聯合報》文學獎散文首獎。

一：日食觀測

數學可以考四十五分，自然三十分，甚至是國語考五十分都無所謂，只要知道看太陽的時候不能直視就夠了，畢竟小學六年全部，我只知道了這個。

今天班上的人持續在看不見我。原因大概是前幾天我不聽圓圈裡中堅份子的話，堅持要把我的呼拉圈借給她不喜歡的女生玩，所以隔天，全班延續起百年不膩的優良校園傳統，開始大玩排擠遊戲，進入到集體潛意識催眠的狀態：完全看不見我。當然，分享我呼拉圈的女孩也加入了催眠遊戲，她擁有合群的美德，不可能不加入。於是，我好像喝了怪博士所調的特製藥水，不得不一天比一天透明，而我跟卡通的差別是，我不會擁有超能力或是飛在半空中的本領，只是單純地越來越淡而已，沒有別的。

伙食太好，秋天的麻雀都特別肥，肥肥的，看起來總是很開心，所以我喜歡看麻雀，反正不用講話，把我的全部小小生命拿來看麻雀正好。下午第一節上數學課，習作沒寫，黑板上算術不會算，課本空白，理所當然被叫到走廊上罰站，剛好又可以看麻雀在沙坑裡面洗身體，洗得一個洞一個洞，小小的，像是小型飛碟在打摩斯密碼，但是我只擁有缺角型不靈光腦袋，怎麼樣都不可能破解，打給我看也沒用。

沒多久，密碼都還沒打完，不知道為什麼學校開始騷動起來，班上的人也不知道怎麼回事都走出教室，紛紛三兩成群消失在視線裡。終於，老師最後一個步出教室，臉上堆著陌生至極的笑容說，日食要開始了，不上課了，叫我也趕快去操場上看日食。

我繼續站在走廊上，不想看日食，我只想看摩斯密碼，那是屬於圓圈群體的日食，不是我的。隔壁班的老師從教室走出來，走廊上只有我一個人。她問我怎麼不去看日食，我說：「那是很重要的事情嗎？」

「應該重要吧，日食是難得的天文現象，大家都想看。」接著，她把手上的底片剪成兩半，一半給我，帶我到樓與樓相交的死角處，這裡有遮蔭又可以看得到太陽。

「一定要像這樣，透過底片對著太陽看，絕對不可以直視太陽，不然會受傷。」

真的，圓圓的太陽有缺角。可是我比較喜歡圓圓的太陽，不喜歡缺角的太陽，不過還好，不久後太陽又恢復成圓圓的了。那個老師說應該要回去上課了，問我好不好看？「嗯，可是我比較喜歡圓圓的太陽。」

她笑笑：「這樣啊，其實太陽一直都是圓的喔，而且記得，看太陽的時候一定要用底片看，不然會受傷。」

二：拋物線

走到二樓，左手邊與右手邊是兩個截然不同的世界，左手邊的教室有六支電扇，但是右手邊的只有四支。這是細微卻也非常重要的差異，因為如此一來，向左走就代表了前程的光明與備受呵護，反之向右走，即沒入了一種不被重視、悶熱與陰暗的生存狀態，走上這座樓梯，我們就會變成將要投胎轉世的幽魂，毫無選擇地被推入人道或畜牲道，並且只有這兩種可能。

秋天的時候，我向左走了。我終於進入了培養皿的世界中心，乾淨、無菌、充滿營養，被隔離在透明玻璃裡培養加工，因為在未來的未來要加入社會之前，我們必須要先符合生產規格，將來才可以順順利利地被生產線所包容，因為瑕疵品會被丟棄。

暑期輔導的最後一門課，老師說要帶我們這群營養過剩的幽魂玩水火箭，大家背起書包往學校中庭的方向移動。這時老師把落在人群後頭的我叫住，勸導我不要再跟以前的朋友往來，應該要積極融入現在的培養皿班級，因為以前的朋友現在處於右手邊的畜牲道，跟我是不同的世界。

「多跟現在班上的同學相處嘛！」

「嗯……」我不知道該說些什麼，因為我好像是錯誤的。

太陽在開始向下墜。

解說完水火箭的使用步驟後，大家就各自分組自由活動，我站在遠遠的地方，看著每一組的寶特瓶試圖飛上天的壯舉，好像想要碰觸到太陽般，奔射向不同的軌道，有時秋風強勁，一下子就被吹歪、偏離了原本的航道，就這麼，一次又一次地朝著太陽更靠近一些。飛翔的時候，水花在我們的頭上噴濺，可是我卻覺得很乾爽，心裡空空的。

全班輪完，只剩下我還沒有操作過，老師好心地將我叫到前頭，在眾目睽睽之下做發射水火箭的首次演出。大家交頭接耳地低聲嬉笑，有點不耐，又有點興奮，興奮是因為在看完這齣無聊的首航秀後就要放假了，此刻我也有點想要跟他們一樣，或許就會感到比較輕鬆。

火箭發射，被空氣擠壓而排出的美好水花濺溼了制服裙的下襬，它持續地上升，脫離了乾枯而無菌的幽靈母體，與這些培養皿安全又重複的隔離政策背道而馳，它竟然畫出了一道拋物線，擁有完美的、獨一無二的弧度，它在它自己的軌道上飛射而去。就在到達拋物線的至高點時，它碰到太陽了，雖然是即將要西沉的狀態，但是，它碰到了。

我感覺很乾爽，心裡空空的。

三：海底日照量

一路彎上去，什麼都沒有，除了風之外。

這種時刻很尷尬，天色未明，全世界還是一片的深藍，但是街燈已經熄滅了，整條上山的羊腸小道只有我穿的紅色外套在燃燒。颱風前夕的清晨，風倒是吹得很狂放，遠方的樹海被風吹起的幅度姿態，像是黑色的海浪，平日習於從四面八方步上朝聖道路、擁擠的健行魚群，現在全都不見了，在這種陰暗的清晨，顯然沒有一尾想游出來。就只有我，隨著浪潮，一波一波地被推及遠方，想要去看太陽。

踩下的腳步軟軟的，沒有太多的真實感，所有能做的只是隨波逐流。從什麼時候開始，海水不知不覺地填注我的時空，一舉一動變成了不合時宜的緩慢划水，聲音從外界被隔離出去，抗拒外在焦躁的快速，或許我只是想要按照自我的速度好好生長。

所以我走進了海裡，這是我貧瘠的不靈光腦袋推演出的唯一的方式。

出生的時候明明沒有附帶說明書，但是世界總是一視同仁地以罐頭加工的規格將我們包裝出廠，排排站被擺上了輸送帶，一直以來都渴望擁有瑕疵讓我被生產線檢驗為不合格，然後被丟出輸送帶，可是不知道為什麼，我冷冷的金屬包裝內裡的腐敗因子卻一直沒被發現。於是有一天我只好生病，讓病菌爬上了我的表皮，用了這麼淺薄的策略，終於，在輸送過程中我被一腳踢進了貼有瑕疵品標籤的箱子裡。我帶著空空的書包自己去到海邊，都想好了，鞋子襪子要怎麼擺，衣服要不要脫下來摺好，還是就穿著？不寫信，因為再怎麼寫都是錯誤，沒有錢也沒有所有物，不需要交代什麼，一切都很簡單，只要走進去就行了。

但是有人在釣魚，也有人拿著望遠鏡在看候鳥，更有人浪漫地手牽手在撿貝殼，怎麼走進去？簡直就是一場鬧劇。鬧哄哄的，這種時刻有這麼多的人，他們正在過日子，有一個小男孩在放風箏，紅色的魚飛得好高，線拉得好長，握住線頭的手好小，表情很開心。風勢強勁，風箏越飛越高，我像是離群索居在深海裡的生物，海底的日照量彷彿如這根風箏線般的細弱，即使如此，它還是可以握在手裡，一絲尚存，我突然想要依靠這個，重新生長一次。

遠方的沉重雲層很朦朧地透出陽光，原本深藍的天空開始滲出粉橘的色澤，我被洶湧的海浪靜靜地推向太陽升起的邊界。常常看不到太陽，也不知道緩慢的逐日方式會不會因為日照過少而不適生存，但是我不要劇烈而直接的光線曝曬，也不要大步大步、無法遲疑的陸上追逐。腐敗的病菌在海底釋放出來，沒有人在意，也不會變成汙染源，它們是養分，在包圍著我。我在做追尋的習題，於是每天都是一種練習，每天都渴望得到陽光而自我進化，雖然常常一切都很平靜，一切都沒有發生。但是健行的稀疏人群此刻開始從我的身後超越而去，每天從黑暗裡甦醒，然後朝著日出的方向，一點點地重複、修改逐日的練習，我們安靜地走，偶爾停頓，我們想以此度日。

老師的話，我一直都有記得。

——原載二〇一〇年九月十六日《聯合報》

本文獲第三十二屆聯合報文學獎散文類首獎

六色的原罪

劉祐禎

一九九二年生，天蠍座。目前就讀高中，學設計，也相信文字與設計同源。曾獲林榮三文學獎散文首獎。

這跟巢居一幢發霉的低潮公寓無關；跟就讀一所癱敗的學店亦無關。疲憊綁住十月，十月恍若一張皺皺的黑白照片。家具陷入冬眠，手機沉默，門鈴同樣三緘其口，連一點細微的鼾聲也沒有；MSN的聯絡人總是灰頭土臉，每一顆鍵都敲進深井裡；每一聲叮咚都杳無回音；十月讓人的生理時鐘突變，退化成一隻蠹蛾，藏身塵埃，以孤寂為食；更讓日子彷彿不踩的油門，漸行漸緩漸漸停滯苦前。

「可能是因為天氣的關係吧。」K說。

盆地的日子總是溼答答的，有長長的路長長的躁鬱的紅燈，以及雨季。北上之後的泰半光陰滲入一成不變的學術論究裡，青春已然是陪葬品；志氣也被世故吃得精光。

這跟當一個滿臉客人口水的餐飲服務生無關；跟薪水應該比較有關。

對於月光族而言，十號是日曆上唯一的高潮，但也只是多一點少一點的差別而已。八月的房租癱成九月的債；九月的債養成十月的癌，惡性循環，讓理想早在刷牙洗臉的時候，就混著泡沫一起沖走。

以南的日子成為攝影師也好；服裝設計師也好；畫家也好，一切近如昨日，但昨日已經去了，時間的浪尖無人跨過。幾乎一眨眼，除了斷桅就不會再有更多。

我終於也翻身落海，沉澱進這個盆地裡失去名字，變成卡夫卡的蟲。

「下雨了。」

千餘個雨天後，K已習慣在我開傘的同時摟住我的腰，我於是習慣把傘撐得很低，因為那是逼不得已的。

我跟K認識有四年了，嚴格來說是交往。他是我的愛人，我們同居。

三年前住進K離捷運站很遠的小小的公寓裡，K因而不再抽菸，後來房租一人一半；床一人一半；人也一人一半。頭兩個月我每天晚上都在K的懷裡哭著睡著，像某種時差或水土不服。這跟跨越了幾個經度無關；跟呆滯的週末可能比較有關。K總想安撫我，但他始終辭窮，因為他也知道，回去是需要成本的；但那偏又不單單只是一張車票而已。

K忠於攝影，在一家名不見經傳的攝影工作室當助理，我們也是如此才認識。他出門總帶著相機，包包裡可以什麼都沒有只裝底片。偶爾K比我早下班，就到店裡坐著等我；他說他喜歡我的單眼皮，喜歡拍我。

也愛我，而不僅限於肉體關係。

剛好我們都是彼此第一個真正的情人；用瞬間來紀念我們第一次對自己誠實。

不同於我的是；K單親，記憶裡父親的印象已長了二十圈年輪；老母親和些親戚住在不靠海的山腰，他說那裡也很常下雨。但K反倒像個誤闖都叢的獵人，流乾山野的血，卻未曾絕對的榮耀。惟獨在失眠的晚上，K抱著我，我才從他胸懷嗅到一點點遼闊的草原。

四年來，我沒看過K哭。他說他難過的時候就喝酒，醉了就睡；醒來就好，還說男生不能哭。可為什麼不能哭？他沒有回答我，因為他也不知道。

我想起小時候跌倒，眼淚比血流得還多還快，父親只是淡淡地安慰我說：「男生要堅強，不可以哭喔。」幾年後他打了我少年都有的第一個耳光，當下我於是覺得自己不能哭了。

K說那是種承襲。

有天電影散場之後，我問K他會結婚嗎，K說：「會吧。」最後都綠燈了我們還是停在路邊。

十月的空虛繞指，無手可解。

月底母親打了一通三年不見的電話，接起來我就哭了。電話那頭彷彿可以聽見父親在我離家前幾天貶損的字眼，一字一句再次重重丟進我耳門；彷彿父親又打了我一頓，好似能把櫃居的獸打成人形。

「一個人過得好吃得飽嗎？」除了久違的南部腔，媽的聲音更像沙漠。

黃沙之中還有好久以前爸歇斯底里的怒吼聲，責備媽把我養得怪模怪樣；甚至看了心理醫生，更找來基因相關的手術照了一張大腦的X光，仍然徒勞無功。菸的白霧和失落在他臉上堆疊，迷濛裡他終於也不住地大哭了。

因為我是獨子；也是孽子。

所以我來到這個微光城市。起初的時候，我偽裝成原生的居民，唯恐那似有若無的種族歧視。我開始剪週末報紙買一送一的截角；開始探訪每一間超市，讓差價啃嚙枯萎的靈魂。然後把洗衣精加水攪成兩罐，中餐晚餐合著一餐。K說就當作是減肥吧，卻偷偷在我皮夾裡塞錢，但我總又還給他，不想窮到賤售自我的意志。久了也就被這種困獸之鬥般的生活制約，像習慣為少數者那樣。

一陣冗長的沉默之後，媽突然說：「你爸得了肺癌。」我卻希望自己什麼也沒聽見。

國中時，學校裡的混混喜歡聚在頂樓抽菸。恰巧班上有著幾個，偶爾他們會找我一起上去，我每次都拒絕。因為菸味是父親的象徵，那讓我想起他的若即若離。菸與父親同樣不可觸。學期末我被他們硬拖著上去，點了根菸塞進嘴裡叫我大口地吸，轉瞬我臉都脹紅了，連咳了好幾聲只覺得喉嚨裡槍林彈雨，像一種自焚；也許輪迴一轉投身嗓啞，喉嚨仍是灰燼。

當時的我不懂他們的執著；一如我不懂父親的癮。更小的時候，一打開門我就可以從味道判斷爸在不在家；只要他在客廳，我就躲進房間；必要時摀住鼻子，坐得比他更靠近風扇。媽總笑說爸抽的菸都可以買一台車了。我從不進網咖，因為裡面的人有著跟爸同樣的手勢，味道也一模一樣。我想起《摯愛無盡》裡的科林弗斯，在自殺以前仍去買了包菸，似乎不再是習慣，而是害怕；因為抽完這一根，他就要連生命線也一併燒掉了。

後來媽哽咽地跟我說了好久好久，掛上電話一切飄然如詩，可我已陷入流沙。

雨生雨；月迭月，滴滴答答的響聲穿透屋簷，整個房間都起霧了，幽微的霧裡有K。我們倆赤腳踩進河裡，河裡有無數的石頭，河水多麼冰涼。大大的石頭們從遠遠的山上來，到我腳邊早磨成了細細的沙；我不禁躺下來讓河水鑽進袖口，滑開，再流經我的臉爬上我鼻子；一個眨眼的毫秒，我終究也一點一點地流逝了，流成無數的石頭；流向無數的盡頭。K急忙托手想撈起什麼，水卻從他指間窸窸窣窣地溜走。

年底媽四處籌錢讓爸住進了台中榮總，想爸走得比我悄無聲息；亦更加狼狽。旦夕推移之快，見到爸的第一天，他在睡覺，我只覺得自己是看到一個頭頸腫大身軀枯瘦的老人瑟縮病榻，連影子都稠稠的。剛開始，爸總用半禿的後腦對著我，不跟我說話；好像沉默也是種癌症，沒有標準藥物。床台上的溫茶涼了幾十次，轉動水龍頭爸的咳嗽聲就掉下來。

幾天之後的晚上我在醫院過夜，夜裡爸連打呼聲都變得羸弱而嘶啞，似乎欲語還休。隔日醒來我便不再拐他說話。

跟每個肺癌患者一樣，爸也錯失良機發現得晚。醫生說爸的情況肇因於菸癮，屬於小細胞癌，嚴重性恰不名符其實；而且已屆中晚期，治療起來相當困難，手術費用更是龐大。機械式的口氣繼續達達說著光力學或放射之類的等等，媽卻聽得眼眶都紅了。

不論無情是不是醫學院的必修，診間已然闃靜無光。

爸跟他的父親很像，有個偌大的鼻子，關於這點我只能從唯一的照片裡知道。除此之外，爸的父親還是受日本教育的，就如同想像中的霸氣、固執、嚴厲。潛移默化裡，爸連人格都克紹箕裘。也許爸是他父親的投射；而他也對我有所投射。

農曆年節，媽應爸的要求接他回家短住；媽說難得三個人又一起了，但我答不上什麼只是苦笑。稀釋了過節的氣氛，晚餐吃得相當清淡，中途爸突然問我有沒有女朋友，還說改天身體好點再帶給他看。

「嗯。」罪惡是一種溫柔的謀殺；有那麼一瞬間，我覺得自己也變成巴比，踏上了他縱身跳下懸崖的歸途。

某個半夢半醒的夜，K帶著我去劍南山；燈火熠熠，眼前滿是墜地的流星。K的話倏忽即逝，回音流洩整個盆地，聊起了未曾提及的童年；最後卻是要我先做好心理準備。可我該準備什麼？我又能準備什麼？

「你會後悔嗎？」K在下山前這樣問我。

不會。因為我是一朵玫瑰，一開始就是。

回到醫院的父親更少說話了，像一齣辯士也瘖啞了的默片。接續好些天咳血，爸的唇色漸淡，燒發了又退；退了又發。連同藥劑在內，爸的食慾跌宕谷底；總是顫抖著睡著，醒來掌紋如是再對折了一次。老人斑在爸的手上變得顯眼而怪誕；彷彿每咳一次血，顏色就愈發濃烈。近幾天爸戴上了氧氣罩輔助呼吸，吞吐之間，霧氣籠罩爸乾槁的面容，無言已是他生命中不可逃避之輕。

後來醫生決定給爸做預防性顱部放射治療，以免癌細胞擴散至腦部。媽急了，頻頻問醫生會不會痛或有沒有什麼後遺症之類的問題，爸卻不發一語。我要媽放心，說菩薩會保佑爸的；媽才答應給爸做放療。手術前一天，媽特地去廟裡跟師父求了張平安符要爸帶著，可隔天進治療室前，護士褪去爸身上所有的負累，連符也留下。

想子彈般的輻射線貫穿爸的身體，術後洗盡鉛華，忘了前世的紅塵。

前年夏天跟著K回到他僻靜的老家，最近的麥當勞得二十分鐘車程。時值螢火蟲的交配期，月光灑落整個溼地；K的眼裡有火，火光閃爍，忽明忽滅。見到K的母親，有著爽朗如山野的表情；K的父親卻不著痕跡。

K於此沒有任何印象，唯一的線索是父親的名字，可惜查無此人亦無所址。K看得很開，笑說小時候也沒像電視演的因為這樣被欺負，存歿早已不重要。

那天晚上，K將他的陰莖緩緩推進我的身體裡面，我感受到的，不只是生理上的溫熱而已。

今年夏天，爸的日子比螢火蟲更難以捉摸，幾乎連下床的力氣都沒有，也不再喊餓說痛，就掛著兩道泛光的淚痕。爸每咳就見血，媽拍背也不是；不拍也不是。有時候照三餐餵爸吃菜粥，爸吃不下，但媽捨不得他，一來一往便是兩個小時。後來醫生建議改打些營養劑，媽陪爸一坐還是兩個小時。若要說每個人都難免自私，那愛讓媽的自私遁入佛門。

有天媽在家裡東翻西找的，問她要不要我幫忙，直說在找爸的照片。

轉眼醫院外頭也下雨了，斗大的水珠啪打啪打地重擊病房窗戶，而爸似乎什麼都聽不見。我把手帕遞給他，紫黑色的血在上面暈開，爸忽然抬起頭來求我讓他抽根菸，我一怔，眼淚汩汩而下。

我終於明白不是我得作準備；是我該替爸準備。

於是我帶他出醫院，在便利商店買了包他慣抽的長壽牌香菸，爸的五官糾結一起，神情痛苦而寬暢；白煙這次完全包圍住他畏縮的身子，恍恍惚惚爸變成海市蜃樓，風一吹就散了。

父親與我同像葛奴乙；可最後的連結終將戛然而止。

整個雨季遲滯下來，盤桓不去；K南下台中來接我，我緊緊地抱住他一直哭一直哭。即使淋溼是生來就該擔待的宿命，K也還勇敢地站在雨裡等我。水淹及膝。眼神迷離渙散，如此幽微。

原來父親的死不只是他自己一個人解脫而已。

——原載二〇一〇年十一月二十二日《自由時報》

本文獲第六屆林榮三文學獎散文首獎

追憶逝水空間

郝譽翔

一九六九年生，台灣高雄人。台灣大學中文博士，現任中正大學台灣文學研究所教授。曾獲《中國時報》開卷年度好書獎、《聯合文學》小說新人獎、《中國時報》文學獎、《中央日報》文學獎、台北文學獎、華航旅行文學獎、新聞局優良電影劇本獎等。

著有小說集《幽冥物語》、《那年夏天，最寧靜的海》、《初戀安妮》、《逆旅》、《洗》；散文集《一瞬之夢：我的中國紀行》、《衣櫃裡的祕密旅行》；電影劇本《松鼠自殺事件》；學術論著《大虛構時代——當代台灣文學論》、《情慾世紀末——當代台灣女性小說論》。

我出生在寅時。子丑寅卯。凌晨三點到五點。

如今的我，不知為何也經常在這個時刻醒來，忽然間就睡意全無。我躺在枕上，睜開雙眼，望著灰濛濛天光從窗簾的縫隙依稀流入，流到我的指尖。就在這一個光明與黑暗交相滲透的曖昧時刻，四周悄然無聲，生存這一件事卻變得非常不可靠起來。我果真還活著嗎？而此刻躺在此處的軀體又歸屬於誰？魔幻的光影撲朔迷離，從天空中一點一滴篩漏而下，但接下來究竟會是白天呢？還是黑夜？我努力想要讓自己再次地睡去，卻發現時間變得漫長到格外難捱，床頭的鬧鐘傳來分針與秒針規律競走的滴答聲響，是的，漫長得就像生與死的距離一樣，而我正懸浮在這兩端的正中央，微微顫慄的繩索宛如一道電流穿過我的心臟，莫名的悲哀倏忽淹沒了我。或者應該說，是生命本身的重量震懾了我，它壓住了我，就在這個眾人皆睡而我獨醒的時刻，壓得我如此之深之沉，讓我寧可自己就從來沒有降臨到這個人世間過。

於是我又彷彿看見了四十年前的那一個早上，同樣是在寅時，三點到五點，季節是秋末，空氣清潔冰冷，為所有的事物抹上了一股不真實的藍光。落葉無聲鋪滿一條大街，街上卻悄無行人，而醫院就座落在街的盡頭，在一天之中，再也沒有一個時候比這更加安靜的了，夜裡送來急診的病人早就被安置妥當，躺在床上一邊打著點滴，一邊沉沉地入睡，而值班的醫生和護士在忙了一整夜後，也全都累到趴在桌上小寐，負責接生的主治醫師才剛從家中溫暖的被窩爬出來，在趕往醫院的半路上，但我卻已經迫不及待要探出頭來了。

我的母親發抖著，打開她細瘦的雙腿，痛苦哀嚎了一整夜後，她的聲音變得沙啞又淒厲，彷佛是在為自己，也為這個不懂事的、固執非要來到這世上不可的小生命而哭。她阻止不了，只能不停地哭。就在這一剎那，我的父親卻推開護士，他捲起袖子，彎下腰，伸出一雙手，決定自己親自迎接我的到來。

●

我的父親是一位退伍的軍醫，山東平度人。

一九四九年，他以流亡學生的身分跟隨煙台聯中來到了台灣。那是一支由將近萬名師生組成的浩大隊伍，在校長和老師的帶領下，從青島一路搭火車蜿蜒南下，走走停停，經過了湖南、上海、杭州、廣州，然後改搭輪船渡過黑水溝，來到了澎湖的漁翁島。

漁翁島是一座貧瘠又荒涼的小島，光禿禿的地表，終年被東北季風無情地吹刮。這一群學生想再轉往台灣念書，卻被當時的澎湖總司令就地強制編成軍隊，打算遣返回大陸的戰場，而當下如果有不肯服從的，就被冠上匪諜的名義，拉出去槍斃，要不就是在夜裡憑空消失，據說是睡到半夜，就被從床上莫名拖起，用布袋套頭捆綁，無聲無息地投入了茫茫的大海。這是戰後台灣第一樁白色恐怖事件。我的父親也被編了兵，在澎湖的烈日下每天拿槍操練，直到有一天，他趁著被派去馬公採買伙食的機會，悄悄地從船上跳下來，頭也不回地跑了。

在澎湖的炎陽照耀下，石板街道滾燙得發出刺眼光芒，他跑去找舅爺。舅爺是警察，奇怪的是，不知是被窮困所迫還是別無出路，平度人當警察的似乎特別多，也隨國民黨政府來到了澎湖，正駐紮在馬公。舅爺幫父親弄到一張身分證。證件的主人恰好和父親同姓，也是一路從山東逃亡到這兒的外省人，卻不幸得到急病死了，孤家寡人一個，便隨地草草埋葬掉，而我父親頂替了他的證件，從此以後，便以這個人的身分繼續活了下去。在身分證上，除了姓氏仍然沒有改變，代表他還不能忘本之外，其餘登錄的資料全都不是他的，所以一直到父親過世時，我們都還不知道他真正的年齡。而他也始終不肯講，就怕自己會顯得老。

拿著這一張頂替來的身分證，父親搭船去到台灣，本來想考大學，卻錯過了時間，只剩下國防醫專還在招生，他希里糊塗地跑去報考，就在戰時一切皆為速成的訓練之下，兩年後，他就穿上了白色的海軍制服，成為一名軍醫。當我出生時，他早以左營海軍上尉的身分退伍，改在高雄的建功街上開了一間小兒科診所。

於是就在一個分不清楚究竟是白日、或是黑夜的凌晨，在高雄的鐵路醫院，父親從母親的身上迎接了一個新的生命。但我猜想，在那一刻他心中並沒有太大的喜悅，因為他已經愛上了自己診所的護士，一個正值青春年紀的原住民女孩，來自於台灣東部的好山好水，所以有著一雙靈活清亮的大眼，頭髮綁成一條粗黑的長辮，垂在她豐滿的胸脯前。父親早就暗自有了和母親離婚的念頭，而這件事情在我誕生的幾個月之後，終於成真。從此，他便從我的生命中遁走，沿著另外一條鐵軌通向我再也無法介入的人生，而他越走越遠，越走越遠，鐵軌不斷向地平線唰唰地延伸過去，分歧、交叉又復渙散開來，直到在天邊消失成一個我再也無法辨識的，陌生的小小黑點。

而這個時候我的母親躺在產檯上，生產過程的漫長痛苦，讓她虛脫到開不了口，全身上下冷汗涔涔。她偏過臉來，漠然地看了我一眼，也沒有太大的喜悅。後來她還告訴我，就在那一刻她的心都涼了，因為我又是一個女孩。而這已經是母親的第四胎，前面三個全是女兒，她或許寄望如果我是一個男孩，可以讓父親回心轉意也說不定。對於未來，她充滿了不確定的恐慌感，要遠遠大過於對一個新生命的期盼，這已經是我母親的第二段婚姻了。她清楚地明白，自己再也承受不了又一次的失敗。

她的第一段婚姻是發生在二十歲時，才剛從女師專畢業的那一年。

我曾經看過母親那時的照片，頭髮剪得齊耳根短，還來不及留長，臉龐保有青春時期所遺留下來的豐潤和肥滿，而不像中年以後的她，變得那麼的扁平瘦削。她的眉毛按照當時流行的樣式，畫得又粗又彎，嘴唇微嘟著往上翹，塗滿了鮮紅的唇膏。那是一張還沒有經歷過任何風霜，所以才能夠保存得如此完整又純粹的臉，一張沒有欠缺、沒有遺憾、沒有扭曲的臉，就像是一朵在清晨獨自怡然盛開的白色花蕊，讓人不忍心把它採摘。然而，那一張臉卻在我出生之前，就已經悄悄地消失掉了。消失得一乾二淨，就連同躲藏在臉孔後面的愛、夢想與天真，也都一併消失掉了。以至於她們日後看起來，就像是兩個擁有截然不同身世的女人：她們彼此之間毫無關係，也互不相識。

母親的第一段婚姻是招贅的。

我的外公是澎湖人。日本時代他從馬公搭船來到高雄，在哈瑪星港口上岸，落腳打拚生計。據說，他起初跟著兄長，在南部一帶包攬營造工程，收入還算不錯，但也因此染上家族的惡習，錢一到手，就相約到酒家吃喝玩樂殆盡，甚至染上了難治的隱疾。關於這一段母親總說得曖昧，緊蹙的眉尖流露出極度的厭惡不屑，警告我們要遠離外祖父碰觸過的一切事物，譬如餐具器皿，尤其是馬桶。也因此，原本身體就很孱弱的外婆更患了嚴重的潔癖，很早就與外公分房，在生下兩個女兒之後，便再也沒有任何子息。母親是長女，外公堅持要為她招贅。根據母親的回憶，那個年代只有從大陸漂泊來台灣的外省人，無羈無絆又沒有家累，才願意入贅到本省人家。於是透過媒人的介紹，母親嫁給了一個從福建來的警察Ａ，一直到晚年，母親都還認定是招贅的婚姻害慘了她。不過，當初她嫁給Ａ，也未嘗不是出於自願。Ａ長得非常帥氣，身材高，口才好，又很會跳探戈，在每年警界的聯歡晚會上，都是出盡了鋒頭的焦點人物。即使數十年過去了，Ａ的照片也都還一直保留在我們的家庭相簿裡，被默默地收藏在櫥櫃的角落，就像是一段雖已塵封但仍舊不忍割捨的少女舊夢，即使其中充滿了不切實際的浪漫懷想，以及深入皮膚肌理再也無從起出的難堪回憶。和Ａ結婚的第一年後，母親便生了大姊，過了一年，又懷上二姊，但這時Ａ卻因為一樁曖昧的緋聞，被同事Ｔ槍殺了。

Ｔ也是一個從大陸渡海來台的外省人。

奇怪的是，為什麼總是外省人如同被神遺棄詛咒的流亡一族，化成幽暗鬼魅，始終纏繞著我們的家族記憶不去？T的年紀要比A大上許多，出身背景我們並不清楚，只知道也娶了一個本省的女人。那女人沒讀過什麼書，長相也算普通，但個性卻十分活潑，朋友也多，經常拉A加入她們的聚會。不知是否T不諳閩南語，語言不通的緣故，他開始懷疑自己的妻子出軌，和A私底下有了不倫的戀情。但這一切也只是猜測而已，直到今天沒有人知道事實的真相。真相早已被埋葬在幾顆冰冷的子彈下。

事情是發生在一個春天的早上，時間還不到中午，陽光既和煦又溫暖，靜靜地曬在高雄的大馬路上。在一九五〇年代末期，台灣街頭還沒有幾輛汽車，只有三輪車和腳踏車緩緩駛過去，揚起了一陣陣令人愉快的微風。A是鐵路警察，在高雄火車站工作。火車站是一九四一年日本人建造的，在當時看來，應該還算是一座相當新穎前衛的地標性建築，多層次的氣派屋頂，大膽融合了西方古典主義和東方帝冠式的風格。就在上午將近十一點左右，A的身影便從那一座巨大的屋簷底下出現了，他剛剛換下警察的制服，把腰間的佩槍交給前來接班的同事T。而從高處俯瞰的角度，我們看不見A的臉孔，但是他身上穿著一件好看的白色襯衫，薄薄的西裝長褲，走路時挺直的背影，充滿了春日所有的希望和朝氣，而這幅畫面看起來是如此的自然詳和，絕對不可能引起任何人的懷疑。

A悠悠地走過了火車站前的大街。

然後他向右轉，沿著高雄中學的圍牆一直往前走，走過了高大油綠的馬拉巴栗，走過了小葉欖仁傘狀的樹影，細小鮮翠的葉子在頭頂上方閃爍著，讓A想起了自己才剛滿一歲的女兒，那雙總是喜歡伸向空中的粉嫩小手，以及妻子肚子裡正在孕育的新生命，他不禁開心地吹起了口哨。他一直是那麼喜歡音樂和跳舞的人，就連走在馬路上，都彷彿聽見空氣中流動著無聲的歡樂節奏，於是他輕巧地踏起步來，穿過牆邊一條無人的巷子，巷裡栽種著幾棵茂盛的芒果樹和椰子樹，樹下是木造的日式屋舍，一間間整齊地排列過去，頂上一律覆蓋著黑瓦。A似乎看到瓦上睡著一隻潔白的貓，在沉靜的陽光下發出不可思議的神祕光芒，若是在平時，這一點小小的細節絕不會引起他的注意，但是那一天，或許春日太過美好了，喚起了他對所有事物的好奇和愛憐，於是A不禁放慢了腳步，瞇起眼，就在那一瞬間，他忽然聽到身後響起一陣急促的皮鞋聲，啪答啪答的，正在大跨步朝他奔跑過來。他正感到奇怪卻還來不及回頭的時候，兩聲巨大的槍響已經劃破了空氣。他的同事T用他剛才交接的那一把槍，殺了他。

A倒臥在大街上，原本空中流動著的、無聲的歡樂節奏，此刻變得具體而且無比清晰了，原來那是他心臟在噗通的跳動，血管破裂時所發出嗤嗤的聲響，讓他想起了有一回買給女兒的紅氣球，在洩氣時，也是發出類似的聲音，一想到這兒，就彷彿有無數的紅氣球撲天蓋地朝他飄過來，然後紛紛地落在他白色的襯衫上，啪地爆裂，溢出了大灘大灘的紅色血泊，在白日下格外地鮮豔。而那雙原本在後方奔跑的皮鞋，也終於來到A的眼前，但他已經沒有力氣抬頭去看了，皮鞋的主人究竟是誰？那雙皮鞋只停了幾秒鐘，便又啪答啪答地，一路跑遠了。

T站在A的面前，喘著氣，但卻來不及彎下腰去查看，因為他還有更重要的事必須完成。他停了幾秒，便繼續沿著馬路一直往前跑，跑到三民街自己的住處，一座磚砌的簡陋矮小平房，他的妻子坐在門口餵小孩吃稀飯，一不小心把湯匙掉在地上，所以轉身走進屋子裡去換，就在這命運的一瞬之間，T已經來到了家門口。T首先看見坐在學步車裡一歲多的兒子，四下張望，卻找不到妻子的身影。但他沒有時間再猶豫了，他已經驚動了路人。他聽到背後遠遠傳來一陣陣的騷動和叫喊，不知道他們究竟在喊些什麼？仔細一聽，卻又什麼都沒有，周圍靜悄悄得嚇人，他只能聽見自己巨大的呼吸聲，在胸腔內劇烈地上下起伏。春日漂浮在空中無所不在的花粉，此刻香得令人幾要窒息，於是T絕望地舉起槍來，用剩下的子彈殺了自己的兒子，然後自殺。子彈準確地貫穿了他的太陽穴。

而這一切只在短短的幾分鐘之內發生，沒有人來得及阻止，太陽在天空中依然溫柔地照耀著，而火車也依然在一條深黑色的鐵軌上，來來回回地倉皇奔跑。就在那一個表面上看起來寧靜而無所事事的、春日的上午。

●

A過世了，情殺的消息登上報紙頭條。在保守壓抑的五〇年代末尾，我的母親不顧周遭人的異樣眼光和竊竊私語，半年後生下我的二姊，繼續留在原來的小學教書，放學後，就拚命給學生補習，用賺錢來遺忘悲傷，填補生活的空檔。從此以後，賺錢成了她一輩子根深柢固的惡習，解憂忘愁的萬靈藥，而除了這一件事以外，她似乎什麼也學不會。

一直到事隔八年之久，她才又在親戚的介紹下，認識了我的父親。根據身分證上的記載，那時我的父親已經四十歲了，但恐怕實際的年齡還要更老許多。婚後的第一年，母親生下我三姊，隔一年，又懷了我。懷孕就像是一帖揮之不去的魔咒，永恆輪迴的惡夢，當她挺著大肚子，察覺到我父親和護士之間有了異狀後，她陷入很大的恐慌。上一次婚姻留下來兩個女兒，已經太多，而這一次，居然又要再多添兩個？所以她不能再放任事情這樣發展下去了。她的恐懼和不安，也傳染到我兩個已念國中的、同母異父的姊姊身上，她們因此被送到我阿姨家中去住，遠離這一座屋簷底下醞釀的躁動和不安，而我的母親則選擇留下來，努力挽救這一段如今看來已是岌岌可危的婚姻。

正因如此，在我童年的記憶裡，大姊二姊的影像總是時斷、時續的，她們會忽然間在某一個時刻出現，坐在家中的椅子上，俯下身來，伸出手指來逗弄著我，臉孔蒼白但是五官卻很模糊。有時她們又會忽然遠去，有如一陣來去不定的飄渺煙霧，留下甜甜的少女氣味包覆在屋內的每一件事物上。但這一切又似乎只是出於我的恍惚錯覺罷了，因為我揉揉雙眼，再定神一看時，只見到眼前一屋子空蕩的家具，細微的粉塵定定懸浮在南台灣的陽光之中，而它們是如此地自在安靜，不受打擾，彷彿這裡從來都沒有人出現過。

●

當我的母親躺在產檯上，看著我初生的臉孔，她的內心或許是充滿了矛盾和絕望，也或許，她就和這個特殊的時辰一樣，陷入了一種不知接下來究竟會是白天？還是黑夜的迷惘？或許她會安慰自己，否極接著就是泰來，命運不可能如此殘酷，再一次向她開了惡意的玩笑。但事實卻不然，它證明了：沒有人可以抵抗地球的轉動，世界早就按照它既定好的軌道運行，所以事件的發展也絕對不可能逆轉。為了表示離婚的決心，向來急性子的父親，竟採取一種非常激烈又突兀的手段來結束這段關係。他跑去母親任教的小學，當著許多孩子的面前，把她從教室的講檯上拉下來，拉出校門，拉過大街，一直拉到法院去宣告仳離。

而這就是我們在高雄的生活，看似由傷痕累累的記憶一點一滴堆疊而成，但幸運的是，關於這一切，年幼的我卻是一無所知。反倒在我腦海留下來的印象，全都是一幕幕美好閒適的田園牧歌。我還記得每天早晨賣豆花的老人，挑著扁擔，吆喝著經過門前，我們就趕緊握著銅板和碗出去買。老人的吆喝聲悠遠蒼涼，不像在叫賣，反倒更像是在發出一聲又一聲的長嘆。還有端午節快到了，我坐在廚房的小板凳上，看著外婆綁粽子，她的手藝又快又好，沒多久，就綁了一串又一串油亮肥胖的深綠色粽子，然後拎起來，放到燒滾了水的大爐灶中去煮，煮得整間房子都是濃濃的粽香。外婆也擅長養雞、養鴨，傍晚時分，火紅的晚霞落了滿天，我跟隨她拿著竹竿網子，走過長長的田埂，到池塘邊去撈浮萍餵鴨子，或是坐在小小的後院，看她殺雞，耐心地用夾子一根根拔去雞皮上的羽毛。外婆總是一邊拔毛，一邊說故事給我聽。她指著落在天邊的半屏山給我看，要我猜為什麼山頭不見了，只剩下一半呢？我搖搖頭。她說是因為是有一個好心的仙人下凡，把山剷了，搓圓仔去賣幫助窮人的緣故。

被外婆一說，那遠方墨綠的山巒和近處青翠的田野，也變得恍然有靈了，在風的吹拂之下，蕩漾起悠悠的波光。在一個孩子的眼中看來，被這日常所包圍的生活自然而然，也實在沒有什麼可以感到缺憾了，只除了外公見到我們姊妹時，偶爾會輕輕地咒罵兩句，說我們全是外省人，是外省人留下來的孽種之外。

是的，外省人。他們指著我們四姊妹說。

因為母親生的都是女孩，兩次招贅成了可笑的徒然，甚至是對於男丁貪念的懲罰，而四個姊妹也全都跟了外省父親的姓，沒有一個延續外祖父的，因為沒有那個必要。於是一個奇怪又稀少的外省姓氏，戴在我的頭頂上，一看就知道不是出自於本地的，而是可疑的外來者。

外來者。流浪漢。流亡之人。履歷不明。頂著一張冒名的身分證，不安不羈的荒唐靈魂。我背負著父親的姓氏，就像是背負著一樁樁不可洗滌的原罪：不負責任、墮落、反覆無常、暴力、壞脾氣，隱藏在遺傳血液之中的性格，從我牙牙學語時便可以見出端倪，都再再讓人聯想到了我的父親。而他們對著我，指證歷歷地說：這是外省人留下來的孽種。

●

就在如願離婚之後，父親卻沒有立刻和那位原住民小護士結婚，不知為了何種細故，他們吵架分手了，這或許燃起一些些父母復合的希望。在我三歲時，母親又帶著三姊和我，搬回父親的診所去住了三個多月。如今我還清楚地記得，父親騎著一輛偉士牌摩托車，雪白的，每天都擦得閃閃發光，黃昏時分，他就載著我們全家人去澄清湖兜風，騎在大街上非常地招搖。至今我對澄清湖都還保有美好的印象，也全是源於那一段家人團聚的短暫時光。

但短暫的團聚，卻反而更印證了父母之間再也無法彌補的裂痕。這一回，父親又愛上了診所新來的護士。那護士的皮膚又薄又白，薄到青色血管幾乎隱約可見，是一個比水還要剔透的女孩。她最喜歡趴在掛號處後面的小木桌上，埋頭畫洋娃娃，每一個都有水汪汪的大眼睛和長長的捲髮，頭上繫著斗大的蝴蝶結。我和姊姊年紀小，總是纏著她畫娃娃，畫了一張又一張，畫好了，她就拿去貼在診所的牆壁上，貼得到處都是，一雙雙不成比例的大眼，夢幻又帶了點莫名的憂傷，充塞在診所的每一吋空間，上上下下不定漂浮著，直盯著來回過往的人瞧。私底下，母親不禁埋怨起來，半夜上廁所，猛然一下撞見牆上人影幢幢的，還真是有點毛骨悚然哩！但父親卻笑瞇瞇地也不阻止，反倒還稱讚護士說，她畫的娃娃簡直就和她本人長得一模一樣。

於是就在三個月後，某個深夜，父母爆發了激烈的口角，父親勃然大怒，把母親從床上揪起，一把抓住她的頭髮，抄起地上的拖鞋劈頭就是一頓狠狠的痛打，任憑我和姊姊跪在地上大聲哭喊求饒都沒有用。母親渾身是傷，再也沒臉待下去了。她終究帶著一雙女兒黯然地搬離診所，只留下了父親、護士，和那一屋子數也數不清的洋娃娃。

我們搬出診所，換了好幾個住處，我也換了好幾個幼稚園，從此我對家庭不復有完整的記憶。那裡面的成員總是流動不定，一下子有父親，一下子有外公外婆，一下子有阿姨，一下子大姊二姊又不知從何處幽幽地冒出，不同的臉孔在不同空間中時隱時現，如同走馬燈一般掠過我童年的風景。而那是我最初的小宇宙，混沌未開，一切事物都失了先後的理路和秩序，全被壓縮凝煉入一個小圓球之中，同時並存重疊交織，卻又朝外散渙分離，當想要再追回之時，也只剩下一幅幅不連貫的蒙太奇。

——原載二〇一〇年十二月二十七日～二十八日《中國時報》

二　人生・生生不息

沐浴綺譚

雷驤

一九三九年出生於上海。台北師範藝術科畢業。曾獲《中國時報》小說推薦獎、金鼎獎，電視紀錄片多次獲金鐘獎，現專事寫作、繪畫，並為紀錄片製作人。

著有《愛染五葉》、《文學漂鳥》《雷驤極短篇》、《悲情布拉姆斯》、《流動的盛宴》、《行旅畫帖》、《捷運觀測站》、《隨筆北投》等小說、散文作品三十餘種；影集《映像之旅》、《歲月中國》、《作家身影》等等。

父親最後一次獨個兒出門，即前赴都會中僅存的上海式澡堂洗澡。

對一位七十五歲的老人而言，途程堪稱複雜：須轉乘長途公路汽車、計程車以及短途步行，方能抵到位於台北曲巷中的「逍遙池」。那裡有熱忱相稔的堂倌、搓背師傅，以及似曾相識的其他泡澡客，之間，展開愉快的聊天極為自然。父親躺在寬闊的湯池邊緣，瞧著熱氣蒸騰呈淡青色的熱湯，意境想必一如澡堂的名字「逍遙」。

雖然自己家中淋浴、泡澡的設施齊備，但父親總時時念想起大澡堂混浴的滋味，高溫的水深深浸沒雙肩，浴池間充滿熱鬧的共鳴語聲，為了這些，父親少則十天半月，多則一、兩個月，寧願乘車受罪，也要去泡一回。

話說炎陽的午後，父親一個人走在清寂的巷子中，忽然一個顛躓腿腳軟下來，跌坐在柏油路上，路上此刻一無行人。不論怎麼左右用力，竟不能讓沉甸甸的身軀重新站起來。

「難道就這麼樣起不來了嗎？」父親低頭看自己畢挺的西褲光潔的皮鞋，覺得不可思議的難堪，柏油路面的炙熱漸漸傳上來。有一個婦人從公寓陽台看見這一景，奔出來才將父親扶起……。

上海式澡堂的情調現今人大都不明白。幼時曾被父親帶去一兩回，總覺得熱水浸到胸口，就十分窒悶。煙霧瀰漫中，見泡得渾身通紅的人體，從池底起起落落。還有的躺臥兩尺寬的池邊上，任由搓背師傅像洗潔物品樣地對待，受者一面發出不知其為痛苦或愉悅的呻吟。

這種肉體上的滿足，大約各民族都有所追求。參考著名的古羅馬卡拉卡拉大浴湯的設施圖鑑，可見當時玩得如何過火，以致歷史學家將帝國敗亡的社會風氣歸咎在這上面。

早期日本的付費公共浴場稱作「錢湯」（有別於廟宇或官方的「施浴」），二樓設有男人的休息室，專門有「湯女」作梳理頭髮、擦拭身體的服務。《慶長見聞錄》寫道：「湯女們容貌出眾，態度優雅親切，比諸老婆有過之」，她們還兼及執壺談笑。這樣的服務終歸要出事，於是幕府出面干涉。浴場改雇叫「助三」的男性侍役以代替「湯女」——大約同上海澡堂的「搓背師傅」類似的角色罷。

近期台灣的家屋中，將「四件套」（淋浴、泡澡、馬桶和洗面檯）固定設置在一個空間裡，已十分普遍。對古人而言，把「洗潔」與「排遺」兩種設施放在同一空間裡，還十分不調和呢。他們的作法或許更簡單：放置馬桶的地方，就是便所（或許是臥房的一個角落）；放置澡盆的地方，就是浴室（或許是廚房的一部分）。

我聽說過祖母的事。在一日勞累之後，特別是冬天的夜晚，祖母會端一木盆的熱水到床邊，把小腳連同裹腳布一併浸泡進去。當那溫熱沁入身心，以至打算坐浴的祖母在自己的膝頭睡著了——孩提時代的父親夜半忽然醒來，見木盆裡的水早已冷卻，且表面層已結冰，祖母像粽子似的小腳實際是插在冰片之中……這成為父親對「生兒劬勞」一語刻骨銘心的形象。

●

往昔，只要不寒冷，人們大都往溪河裡就浴，即使婦女也有特選隱蔽的地方（在峇里島旅行時，導遊為此特地開車停在某一高處，向溪谷間指指點點）。

我的河浴經驗在上個世紀九〇年末，俄羅斯東部沿日本海的生態保護區叫斯巴斯克。寄宿木屋是由整根樹幹堆疊的「牆」所圍起，外裡厚實壯碩很有風味。設有公用浴間，但供水不足，水喉出水只勉強連成一條細線。

這是夏天，氣溫約十七、八度，十分爽颯，野外踏行整天回來而不能洗澡感到痛苦。幾天後，在木屋區近旁發現一條水量豐沛的小河，兩岸林木掩映，我想不妨裸浴罷。很奇怪，河面上漂浮著高達一公尺的霧氣。下河浸浴不過一、兩分鐘，跳上岸來即全身凍得通紅，與澡堂熱水浴上來的人體外觀一樣。這河水來自源頭高處的融雪呀，譬如我們取出冰箱裡的冰塊丟在桌上，也會產生一層霧氣漂浮，大約河面漂霧也是同一道理。

短暫地浸在湍流的河底，又爬上岸來，這麼交替著。兩岸高聳的蒙古橡木林遮蔽天空，雲朵緩緩移過，像十九世紀畫家Corot的素描。耳朵傳來啄木鳥篤篤篤啄樹幹的聲音。偶爾對岸三、五個人肩著伐木的斧鋸走過，看見我就舉起大拇指笑著，不知是嘉獎我的勇氣，還是譏諷我的傻氣。這些喜歡穿方格子條紋上衣的工人們消失林間之後，我總聽不到應有的伐木聲傳來，大約林場在甚遠的地方呢。

位於喜瑪拉雅山麓的不丹，有旅人住進首都的一家旅邸，浴室裝置著從印度進口的浴缸，但旁邊有一口盛滿水的塑膠桶，還有像電爐那樣的東西，露出電線——彷彿是要旅人直接放進桶裡將水加熱之用。

那個旅人說：當地人的熱水浴法更值得羨慕——田埂旁挖好坑洞（相當浴缸的規格），在旁邊把一堆石頭燒熱，直接丟進坑洞的水裡，就可以進去泡熱水澡了。

我的小孫女才四歲，已能分辨「淋浴」與「泡浴」的優劣，她常說：「我不喜歡像下雨的那種東西……」她家浴室裝置了直徑十五公分號稱「花灑」的新潮淋浴設備。

如果有機會在我家浸浴，孫女定要在浴缸裡戲耍半小時流連不起。她已初俱美人胚的臉頰，反應敏捷，長著一雙含笑的眼睛。有時我探看她在浴盆裡的喜悅之狀，她便迅速關閉隔開乾溼的玻璃拉門。

現在的這口塑鋼浴盆，保溫效果比陶瓷製的為好。它整體曲弧的線條如一支優美小提琴胴體，中間彎進來的部分，左右各裝了金屬扶手，以便浴者輕易起落。它一體暖灰色調，似乎為烘托浴者裸體的細白與豐潤。為了增高泡澡時的水位，我們將上方原有的泄水口以塑膠泥堵塞住了。我常在熱水覆體中孤芳自賞，研究水中浮力以及折光所產生的種種變形。

我們並非最初即擁有完善的沐浴設備，猶記得孩子們小時候，我得從廚房端一口大鍋滾水，到距離很遠的一個我們稱為「浴室」的空間，傾注進一只大桶裡與冷水調和，看頃間升騰的霧氣，妻子口中哄著哆嗦著裸體的孩子們說：來，洗個霧霧澡！

●

洗澡設施普遍簡陋的時代，對於旁人享有合理、舒適的沐浴道具，難免心生嫉妒。八〇年代，在中國我曾經參觀過宋美齡的浴室——這兒曾是蔣氏南京的別館，樓下現時為一家高級餐廳，開放給人參觀的二樓，擺設傢俬木器，以及置放瓷浴缸的光線亮敞的浴間。從我們現今的眼光評價，這個帶著四隻獸腳的大浴缸算不上華麗，其它附從的洗面檯、幃幔和腳凳等等，倘若編入一本當下的浴室設計型錄裡，都不算突出。大約參觀的人難免在腦中映出老婦沐浴狀態下不完美的形體。猜想作此安排主要的目的，似乎在於要民眾產生「奢糜生活」的印象。

那是中國物資條件不足，都市的人們大多在公共澡堂洗浴的時代。

據說台灣演員魯直回到東北家鄉，住在弟弟家裡，第一天晚上張羅在自己家裡洗了澡。第二天魯直同樣提起要洗澡的事。弟弟說：昨天不是才洗過？老哥，哪能天天洗澡啊，鄧小平都辦不到！

氣候的關係，台灣人實在太愛洗澡。

某年我在巴黎短住。一位在劇團工作的台灣女子，好心地把租住地方分了一間房給我。那是市區典型的四層樓公寓，大約上百年的歷史了吧，建築形式成熟、施工講究，尤其是近期才大肆改造了浴室，先進的陶瓷與雪亮的黃銅配件，對一個喜愛洗澡的短期住客，有莫大吸引力。

半個月後，終於收到二房東放在我桌上的留言：

「請你改變每天早起洗浴的習慣。」大意是這麼著：「這裡的壁板甚薄。排演實在很累，卻不得好睡眠，明天即將預演，願能安眠……請勿上午十時前入浴。這麼說，可千萬別生氣。」

她的意思是：我每弄出很大聲響，以至侵擾她睡眠。自忖並無在沐浴中狂歌，或拍水的習慣，只是正常安靜地洗澡。反而對於有人十五天來全程地傾聽，感到悚然。

看來我倆的作息顯然完全相左，但我從不知道女演員何時入浴。

那之後，有一回偶爾談起，她說：法國人不常洗澡，擁有完善的浴室只是一種形式。他們習用香水，她又補充說。

我所理解這句話未說出的意思是「以掩蓋體臭與汗水的氣味」。

●

我住家所在的北投，路口往往出現十幾塊指路標，曰：會館、賓館、溫泉旅邸等等，顯見發展出溫泉之鄉的風物。有五年時間，我們加入當地一個俱樂部形式的會館，有泳池、健身鍛鍊的機具，以及包含蒸氣、乾烤與冷熱水浴等等。

會眾在大浴間的形象其實可笑：赤條條地在鋪有卵石的步道上走來走去；有的做體操；也有人堅持用皮管強烈水柱沖地；有人自備橡皮球不斷往身上拍打，伴隨吼叫和呻吟（當然這說的是「男湯」情形）——此情此境大約精神病院的大通間差可比擬。

我讀書寄宿舍時代，也有供熱浴的大澡堂。有一年暑假，少數留校同學，集中原舍房住。照舊食堂吃飯、澡堂洗浴。有一天同窗M與我兩個人推開大澡堂的門進入，照例前面有檜木製置物櫃，屏擋成脫換衣服的一間。我還繼續脫著呢，M一馬當先往隔壁大浴池衝去，忽然聽見他大叫一聲，裸身往回奔，口中說：女的，女的，拉著我往外跑。

後面傳來哄然一片銀鈴般的笑聲。

我們這才回頭看見門外貼有告示：

「本浴室自即日起劃歸日本女大排球隊使用。總務處」

M本來對異性身體、生理極具興趣，此回竟然吃癟。那些女排選手們原以為台灣也有男女混浴的習俗，忽見來者抱頭（用臉盆遮著臉）而逃，怎麼了呢？這才大笑開來。

男生由於服兵役經驗，在大浴間袒露相見並不介懷。女性則不然。曾聽一位女士說起那樣的事：

幾個年輕女同事共遊日本，泡溫泉少不了是旅遊節目之一。平時在盛裝下相與十分熟稔，但想到面臨共浴而裸裎，彼此必得讓其他人看到光裸而不安起來……（由於敘述者是個美人，我的耳朵不自覺地格外豎起）。

這七、八個女子在更衣室各自祕密地脫去衣物，用大浴巾把身體裹得密實，心想：待會兒迅速解除浴巾，即刻浸入白濁的溫泉裡去，那麼彼此對視的，只剩浮在水面以上的頭部而已了。

在那有十幾個池子的大浴場裡，她們不約而同地向遠處無人浸浴的池子走去，然後選定一池，圍站在池子四邊，依計快速丟棄浴巾踏進池子，立刻沉下去。大約過了五秒鐘，裸女們一齊跳出水面！原來那無人問津的池水竟是高溫滾燙的！

這一幕，在我腦中映出極其美豔燦爛，幾個裸體晶瑩滑膩地從蒸汽中浮升（雖然實情倉惶，但此時變成慢動作），使我連想到波提且利的「維納斯的誕生」——美神降世時不可一世的光輝，綜紅色捲髮披散，勻稱的長身背後襯托著一枚巨型貝殼。這裡同時浮升幾個裸女就好像名畫「誕生」的變造版，各人不自主的雙手分別摀著身體的局部，意外的袒露使她們不得不低首羞赧……。

沉浸於想像中的我，回過神來的時候，覺察到敘事者的話題早已拋開澡浴這件事，轉向別處去了。

——原載二〇一〇年三月九日《中國時報》

四月的聽覺

王鼎鈞

一九二五年生，山東臨沂人，筆名方以直。曾任《中國時報》主筆、人間副刊主編。曾獲行政院新聞局圖書著作金鼎獎、《中國時報》文學獎散文推薦獎、吳魯芹散文獎等多項肯定。現旅居美國紐約，專事寫作。

著有散文《開放的人生》、《人生試金石》、《我們現代人》、《葡萄熟了》等。回憶錄四部曲《昨天的雲》、《怒目少年》、《關山奪路》、《文學江湖》前後書寫十七年，是見證中國近代史的磅礴作品。

四月・某日

晚間隨老妻到朱德美女士家晚餐，另一對陳氏夫婦同席。朱女士信佛，我和陳氏都是基督徒，陳先生談吐顯示事主恭謹，但能與佛門弟子交往，頗見度量。

朱女士講了一個小故事，很動人。

女孩的父母信佛，男孩的父母信主，兩個年輕人戀愛了，雙方家長都堅持對方必須改變宗教信仰才可以結婚，於是這一對戀人開始互相說服，但是誰也沒有「投降」。有一天，男孩出了車禍，生命垂危，這個信佛的女孩連日進教堂跪拜禱告，祈求「他信的神保佑他」。男孩終於不治，遺言葬禮儀式照女孩信仰的佛教辦理。

我想這個故事應該像「羅密歐和茱麗葉」，可以化解兩家的宗教歧見。

四月・某日

老妻比我有人緣，常有訪客傾心吐膽，而我不得與聞，這一次「無意中」讓我聽見了。想起畫家的速寫，想起素描、速寫等用語俱已移用於文學寫作，於是速寫如下：

婚後，朋友問我第一胎希望生男還是生女，我說「生女兒」，為什麼？下面的男孩有個大姊比較幸福。

第二年我生了個男孩，全家高興，我趕緊說「生女兒是我的第二志願」。

可是以後第三胎第四胎都是兒子，在那個重男輕女的大家庭裡，我這個媳婦連生貴子，算是很爭氣，給丈夫掙足了面子。我在笑逐顏開之餘不免怏怏如有所失。

那是計畫生育高唱入雲的年代，流行的口號是「兩個孩子恰恰好」，我家超出限額一倍，不免惹人另眼相看，自己也確實辛苦。我們「外慚清議」，暗暗叫停，同時「內疚神明」，總覺得兒子都是「他」的，女兒才是「我」的。

漸漸的、我開始喜歡別人家的女兒，忍不住給她買件衣服或者送一件小首飾，於是有人說我在選媳婦，我趕緊澄清，選媳婦是兒子自己的事，不是我的事，我只把她們當女兒。「疼媳婦和疼女兒有分別嗎？」有，那像是橙子和橘子都可口，像旭日和夕陽都美，可是有分別。

我喜歡女兒，漸漸有了一群乾女兒。朋友說，如果你自己有女兒，又怎會有這麼多乾女兒？她們都叫你「媽」，跟親生一樣，她說我「賺了」。我連聲稱是，心中暗想，朋友借給你一張畫，讓你在客廳裡掛幾天，跟你自家的收藏能一樣嗎？

可是我已注定了沒有女兒，有時候我看見人家盼望男孩，生出來的淨是女孩，和我恰恰相反，心中納悶：生男育女這檔子事，冥冥之中真有個主宰嗎？祂是怎樣安排的呢？祂究竟勤快還是懶惰呢？是精明還是糊塗呢？祂心存善意還是和我們為難呢？人口專家說，千百年來，世上男人的數目和女人的數目有天然的平衡，除非有戰爭或者溺嬰惡俗，既然這樣，為什麼不家家平衡一下呢？

每逢看見「遺憾」或「心願未了」這樣的詞句，我總想起我沒有女兒。我不甘輕易放棄這個願望，為了生個女兒，我願意來生再做女人。

四月．某日

晚，雷聲隱隱不斷，是我今年第一次聽到的春雷，溫和如作試探。

這聲春雷來得太晚了吧，我幾乎把它忘記了，按照農曆的節氣，通常「驚蟄聞雷」，現在距離驚蟄一個多月，連「穀雨」也拋在腦後了。

聽到雷聲，老妻流下眼淚，為什麼？她說她記得此生第一次聽見雷聲是在貴州，大約六歲，她問大人：老天為什麼要打雷？她的爸爸說：「因為小孩不乖。」

為了這個流淚？就為了這個。

也許是為了她是一個乖女兒，可是老天仍然年年打雷。

也許為了她也為人母，而她的父母都老了。

有時候，你的親人正是難以了解的人。

她泡了一壺茶坐下，我們喝茶，人在喝茶的時候不流淚（喝酒的時候流淚）。

然後她慢慢的說另一件事。她來到台灣以後，她的一個同學有了男朋友，這一對小情侶不斷偷偷的約會（那年代還需要避人耳目）。有一次，雷聲打斷了他們的情話，男孩指著空中說：「我若有二心，天雷劈死！」

可是他仍然負了她。以後她為人妻、為人母，聽見打雷，悄悄的流淚，惟恐誓言靈驗，雷真的劈死了他，她還是愛他。

為了轉變氣氛，我們互相挑釁，我問老妻是否也有男孩為她發誓，她問我年輕的時候是否也曾為女孩發誓，沒有答案，誰也不需要答案。

我暗想，如果能再年輕一次，我倒希望在雷聲之下有男孩為她起誓，我也曾經為女孩起誓，十九歲以下的誓言才美麗。

——原載二〇一〇年四月《文訊》雜誌第二九四期

蘭花辭

周芬伶

一九五五年生，台灣屏東人。政大中文系畢業，東海大學中文研究所碩士。以散文集《蘭花辭》榮獲第一屆台灣文學獎散文金典獎、《花房之歌》榮獲中山文藝獎，作品被選入國中、高中國文課本及多種文選，並曾被改拍為電視連續劇。現任教於東海大學中文系。

主要著作有散文集《花房之歌》、《閣樓上的女子》、《絕美》、《戀物人語》、《周芬伶精選集》、《青春一條街》、《蘭花辭》等；小說有《妹妹向左轉》、《世界是薔薇的》、《影子情人》等；少年小說《醜醜》、《藍裙子上的星星》、《小華麗在華麗小鎮》等。

如果這是逃亡路線，我是不是來到終點？

這屋子與院子種了些花木，園丁說門口種竹是對的，竹報平安。那院子進來的那棵梅樹怎麼說？還喜上眉梢咧。梅蘭竹菊四君子全到齊，我不排斥這文字遊戲與迷信，遂在後院弄了個迷你網室養蘭，卻連養蘭的常識也沒有，把蘭花曬得紛紛死去。

現在只剩菊了，但我對菊花沒感覺。

對你漸漸也沒感覺。

我想我會死在這個終點。

搬到這房子天天躺在床上呻吟，其時還是夏末秋初，天氣蒸熱，房間到了下午嚴重西曬，我感到身體日漸朽壞乾枯，如同這個行將朽壞乾枯的老屋。

過了五十，該有的都有了，連兒子也回到身邊，一切太像夢，讓人罪惡，人生再無目標，這就是所謂的終點嗎？

有時狀況壞的時候很想把抽屜所有的藥一起服下，這樣的念頭越來越強烈。

或許不配過這樣的生活，幸福對我而言太沉重，自己作自己的心理醫生常常是死路一條。

撐到最後掛了門診才知病情加劇，藥量壓不住。這是因劑量不足而引發的種種不適，原來如此簡單。果然加重一倍藥量，恢復正常作息。

連一點刺激都受不住，身體脆弱如紙糊人。

多年來拒絕接受是病人，說自己只有口乾症，只需要一點八仙果與一些肌肉鬆弛劑。

醫生說，陽光讓病情加劇，而這個夏天特別長。

是啊，從七月到九月，每隔一天或兩天，在盛大陽光下奔走於中港路上，為了定時澆花澆草，通常過午到達，等到太陽西斜才澆花，這應該是件愉快的事，但等待的時間覺得房子像火燒，汗流不止，進入還在裝修的房子，感到黑沉沉的憂鬱。

原來連陽光都曬不得，就像走廊上的蘭花，因過多的陽光折了腰萎了花瓣，一點也無花的形貌神采。

只有擺在客廳中的白蘭花，來了四個月還硬挺著一路開花，常來的客人都說：「這花都不凋，是假花吧？」好像為了反駁，不久又生出兩個花苞，彼時已入冬，陽光甚少來訪，寒流低至五六度，窗戶緊閉，一室闇然，越多的陰影讓它越強壯。

我就像那蘭花，因天涼後，身體日漸好轉，還吐出兩個花苞。

那是黑暗的花苞，因無光無溫長出的蒼白之花。

芝蘭之屋滿室幽香已成笑話，現在台糖的溫室蘭花像紙鶴般無聲無臭地開，鼻子湊再近都沒用。

背向你很久了吧，沒有罪惡感的我，自覺良心破了大洞。

先背向異性，再背向同性，再背向異性，也許我兩者皆是，兩者皆不是，情感自有它的紋路，岔出去並非到頭，而是再岔出去又岔出去，如同掌紋，直到紋理淡去。

你包藏著自己的慾望，逃到陌生的城鎮，也許連有沒有慾望都不確定，是不是背叛也還說不定，因為還有聯絡，你的東西還在他（她）那裡，他（她）的東西還在你這裡。

需要確定的實在太多，就讓它懸宕，如同一封封寄出的電子郵件，常常沒回音，而你也不想回。

活越久叛逃的人越多，時間越久，再也分不清誰是叛逃者，誰是被叛逃者，反正我們都是孤身一人，在不同的城市擁抱各自的孤獨，有什麼差別呢？

所有道德的譴責到最後都跟掌紋一樣越岔越淡。

剩下的只有草原上的風，街道上的雨，還有各自擁有的窗口。

你的窗口緊閉，一絲風也透不進，還加了遮光簾，你不需要光也不需要空氣；而我的窗口明亮，窗外有花木草原，大量的光線與風沙像海浪湧進來，但我沒比較快樂，跟你一樣日日老去。

連性別也不那麼重要，人到一個年紀，女身男傾，男身女傾，再也無分別。

一切無分別，事物的兩面性，其實只有一體，痛苦與快樂，幸與不幸，男與女，生與死，皆無分別。

喲！說是這樣說，我還沒老到看破一切。

現在的小孩，性別不再是問題，雙性才是麻煩，先愛男人再愛女人，或愛女人之後才確定愛男人，或者電流亂竄，愛上網戀，三劈四劈，婚外情或老少戀。

網戀最可怕的是，若有似無，只要離開電腦幾天立刻折損，或者不宅之後，也就沒電了。

有一度我跟同性站在一邊，甚至幻想建造自己的王國，現在想來那是如何虛幻的烏托邦。

或者只是老到沒有性慾也沒有性別。性慾對於任何性別都是平等的，早則五年，晚則十年，還在一起的伴侶都過著無性的生活。

異性戀者有了孩子，先是一個孩子夾在床中間睡，生了兩個，各擁一個睡不同房間，孩子長得好慢，可倏忽過了十幾年，無知覺長期中止性生活，許多夫妻都是這麼過來的。

至於那同性的本不以性慾為主，主要是生活的伴侶，一起買菜比一起做愛更幸福圓滿，久而久之，也只剩睡在一起的形式。

有一對在一起十幾年，才三十歲就沒性生活，成天鬧分手，鬧了十年還住一起，不知是什麼綰住對方，是恐懼吧，再也找不到一樣好的人，同性能找的對象更少。

另有一對領養一個女孩，生活跟異性戀一樣緊張忙碌，接送安親班才藝班暑期夏令營，講故事哄孩子睡，為了孩子的將來，神經兮兮買了棟豪宅，讓我們病的不是性別也不是性慾，是孩子，是老死。

人只要有了孩子，想的都是虛胖的未來，孩子明明並不那麼需要你，男孩子長到十幾二十，滿腦子精蟲，女孩子則每一吋肌膚都在保養打扮中。

你開始厭惡水汪汪的眼睛，動情的嗓音，顫抖的嘴唇，香水太香，費洛蒙比灰塵可怕，危機四伏，超短迷你裙下少女白豔又纖細的腿，你從不知那有多煽情，或者少男的眼鏡後那雙充滿肉慾的眼睛，這世界太色情了，讓人躲無可躲。

那晚學生來過聖誕夜，飯後玩「真心話大冒險」，你尚且還不知那是什麼遊戲，真心話就開始了，同性戀男問處男：「你的電腦裡有多少A片？」，「很多」，「上一次手淫是什麼時候」，「就前天」；處男反擊「你被從後面做，不會放屁嗎？」「有時會。」「是水屁還是滾屁？」「狗屁啦！」我紅著臉自言自語：「這樣會有快感？」，同性戀男順便答了真心話：「快要嗯出來時會有水噴出來，那就點點點囉……」「厚，不可省略」，同性戀男接著逼問異性戀男：「你最久一次做幾個小時？」異性戀男說：「不知ㄝ，記得有一次一邊做，一邊放帶子，結果電影放完了還沒做完，做太久其實不那麼舒服啦。」（低調得意），「什麼片？下次我也要看。」一陣火燒騷動，「成龍的啦！武打片。」同性戀男緊接著問「那你那裡一定很可觀，多寬多長？」，許多人阻止「你可以不用回答這個問題，真的。」，被問的人是我認為很有深度的男孩，他真愛回答，用真心在木頭地板上畫著長寬，還好中間有人隔著沒看見，好真心啊，為什麼我們以前不真心，這麼真心還會有性問題嗎？還有自動爆料的，大一時在學校水塔做愛，做完去聽某作家的演講。咦，那場轟動的演講，大家幾乎都在場，的確是中場才趕到，大家聽了一點都不詫異，我的下巴要掉下來了，怪不得兒子不讓我參加他死黨的聚會。

話語一旦被說出，意義開始分歧，語言的開始就是延異、差異、延宕、衍異……。所謂的真心話跟真心往往沒關係，跟冒險比較有關。

那夜之後我急需心理治療，找六年級問：「你們玩真心話嗎？」

「玩啊，總有十來年了，青春期的小孩才玩，你學生有退化的傾向。」

真的沒有純純的愛，純純的小孩，連純愛小說、漫畫都不純。

這徹底殺傷我對學生與兒子的迷戀。

我對兒子說：「沒有承諾不要佔女孩便宜。」

兒子說：「妳不要管那麼多。」

我輩就是退化，就是愛純純的愛，白色恐怖時代的特產，連愛也變得蒼白恐怖，也就是愛在心裡口難開，不敢真心的年代，男女約會連手也沒敢碰，共撐一把傘就算達到高潮。

那時最開放的性冒險，男女雜處一棟公寓三天三夜，沒什麼事發生，男孩為女孩點菸（聽說有性暗示）；那個超長髮女孩聽說很開放（但從沒撞見她親吻或愛撫場面）；那個長髮男孩聽說會嫖妓（被女朋友抄到保險套因而分手，但誰也沒見過）；只有一個風騷女孩（背後被罵公共汽車）光腳丫子勾來勾去，然後問：「如果存在是虛無，活著只為等死，這麼荒謬的人生，只有死亡才能對抗嗎？自由真的存在？」「實有的世界是生命的一次元：存有的世界才是二次元，那麼除去自由還有責任……」，如果我們早一點知道長寬，或者上一次手淫是什麼時候，也許不用摸索那麼久才懂得愛情。

事實證明被白色恐怖閹割的情慾，花兒世代早就凍結他們的長寬，到老還是喜歡純純的愛。

我真的好喜歡純純的愛的純純感。

如果說是真的純純，那麼為何在月經不來時如大病一般難過？或者因純純的花言巧語輕易獻身？或等到中年才慾火焚身也焚了一生，毀家離散，還不懂什麼是長寬，什麼是中出？

從經期開始紊亂，開始無止盡的逃亡，像亡命之徒般不知死活，只為追逐一盆畏光無溫的白蘭花。

而你在逃往的城市，不知是被棄還是棄人抑或是自棄，把自己吃成八十公斤或餓成四十公斤，過胖與過瘦，都是受傷的標記。

日日，你在停車場學騎腳踏車，五十歲才學會不掉下來，六十歲上路，七十歲要騎去哪裡？墳墓或安養院？那時我會騎在你之前或之後？

而另一個你，先是開車載著父母去看病，之後載情人，再載兒女，你真愛當司機，那讓你覺得像個男人，曾經我坐在你的旁邊，去追梧棲的落日，衝向臉盆大的紅太陽，車速飆到一百二，像鴛鴦大盜一路狂喊：「就這樣死了算了。」

我曾經那麼喜歡你，因為你給我純純的愛中的真純。

但已經不純的我不要了，寫愛通常只寫一半的我，是愛的殘障者。

從來沒有好好完成一場愛，總是中場退出，讓賽事懸宕。也許感情就是這樣的瘋狂開始卻無疾而終。

很多事都是懸宕，無疾而終，譬如說種花吧，初來時院子雜草高一兩尺，都是俗名「恰查某」之類有刺的野生植物，請園丁來處置，三兩下就清除，他總有六十幾了吧，說話很文雅，我愛死他的園藝哲學，因為他讓它變得簡單，讓我的黑手指變綠手指，他說：「種花就是這樣，妳付出的都看得見，它會回饋妳更多，每天十五分鐘拔雜草，一天都不能停，雜草剛長出來一摘就掉，長大了就拔不掉，園藝就這麼簡單。」他讓我了解種花先從拔草開始，於是乎每天拔「恰查某」我都快變成「瘠查某」，好不容易維持良多莠少的局面，卻忽視了酢漿草，不是說是幸運草嗎，如海般的草浪也許藏著四瓣幸運草可以許好多願望？好肥的幸運快跟玫瑰花一樣大，吞掉長春花與韭菜蘭，眼看鈴蘭也快淹沒，它們的生長速度驚人，才一晃眼，就像消波浪一樣吞沒整個草地，我妹來時說：「真正的花園，連酢漿草也不該有。」我妹是高純度的女人，有時我懷疑她信奉伊斯蘭教，每天念《可蘭經》，她的嚴謹精確與我恰成對比。

所謂的莠草就像是非理性的力量或是藝術的假貨，遠看完全看不出來，還以為綠草已連天，過去我將愛情視為玫瑰，勤心澆灌，拔去一切莠草，以為這樣可以擁有愛情；現在覺得情愛就是莠草一如這消波浪，無法無天地蔓生，有一天，你已沒有力氣了，不狂野了，才明白愛情包含玫瑰與莠草，相倚相生，沒有玫瑰哪來莠草，莠草是吃玫瑰的肥長大擴散的，你見過沒有酢漿草的草原嗎？那就不用拔了，不如學習韭菜蘭，看來像莠草其實是幽蘭，在隱祕的樹林中短暫地吐著小紫花。

朝飲木蘭之墜露兮，夕餐秋菊之落英。
苟余情其信姱以練要兮，長顑頷亦何傷？
攬木根以結茝兮，貫薜荔之落蕊。
矯菌桂以紉蕙兮，索胡繩之纚纚。

詩人為拯救蕙蘭，陷入苦戰，直至憔悴欲死。

如此我想放棄拔莠草。

愛情的消退如今更快了，一段感情能維繫十年算是小永恆了。你與她的感情邁入十年，很少打電話，偶爾吃個飯，可以想見會越來越淡，只差沒有說出口。

年輕時什麼都要說明白，結果鬧得一個自殺，一個遠走他鄉，鬧翻半個地球結果還是跟她在一起，現在學乖了，不說真心話。

也許現在年輕人只是較敢說，本質上沒有不同，知道很多但一樣保守，感情從來只有除舊沒有佈新。

說話的方式改變而已，人越老越知道真心話說不得。

我想對你說真心話，但我做不到。

只有走進網室，補救那幾盆蘭花，記得父親以前在家鄉頂樓搭蘭花棚，罩著一層黑色的濾光網，不如先拿蚊帳來擋一下吧！將白色的紗網摺成好幾層，遮在蘭花受光的那面落地窗，雖然不雅觀，似乎救回一些，幾盆蝴蝶蘭開得滿像樣的。

在那個南部小鎮很奇怪地大家染上養蘭熱，許多人院子裡都搭有蘭花棚，亞熱帶的毒辣陽光是第一號天敵，父親勤於澆水不懂照顧，常常是到期不開花，只有綠葉長青，每到年節，各式各樣的蘭花展在農會或鎮公所盛大舉行，才八九歲的我擠在人群中鑽到最前面瞻仰蘭花，奪冠的一律是嘉德麗亞蘭等洋蘭，西化年代連花也崇洋，花朵大至十幾公分，牛頭似地頭角崢嶸與你相望，也有那如仙度瑞拉的玻璃鞋般的拖鞋蘭、紅孔雀鳥形的鶴頂蘭、密佈斑點或網紋的萬代蘭像有雀斑的淘氣阿丹、跳弗蘭明哥的舞孃擺動裙角的文心蘭、還有偷擦胭脂的石斛蘭等，那時本土蝴蝶蘭還未成主流，中國蘭也是配角，如今本土意識鮮明的蝴蝶蘭引領風騷，這被戲稱為「台灣阿嬤」的蘭花之后，去年的蘭展冠軍是以一株三花梗七十六朵盛開十三．五公分的大白花，長一百八十公分花梗如流泉飛瀑的蝴蝶蘭獲得。賞蘭看開品，其中有主觀也有客觀，聽說現在最昂貴稀有的品種是達摩蘭與水晶蘭，達摩蘭貴在它是原生種葉片端自然的突變，在墨綠色的葉片尖端與葉片邊緣出現一條條滑溜的金黃色帶，好滑溜像黃金蛇般越金黃越貴，一九七〇年間人們在台灣台東之大武山區發現這小矮蘭，正在我的家鄉附近，它可說是台灣原生報歲蘭之矮化種，葉質肥厚、葉幅寬大、葉姿優美、體型小巧可愛，葉片有縷如金線的「縞」，葉緣有齒若細鋸的「爪」，可說是國蘭的極品，講究可多了，什麼雞頭、十公、六合；因無法以人工的方式培植，它的身價可喊至千萬以上，人人瘋達摩，我不瘋達摩已夠瘋。炒作蘭花最俗不過，蘭花長在山區與世何干？各人愛其所愛，每個人都以為自己養出的蘭花孩兒最美最俊。

是不是要等到情愛淡薄，才燃起對蘭花的熱情。

余既滋蘭之九畹兮，又樹蕙之百畝。
畦留夷與揭車兮，雜杜衡與芳芷。
冀枝葉之峻茂兮，願竢時乎吾將刈。

雖萎絕其亦何傷兮，哀眾芳之蕪穢。

詩人在山邊野外，訴說著對蘭花瘋狂的愛，或者是心死之後，愛上了蕙蘭芳芷，或者遠離非洲與愛情之後，真的只有種花一途？或者老去的容顏像討債似地向花顏索回青春，哦，永不凋零的青春，誰能真正握在手中？

我的蘭花熱病一直隱埋在血液中，一直到現在才發作，都是台糖一盆幾百的普通品，要的只是一種氛圍，當你在蘭房中靜坐看書，那寧靜的繁華，熱情冷卻後的微寒，讓人覺得回到生命的起點。雌雄同體的蘭花竟是無溫畏光的花蛇，在熱帶高山中密密繁衍，矛盾的花朵，訛亂的根莖，像是從無情大地中擠出的最後一絲血花。

或竟是白蛇娘子的屍身，歷經千萬劫，被法海金鋼杵搗成兆兆片，灑落海拔千尺高山，紅的肉白的膚幻化成紅蝴蝶白蝴蝶蘭，或是大逆子哪吒剔肉還母抽腸還父的親情倫理悲劇現場，遺留至今開成血跡斑斑的萬代蘭石斛蘭：或者蛇化成仙，仙化成蘭而成金黃一線達摩蘭，令人一見頻抽冷氣，驚到無法言語。

我們共同經歷的感情雖沒這樣壯烈，也有這樣的驚魂動魄與痛入心肺，然而是什麼讓愛情冷卻，我的話語糾纏，仍說不出個真，能被說出的已遭塗寫，未被說出的永遠是個謎，所謂的原初真的存在嗎？

只有在蘭房發呆的時刻，時間一刻刻老去，單獨生活已十幾年，提早過著老人的空巢生活，這令我分裂，有時分飾兩角，老去的自己看著年輕的自己在草地上奔跑，就像母親看著孩子嬉戲；有時我變成你，你變成我，坐在走廊上作黃昏的長長對談；或者分飾好幾角，過去、現在、未來，你我他共演一齣悲欣交集的大戲。

如此我墜落於語言的暮色中。

——原載二〇一〇年四月二十六日《中國時報》
本文收錄於《蘭花辭》（九歌）

給吉米的信

馮平

一九七一年生，台灣台北人，本名林逢平。中興法律系畢，曾獲《聯合報》文學獎，宗教文學獎，台北文學獎，林榮三文學獎。二〇〇〇年赴美，任出版社編輯。

吉米：

念去去，自古傷離，所以追憶。

我一位朋友，前陣子轉寄一張相片，和一部短片來。相片裡兩名青年人各坐沙發一邊，看中間蹲坐的一隻小獅子，眼裡充滿笑，臉上盡是驕傲和快樂。隨郵件有一段話：英國法令不准豢養獅子，他們遂將他送回非洲；一年後，他們回去看他，人們勸說，小獅子不會記得他們了。小獅子還會記得他們嗎？影片揭曉答案。

下載影片，播放，泛黃影像。獅子已經長大，身形健碩，從岩嶺間緩緩下來；青年人佇立一邊，滿心喜悅，向獅子招喚，等待獅子向他們走來。獅子起初懵懵，一會兒，他眼神驟亮，通醒過來，加快了腳步。啊，相逢了！獅子歡躍輕跳起，前腳搭在青年人肩上，舔拭這個，磨蹭那個，旋又擁抱這個，舔蹭那個。欣慰之情，溢於言表，前所未見。

二十九秒後，影片自動重播一次，然後又一次。

●

天微微亮，他下床離開我，坐在紗窗前看日出。日從湖上升起，金光滋長，朝霞絢爛，晨風裡有水藻腥溼的味道，有花草木石的氣息，有大小各類飛鳥啼鳴的聲音，還有什麼？我不知道，他也不說。他只是靜靜地坐著，像一名沉思的作家；天行健，大自然的節氣變化，萬物消長，人來人往，一概看在眼裡。

那一刻，我與他是心領神會的，但又說不出，他確切的心思到底是什麼。他是慣於沉默的，好像正告訴你：你聽，不一定聽見；你看，不一定看到；你說，不一定說出。所以他寧可總結於一句嘆息。我是愛他的沉默，有哲學家的身影；也愛他的嘆息，有小說家的世故。

我睜開眼，又閉上眼，印下他在晨風中的踞坐。一幅靜物畫。

●

影片我看不下三十次，內心哽動，這是怎樣一個有情世界？

你想，Carrie將來也會記得我嗎？不記得也罷，我無怨悔，這二年七個月，他給我的實在太多、太多。對他，我始終是虧欠的。

Carrie，中文譯凱莉。去醫院閹割填表時，護士說應該叫凱瑞（Kerry）吧，我說閹後就無性別，還是叫Carrie吧，《慾望城市》女主角的名——單身寫作者，單身公寓，投射出我寫實的側影。

六月生雙子座，十二月雪晴時，我們在L城收容所相見歡，今天，他已有三歲。你和你家人從我手機上見過的，白頸腹灰色毛，像從水墨畫走出來似的，惟造物有心於他下頦再勾一筆，像性格男星留一撮小髭，或好小子幹架後貼一膏藥。

他要的不多，書上說基本五項：食物，清水，砂盆，窗戶，玩具。

宅男不出門，一定要有網路，他是要有透明的窗。窗外景物，有的太新奇，有的太古怪，有的太刺激；他覺得困惑，覺得有趣，覺得熱血沸騰，瞬間縱身撲去，碰一聲，鳥飛盡，四肢勾掛紗窗上。窗下十層三十尺，趕緊起床抱他下來。

●

十次有九次半，他踞伏在門口，等待。

他是慣於等待的，像情人一樣，那等在季節裡的容顏如蓮花的開落……。我一推門，他立身迎來，蹭我的腳，聞我行腳之處帶回來的氣味，或喵聲詢問，「去哪裡了？這時候才回來！」或理直氣壯怨道，「日頭都落山了，你忒狠心，不顧我了！」

說著翻肚皮屈手扭身子，呼嚕呼嚕，又說，「回來就好，見著你高興呢！」哦，是這般繞指柔情，融化我一身疲困；我放下書包，跪坐在地，扶著他的臉，低頭貼蹭他的頸項，直說愛你，愛你，愛你！

天知道，我人在外，總渴望拿起手機撥回家，問說在幹嘛？吃過了沒？有沒有想我呀？無論如何，能說上兩句也好，一句也好！可歎，他沒有門號，也不願接電話；我聽不見他的聲音，心中煎熬，流著乾淚，好想回家。

家啊，我們的家。

你在超市上班，一定聽過Meow牌食品，以控制毛球的配方乾糧作主食（hairball control formula），的確有助他的消化。廚房也可備幾盒Meow牌罐頭，那是極能得他歡喜的讚賞；一盒分三次給，免得他日後刁饞。

剛來時，他的作息與我極不同，黎明前的黑夜，他就一心想吃飯。我睡朦朧，不依他，他便吵我、罵我、鬧我、弄我，還打翻一切能翻掉的花盆、水杯。現在，他的飲食大致是這樣：早餐一頓，晚餐一頓，午夜我睡前又給一頓。每頓約手一把。我甚為節制他的飲食，因怕他胖，胖不好看。

正如你知道，控制體重最有效方法，就是運動。捉迷藏是最經典古老的把戲。常是你藏他捉；他捉出你形跡，你驚慌逃竄。他傾力追捕撲殺，拍擊你的小腿，意即你陣亡了，一點不憐憫。不一定要花錢買玩具，街上撿一根羽毛，繫上繩子，拖在地上走，他也追捕。有時候，乾脆把羽毛繩繞他頸背上，綁個蝴蝶結，他掙脫跳躍，前突後衝，也能達到娛樂和耗去肥油的果效。

書上說，一天至少要玩十五分鐘；我不是天天能盡到責任，但已盡力。相信這對童心未泯的你，以及你那八歲、六歲和四歲的兒女，一定不難達到。也相信，有他作玩伴，你們一定不無聊；你想，他天生具有那樣複雜的個性。

窺探激起他的警戒心，猜疑帶給他想像力，挑釁點燃他的戰鬥意志，征服弱小活物滿足他的自尊心，以及遠古血液裡的渴望。是啊，他來自草原，又富心機，像史瑞克（Shrek）裡的帕斯（Puss）。他輕狂不羈，他無法無天，他吃喝玩樂，他遊戲人間，他自私自利，他作威作福，他貧賤能移，他富貴能淫，他威武能屈，然而啊，他體態萬千，嬌柔多媚，鑽入你的心窩！

●

夜幕四合，案前一盞燈，足以照及這間套房。

他吃鮭魚香蝦，我吃牛尾湯麵包。飯後他洗身體，我刷牙洗臉。沒有《美國偶像》（American Idol）節目，就看DVD吧；沒有DVD，就上網看新聞，或寫信、寫日記吧。

天籟、地籟、人籟闃靜，我專注電腦螢幕的圖文，或手下敲擊的文字。他梳洗完，舒坦地臥伏於地，或大剌剌朝天仰臥，自得怡然。這是我們的默契；他是他的，我是我的，感情這種事不必然要套進框框。

夜深一點，他臥夠了，我寫久了，他便跳到案上來，身子踞坐著，使兩雙眼睛面對面，然後問我說，你在幹什麼？或說，想不想作運動了呢？我說等一下。稍後，他又來問我，綠幽幽的目光變得嚴肅，說，我的確覺得應該作運動了！有時改變話題，他來說，想吃些點心了，我的確很想吃點心了！

這時，我放下手邊工作，斜靠椅背，手抱墊枕，細細看他、觀賞他、欣賞他，像那青年人眼裡充滿笑，臉上盡是驕傲和快樂。

我多麼感激你願意及時收養他！

C城的朋友，無論是說華語的、英語的、粵語的、西班牙語的，都無能再接納新成員到家中，惟你是毫不猶豫就答應的。登時，我心下鬆一口氣，可以放心走了。我這一去，少則一年，多則二、三年，也可能不回來。我有一種託孤的心理，全仰賴你了。

初至你家，他會先尋隱蔽處，好生觀察你們。不著急，待他確認安全後，你以美食喚他，他會漸漸親近你。除了他每日所落的毛髮，給你們增添家務清理外，我最擔心的，莫過於他未去爪子的兩手。一來我的經濟能力有限，二來他已失去睪丸，遂不忍心再叫他拔骨似地撤去爪子。這個決定不知對或不對？

是啊，遇有不順心事，他撕抓沙發，他打翻可打翻的，他無故來瞪你一眼，咬你一口，抓你一下（他每年打疫苗，你傷痕上塗點藥膏即可）。能想像，你們與他之間的適應期，將因這爪子而有些懼怕；尤其是孩子們。孩子們與他玩得過激了，不小心，也會被抓破皮，甚或流血。但玩歸玩，不順心歸不順心，遊戲時傷了你，他會歉疚地轉身低頭，明白地說對不起。

趁他睡著時，我不定時用指甲剪，剪去他的銳爪，使它變得平鈍。他真不講理，來和我吵架時，我會拿起墊枕，很認真地抵擋他。有時候，他要求太過，不肯退讓，我就隨手拿起胡椒瓶、薰衣草沐浴鹽罐、或抹痘子的茶油條瓶，香他一下，他即如被下巫咒般，逃之夭夭。

誰家不吵架？感情依舊。凱莉從不記恨，不與我犯分際，轉眼親親如昔，這點不太像他的天性，卻可喜可愛。

●

午夜，他已收拾浪子冶遊的心，安於家室。

他陪我在床前讀一會書，總問我，那個那麼好看嗎？我放下書，告訴他，不，你比較好看。他打個哈欠，說，別哄我。我笑。熄燈後，月光漏進來，我蓋了被子，他也來同寢。不知是否我有口臭，他堅持睡床尾。

我用腳碰他一下；可以抱你一塊睡嗎？

他說，不要，每次你都抱那麼緊。

這次抱鬆一點。

不要。

那靠你的背躺一下好嗎？

好吧。

你身上好溫暖哦。

嗯，手別亂摸！

一輩子到我們老死，都這樣一起睡好嗎？

真的嗎？

嗯。

●

月有陰晴圓缺。

古詩有云：

長相思兮長相憶，短相思兮無窮極，
早知如此絆人心，何如當初不相識。

我們唱的詩中也有一段：

亡人怎不想見生長的鄉邑？
俘虜怎不想見故國故人？
情人分離怎不一心羈兩地？
兒女遠遊怎不思家思親？

我對凱莉，不也是這般心境嗎？

上次我帶他到鄉間度假，五十分鐘車程，一路上他哀哀低鳴，「喵嗚，喵嗚……」句句摧人心腸。我一面開車，一面喊他「Carrie, Carrie……」一面又想起將要來的別離。從我的L城到你的A城，從伊利湖到密西根湖，約兩個半小時；念去去、千里煙波，這路上我將與他說什麼呢？我這負心人！

隨他的糧食、餐盒、砂包、玩具等外，我也買了一部DVD《紅氣球》（"*The Red Balloon*", Albert Lamorisse, 1956, France）給你們。這是一部只有三十四分鐘的短片，幾乎沒有對白，全靠動作和場景來說故事。小男孩上學途中，發見燈桿上纏住一顆紅氣球，將它解救下來，帶到學校，又帶回家。祖母不許，放氣球到窗外；氣球回到小男孩窗前，徘徊不去。

小男孩走街，紅氣球精靈般亦步亦趨跟著，玩捉迷藏，逛跳蚤市場，與小女孩的藍氣球搭訕……。戰後住蒙馬特的頑童，群集以搶氣球為樂；小男孩在巷弄中躲跑，危急時放氣球升逸，脫身後再喚回來。原本孤單的小男孩，和活潑淘氣的紅氣球，建立起堅定的友誼。片中有些趣味處，結局更是超現實；當紅氣球奔波疲乏而遭頑童擊落並踩破後，全巴黎五顏六色、繽紛明亮的氣球，頓時從各角落飛來安慰小男孩，再載著他冉冉上升，越過巴黎的街道和屋頂，飄向無垠的天空。影片停格在此。

真愛無價，友情亦天久地長。

吉米啊，我們相識八年，容我懇請你，像愛你的孩子那樣愛他吧！不論他作錯什麼事，或抓傷什麼人，請你和你聰慧的妻子，在愛心裡包容他，也繼續接納他。不必想我兩年後、或者一年後回來；即使回來，我也盼望你們愛他，愛到不能、不肯、不願意還我。好不好？

送貓人　謹上

——原載二〇一〇年五月二十七日《人間福報》

春日午後的甜膩及其他

柯裕棻

一九六八年生，台灣彰化人。美國威斯康辛大學麥迪遜分校傳播藝術博士。曾獲《中國時報》文學獎、華航旅行文學獎、台北文學獎。現任教於政治大學。

著有散文集《青春無法歸類》、《恍惚的慢板》、《甜美的剎那》；短篇小說集《冰箱》等。

春天的午後花瓣一樣柔軟而緩慢，薄而透，溫度和溼氣一點一點微微起落，像是釀著什麼燉著什麼，聲音氣味和色彩都化在一起了。近黃昏的時候，捂了一下午的春暖氣息膩得人發昏，再堅硬的骨頭或念頭也都繞指柔了。

就在這又熱又軟又甜的氛圍裡，黃昏的煙塵一蓬一蓬浮上來，我聞見了某種更熱更甜更軟的氣味。這氣味也不知道該說它應景，還是說它錦上添花烈火烹油——唔，這的確是烈火烹油，那一鍋子油噼噼啵啵冒泡飛濺的聲響，隔著後面防火巷，都還清晰得讓人怕濺著了自己。

這味道和聲響都非常熟悉，但是某種不明的錯置讓我一時無法指認這究竟是什麼。這是鐵鍋熱油炸著什麼的聲音，這是某種熱甜軟的食物，它有某種豆果的香氣，我知道它的口感和味道但忘了它的形狀，因此它落入了語言外的黑洞，我全身的感官都認得它卻偏偏說不出名字。

短暫的失語狀態使得語言之外的其他印象浮了上來。這些都是多年來不曾想起的視覺碎片，我想起了母親的淺紫毛線衫和暗紅厚棉褲，還有老家廚房的白色瓷磚，又沉又重的黑鐵鍋，飛濺的熱油激烈地慶祝著什麼，以及那些在油裡翻滾的炸物——它們看起來全都歡欣鼓舞的，白色大瓷盤裡高高疊著炸好的金黃的這些，偷吃的時候嘴裡燙得不得了。它的小渣屑也非常好吃，油滋滋的手隨便就往毛衣上抹。

記憶的蒙太奇何其巧妙，兩秒之內這些視象迅速冒了出來。

哎，炸年糕！都過清明了這！東南風又潮又悶，後巷子某戶人家竟然炸著紅豆年糕。真是不合時宜呀，我想。誰從冰箱的底層發掘了尚未發霉堅硬如石的舊糕？這樣黏膩，溼熱，甜爛的日子，也不怕上火？

這氣味原是屬於過年期間呵著白霧哆嗦的寒冷，應該有鞭炮聲和風乾臘肉的氣味遠遠地襯著，它應該和俗爛的賀歲節目一起囫圇吞下，最好還有冬片茶釅釅一壺，讓人清醒得足以消化並忘記這些。怎麼忽地從這密密滲汗的春日午後出現，難怪整個感官記憶都錯亂了。

我走到後陽台上去確認這無端出現且過於滋補的香甜。糯米裹了蛋液之後下熱油發出的特殊甜氣，紅豆淡淡的青澀的香，炸油在鍋裡咕嚕咕嚕的回音急促而深切。

這麼聽聞著，彷彿已經吃了太多，竟隱隱地胃痛了。

——原載二〇一〇年六月《聯合文學》雜誌第三〇八期

冬夜，高鐵下錯站

許正平

一九七五年生於台南新化。台北藝術大學戲劇碩士。寫作文類橫跨小說、散文及劇本，曾獲《聯合報》文學獎、《中國時報》文學獎、台灣文學獎等國內多項重要文學獎項。目前就讀清華大學中文所博士班，並兼任清華大學與世新大學講師。著有散文集《煙火旅館》、短篇小說集《少女之夜》、劇本集《愛情生活》。部落格「地球居住」，網址為：http://hsucp.pixnet.net/blog

我常常回家，從上大學開始，直到剛滿三十五歲的現在，十幾年來如此，不論我人在高雄、台北，或是目前所在的新竹。而我說的家，在台南，住著我爸爸媽媽的那間房子，不是放課後的宿舍，也不是下班後的單人出租雅房。回家，因此也就意謂著，我得花上一段車程，一些時光，也許一個小時，可能四五個鐘點不等，在路上，火車，或是客運巴士。當然，有高鐵以後，更快了，更不顛簸，所以我回家也回得更勤快了些。

我要說的是一個在回家路上發生的故事，關於某一次我在高鐵車廂不小心睡著以後的遭遇。

冬夜，從台北開往台南的最後一班列車。應該是年紀漸大負荷不了都市奔波的疲倦吧，慣例總在長途車程中睡不安穩、難以成眠的我，竟在列車還未及噴射出地底隧道以前，便毫無預警地陷入昏睡。待恍惚醒來，已聽見列車到站冷靜而規律的機器女聲播音，像是萬籟俱寂之中，突然有人在耳朵旁邊放起鞭炮，嚇得我抓起行李便往外爆衝。好在，來得及，於是，穿越月台長廊，下電扶梯，閘門驗票，看見令人安心的7-ELEVEN和Mos漢堡仍亮著打烊後未關盡的燈光，沒有出錯，萬事萬物按部就班。差只差在，後來我坐在站外的冷光長椅上鵠候了已經五分鐘，早該依約前來接駁的家人卻仍然不見蹤影。

我抬手看錶，再看一次，按照錶上所指示的時間，此刻我應仍在車上，再過十分鐘才會抵達台南。錶停了嗎？再確定一次，沒有啊，時間仍然一格一格準確無誤。環視周遭，應該沒錯，每次都是固定在這裡等待家人接送的。然而，隨即有兩幅LED燈看板在我的腦袋裡閃爍如花，那些燈泡排列組合成的字樣分別是，往嘉義，往朴子，剛才搭電扶梯下樓時往透明落地站牆外看時瞥見的，剛才，我還想，高鐵真是越來越貼心了，居然還能從台南接駁到嘉義那麼遙遠的所在。當下我全明白了，不是高鐵貼心，而是我根本糊裡糊塗提早下車而不自知。但，怎麼可能呢？如果下錯車，怎麼可能在我通過月台來到站外長椅的重重關卡中都沒有察覺？

我回頭看了看佔據所有夜色的龐大車站，重新想一遍這不到十分鐘的過程裡我經過的每一個地方、每一處細節，可怕的事實終於暴露在眼前，高鐵嘉義站和台南站竟然長得一模一樣，從月台、驗票口、電扶梯的配置，建築的結構、色澤，到甚至便利商店、速食店、書店的位置與店名，無一不同。不是我的錯，而是所有我經驗到的並無法讓我區別嘉義和台南、此處與彼方有任何的不一樣，唯一的暗示是那兩幅黑暗中金爍爍的ＬＥＤ燈，而我竟然誤讀了它們善意的提醒，噢嗚。

如果在冬夜，一個旅人，下錯車站，他的故事可能會從一趟寫實的歸鄉旅程，即刻變成一則錯亂、荒謬的魔幻驚悚故事。卡爾維諾別開玩笑了，這不是好整以暇享受歧路花園般的小說樂趣的時刻，而是我真實的血肉人生啊。我嗚呼看天，只看見暗中，天給我一個ＬＥＤ光組成的神祕微笑。

以下是我離開高鐵站的過程，親愛的，很容易嗎，一點也不。我先以手機聯絡預定前來接我的家人，對方一聽嘉義，表示愛莫能助，遠水與近火。然後，我衝進車站大廳，那裡人多，總有辦法，但，那些親切微笑很高興為你服務的站務員、售票員、超商店員全部人間蒸發，昏暗空蕩的車站大廳內只有一個正在拖地的歐巴桑，面對突兀的闖入者，警戒如貓看到吸血鬼，說：先生！有事嗎？我們關門了。

關門！什麼意思？

要搭車的話明天才有噢。

小黃呢？最後一班車過去以後，鳥獸散了。我站在寒風中，慶幸自己還記得××大車隊的全省叫車專線，而不是達美樂或麥當勞的外送電話。等待確認叫車的過程中，高鐵站的警衛騎著腳踏車，經過我的身邊。他停了下來，說話，我看看兩旁，沒有其他人了，他應該是在對我說話，問我怎麼還在這邊，沒有車了，連接駁車、計程車都沒有了喔。我告訴他，我知道，等一下就有人來載我了。警衛點點頭，離開了，同時，電話對方的女聲發話，很抱歉，現在附近沒有車能過去載你欸。這，這是高鐵站，最新穎的高科技都市之心啊，又不是荒郊野外，怎麼會沒有車來。電話掛斷了。二十分鐘後，在我撥出不知道第幾通全省叫車專線時，警衛先生再度經過我的身邊，說話，我看看兩旁，仍然一個人影都沒有，所以他是在問我：你確定真的會有人來載你嗎？我聽著電話中等待時常常會重複著一遍又一遍的罐頭音樂，回答警衛：嗯，我也不確定欸。

停頓，三秒鐘吧。噢，然後警衛發出聲音，那表示他明白了，我等著，等他為我伸出任何一根可堪攀扶的浮木。噢，他又噢了一次，所以——然後，他騎上腳踏車，騎遠了。噢，然後呢？我愣在原地，電話中的女聲第N次對我的叫車請求說抱歉，朔風野大，連LED燈都熄滅了的高鐵站啊，果真是一處荒涼空蕪的所在。平日在課堂中、理論裡讀著全球化造成地方感的陷落時，總不免仍僥倖想著，如果全世界的雜貨店都被7-ELEVEN統一了，好像也沒有什麼不好嘛，至少當我去到某個陌生之地時，還能買到吃到讓我安心熟悉的物事，現在我知道了，那種安心熟悉必須保證在整個流程都不出錯的狀態下進行，若流程中不小心出了什麼槌，科技所保證的人性會刷地換上一副晚娘面孔，撿起那個歪斜殘缺破損的，遠遠狠狠將之丟到世界的外頭去。

不過，科技還是在這個故事的結尾發生了一些作用，那是我最後能想到的，用新買的iPhone上網Google到一家在地的計程車行，而對方用粗魯地顯然沒有經過客服訓練的男人聲音回答我，好啦，我隨過，十分鐘。我就不說，當我從黑暗中看到那唯一一點會動的燈光緩緩向我靠近時內心的激動了；也不說當那台破破舊舊的小黃把我載到同樣髒髒爛爛的嘉義火車站時看到站內昏昏黃黃的燈火那種泫然欲泣的感動了，我知道，至少那盞燈不會熄滅，可以讓我在裡頭待上一待。我倒是可以說說，當我搭上清晨五點自嘉義開往台南的區間車時，在車上沉沉睡去時所做的夢。

那是一次真正的睡眠，真正因倦極後而有的安穩沉睡，也是整個故事中最魔幻的一段。夢中，我站在家鄉小鎮的稻野平原上，平原和我小時候記憶中的樣子已經不同了，多了一條長長的灰色大橋橫越過稻田的上空，那是高鐵喔，已在上一個世紀被時間抹去的阿公站在我的身邊說，高鐵，咻一下，就過去了喔。轟隆轟隆地，我聽到一種巨大而低沉的聲音朝我接近，於是急切地踮起腳尖想看清楚，那風風火火奔過來的東西究竟是什麼，然而，咻一聲，轟隆聲便遠去了，我什麼都沒有看見，只有那條長長的灰色大橋依舊高高橫越過平原上漸漸發亮的天空。

沒有啊，我說。阿公沒有回答，他也從我的夢境中消失了。

——原載二〇一〇年六月九日《中國時報》

網紗象城

黃信恩

一九八二年生，台灣台南人。高雄醫學大學醫學系畢業。作品曾獲《聯合報》文學獎、梁實秋文學獎、林榮三文學獎等獎項，並入選九歌年度散文選、天下散文選等。現任職國立成功大學醫學院附設醫院。著有散文集《游牧醫師》。

那是〇七年九月的事。因為聽聞「大網膜移植」手術，我飛往花蓮，加入一個外科團隊。這次來花蓮，視覺的撞擊不如味覺濃烈。上班第一天，急診室出現一雙等待的眼神。是一對老夫老妻。老先生攙著老太太從西部，歷經七、八小時的鐵路光陰，繞了半圈台灣來到東海岸就醫。兩人戴著活性碳口罩，或許因為天悶汗流，口罩溼了大半。

「等一下，醫生就來。」老太太有些急躁，老先生在旁安撫她。

幾個月前，老太太從報上得知，花蓮有位醫生專開「象腿」的刀，當時就來找過醫生並安排刀程。

我將布簾圍上，檢查老太太的下肢。老先生小心翼翼解開她腿上的繃帶，那一刻，急診室惡臭盤據，讓人有作嘔的衝動。我憋氣，繼續端詳老太太的左腿，是右腿的三倍大，其上皮層堅硬，色如泥，長出顆粒狀結節，狀似波羅蜜果皮；而結節間隙填充著既灰且綠的皮屑，死去角質混著迷亂組織，從中似乎又長了些黴癬。

隔著布簾，我清楚聽見來去人聲，幾分鐘就是一句：「好臭！哪一床在大便？」老太太頻說不好意思，讓我聞了這麼臭的腳。檢查過程中，我提到手術計畫，她說她不是很懂，就連最關鍵的大網膜，也毫無概念。只知道這裡有希望。

我微笑。想起當初聽聞「大網膜移植」手術，也是愣了一下。

大網膜，腹腔的面紗。只要開腹，第一眼門面的便是大網膜，從胃浩浩蕩蕩垂懸而下，其上脂肪小球遍佈，隆隆突突，油亮鮮黃；它披覆腹腔眾器官，掀開它，腹腔世界於是展開，十二指腸、空腸、迴腸、結腸……，精采浮現。

因此，大網膜往往不是手術或解剖學出題的重點，是一層澹然的存在，把故事與爭論留給它遮罩的臟腑。我曾聽操閩南話的病患稱它「大網紗」。我喜歡這個別稱，彷彿能感受到錯織的綿密感，篩篩落落，虔誠地淘選。

大網膜總是沉寂、被遺忘地存在著，盡責護守腔室；當腹腔內發生感染，比方闌尾炎，它會開始包裹病灶，將這造反叛亂處封鎖，阻斷病菌向腹腔伸張。

不久，我替老太太辦理住院。但以她這菌黴潛生的腿，開刀下去鐵定感染，於是我們擬定一系列住院後的「淨腿日誌」。

淨腿日誌包含泡、刷、刮、洗、敷、纏六步驟。首先每天將患肢泡入碘酒內，接著拿牙刷刷去汙垢，再刮去皮癬膚屑。然後清洗，敷上殺菌藥膏，覆以方紗，纏以彈繃。

那天後來，主治醫師帶我查房，我發現這些象腿病人，老少男女皆有。多數狀況與老太太相似。她們往往因婦科手術，比方子宮頸癌，在術中摘除不少淋巴節，雖治癒了，但腿部卻因淋巴回流受阻開始腫脹。

我印象深刻的是Michelle，一位來自台北的年輕女子。幾年前不明原因象腿，此後不敢出門。那時，她纏腿、穿彈性襪，抵抗浮腫，卻徒勞。我觀察過Michelle，住院期間總在病房收看娛樂節目，顯然她仍嚮往世界的美好，羨慕台北街頭，那裸露長腿、踏出倨傲步伐的女子。Michelle體型稍胖，風趣開朗，病床上的她試著把自己打扮得漂亮，睫毛膏、眼影或口紅，偶聊美食。我沒看過流淚或絕望的Michelle，但護士和我說，Michelle剛住院那陣子，常一人在病房大哭。曾有一段時光，她選擇過隱匿的人生，多麼害怕每一次行走，每一雙錯身的詫異眼神。

小B則是另一位讓我印象深刻的病患。他是廿初歲的男孩，對於以女性居多的象腿族群，他顯得突兀難解。十四歲那年，小B的左下肢開始腫脹，終長成象腿，為此曾中斷學業。十來歲，那是一個對籃球有強烈執著的年紀啊！但他漸漸與球友疏遠，因為球褲暴露了殘缺。

這是一座無聲的象城，藏在花蓮一間海岸醫院內。象腿病人在此換著膏藥，記錄每日腫脹。他們不喧噪，不聲張，面對太平洋，安靜等待希望。

泡、刷、刮、洗、敷、纏。

往後每日，為了使老太太能如期手術，我們邀請老先生參與淨腿工程，學習刷洗技巧。他躬著身，刷著老太太的腿，但因病程已久，怎麼刷都覺得有一層灰屑嵌在皮表。當用力刮去，便會流血，我們踟躕於力道，也忐忑於刀程。

「不行，得再清乾淨。」

「到底還要清多久？」老太太開始煩躁。

「如果清不乾淨，是無法安排手術的。」

數天過後，老太太的腿終於淨潔許多。不久，她接受了大網膜移植手術。整個手術長達五小時，原本位於腹腔的大網膜，經由轉位，移入左大腿上方，並置入一段人工血管，於此吸收下肢滲液改善水腫。

術後前幾天，老太太住進加護病房。之後病況穩定，轉入普通病房。接下來的日子，我們每日評估腿圍變化：0.1cm，0.05cm，0.2cm，慢慢地，慢慢地，總以一種不太有意義的變化，減小或持平。

然而我們最不願遇見的事發生了。傷口癒合不佳。感染。高燒。

「不能出院，傷口有感染，抗生素要調整。如果持續下去，我擔心日後那條人工血管會沒有作用。」主治醫師向老先生解釋。病房空氣突然稀薄起來。

當晚，我聽見病房傳來老太太的聲音，是爭吵。那日過後，我開始注意老先生與老太太的互動。他們之間的言語過於稀少，老先生的陪伴日誌裡，大概就是買份報紙，張羅餐點。那些餐食相當簡單，豆漿或燒餅，魚湯或鮮果；有時他們會有小爭執，比方空調太熱、水果太酸、粥太鹹、百葉窗不該拉升、繃帶纏繞過鬆等。

老太太情緒越來越浮動，老先生卻越來越沉默。

「不要再換藥了！每天換還不是照樣感染？我要回家。」老太太有些激動。

一個月後，Michelle和小B出院了。老太太仍燒燒退退，換過幾次抗生素，病情才稍稍穩定下來。然而故事未完，在復健介入下，象腿消退情況仍顯遲滯。老先生說，再住院等等看吧！我也會在這裡一起等。

拆繃帶。洗屑垢。敷藥料。纏繃帶。

我總無意間撞見老先生恭謹地服侍這腳。一日挨一日，慢慢地，有條不紊地。在等著大網膜吸收滲液的同時，時空裡彷彿還有另一片網膜，比大網膜更巨大更綿密地，無聲地包裹、屏障著，從老先生手中的繃帶，一層蓋過一層，覆在象腿表面，生命的外環。

願望就在網紗上篩落著。有的成真，有的幻滅。而希望或許就會出現吧！至少老先生是這樣深信著。

——原載二〇一〇年七月《文訊》雜誌第二九七期

自己的房間

張耀仁

一九七五年生，台灣台南人。政治大學新聞學研究所博士候選人。作品曾獲國家文化藝術基金會文學類創作及出版補助。曾入選年度小說與散文選。短篇小說集《親愛練習》獲文建會文學好書推廣獎。〈貓，以及其他〉、〈半獸〉以及〈另一個太太〉將由中華民國筆會（The Taipei Chinese Center, International P.E.N.）英譯引介至國際。現為政治大學新聞系、世新大學中文系兼任講師。

著有短篇小說集《親愛練習》、《之後》。

最終，那個房間只剩下我外婆了。

從前的時候，房間裡總有不會停止的聲響——八個孩子！——孩子們說：渴了，她趕緊燒好開水；孩子們說：餓了，番薯籤拌飯連忙端上桌；孩子們說——當然，也別忘了我外公：脾氣忒壞，只消一個眼神便足以使人心緒緊繃，乃至大老遠聽見粗嘎漱痰，該準備什麼就必須是什麼了。

就這樣，孩子們跑上跑下，外公跑進跑出，整座房子充盈著橫衝直撞的喧鬧，那樣無從靜謐、無從悠緩，一日將盡輕輕嘆息便是全部的——生活。生活是趕往火車月台搶賣一個便當的囫圇吞棗，生活也是等待一鍋紅茶沸了冷了的日復一日——我外婆就這麼一刻不得閒的，直到連鎖便利商店進駐火車站大廳，這才不得不離開那爿雜貨店，離開屬於她的第一座「自己的房間」。

那時候，為了顧店她幾乎都睡在店裡啊，母親說：「**其實，伊心內足毋甘願欸。**」

不甘願我外公走進隔壁的房間——起於遲遲不見子嗣，三十歲那年我外公迎來「另一個太太」，並在自家土地築起兩幢一模一樣的透天厝——築起兩個不同的「家」——自此，「另一個太太」淪為我母親這一系譜的一樁暗傷，一場眉眼間恆常難解的心事，每每提起，總得叮囑這麼一句：「不當輸給伊們！」

許多年後，那些恩恩怨怨自屋裡離開了，所有人也各自遠走，僅存我外婆與一隻喚作米莉的西施犬，她們倆相依為命。每日每日，她拖著蹣跚的步伐，先是緩緩坐到那張煙味纏祟的藤椅上，對著我外公生前用慣了的菸灰缸摸了又摸，像是疼惜又像是萬般無奈地吁口氣。然後在那個於她而言再熟悉不過，而今折散天光，每一事物皆投下素描似的暗影的大廳底，閉上眼，側耳傾聽——有時，靜靜望向窗外——重溫這座引渡她由青春至耄耋的家屋，每一刻度的變化，任憑日頭一寸一寸落下去，最終漆闇。

最終，她走向屋後，臨去前不忘叮囑：「走，來去呷飯。」

未嘗想過，會有這麼一天，這幢三層樓的屋子竟變得如斯空蕩。早在她與我外公經由媒合之言肩併肩依偎著夢的同時，心底即預設著日後將有那麼一天，遠比任何人都要提前離席，離開花露水萬金油撒隆巴斯混雜的這個房間——那時候，房間還很陌生，每一事物都必須重新定義：定義睡覺，定義妝扮，定義舉手投足——獨獨不定義情感或婚姻，因為她心知肚明，愛是一場實踐而非口說無憑。

所以，在孩子哭鬧、丈夫責罵以及顧客的吆喝聲中，她度過幾十年夾層似的時光，那近乎人潮群擠的市集底，幾度失散終究抓住彼此的千里一線。為此，她感到驕傲，並惦記如何能夠變身「真正的母親」，一如她的母親以及母親的母親，她們連少女（**她們說：做小姐**）的裙襬都還來不及細看，便罩上深色棉衣、寬腿褲，一副打從成長以來，即是以かあさん（母親）或阿媽示人的端莊與世故。

她們很早就老了。

老了的外婆成為牆上凝塑不動的一幀舊照片，連同屋子默默等待最終時刻的到來。在那張較為年輕的照片底，她兩鬢猶黑豔塗口紅，看望鏡頭的眼神有著不屬於那個年紀的慈藹，好似平常看望我的表情，關愛多於探究。她總問：有呷飽否？讀冊有第一名否？等到年紀稍長，她且問：咁找有頭路？咁有打拚？再後來，她和我母親串通好似的，嚷著：「啊有查某朋友，不就要帶轉來給阿媽看看欸？」

那時候，我微笑以對，幾乎忘卻自己正身陷一樁感情風暴，那樣不知所終、不明所以的惶惑。遂揣度著：之於她，她們，何以自年輕起即確信愛情必然指向生命盡頭？何以確信，枕邊人不致一夕消失抑或某個轉醒的清晨，面對指尖輕輕刮磨玻璃留下一條一條溼潤的霧氣，悚然驚覺：怎麼會和這個男人？怎麼會是這個男人？這類「早知當初」乃至「從今而後」——她們，難道未曾湧現這樣的疑問？

極其明顯，她從未懷疑、求索，甚至憂畏，即使面對「另一個太太」，她仍是那麼有禮。在另一張較為年長的照片裡，她變得比較豐腴，圓潤的下巴突出與她這一勞碌之人並不相襯的福泰，頸間項鍊閃閃發光。而她毫不扭捏，照例馴良地望向鏡頭，渾然不覺立於一旁的丈夫使她感到痛苦——也許不，所謂逆來順受，天公伯要怎麼對待咱，咱哪有啥法度？她約莫是這麼說的吧。所以她持續守候車站大廳那爿窄小的雜貨店，持續行止得宜張羅一家事務，從未對冗長時光裡間或灑落的冗長黑影表達不耐。

車站裡來來去去，她看著那些或遲疑或匆促的腳步，猜想它們各自的心事，領悟生命其實正是這麼回事：無以言說，無以名狀，終將抵達——抵達之謎。好比她和我外公，他們靜靜靜靜在各自的房間潛入夢中，靜靜靜靜過完無話的日復一日。當他們最終不再需要以憤怒或悲傷即能獲知彼此的心意，她明白，他們此生將不可能分開，也不可能發生更多的情感，唯獨坐守這一房屋，這一和隔壁共用同一牆面的透天厝。

每每，她聆聽屋外窸窸窣窣的蛙鳴，以及過於墨黑而產生蟲豸抑或綷縩摩娑的波頻，懷想這些年來所經歷的全部：比如兩人最初的青澀，在花露水還不那麼濃密的時刻，婚姻裡的凡此種種都顯得生疏而新奇。又或者後來的日子，隔壁房間屢屢發出囈語似的低喃侵擾著她，使她恍恍惚惚間，以為每夜都是場夢，而那只再熟悉不過的橘金燈罩亦可能言說表述。

公主徹夜未眠。寂寞的人坐著看花。思想起。

她為每一階段裡的自己感到惋惜。每個夜底，他們上演一場糟糕的羅曼史：男人早早發出鼾聲，而她一夜無夢，深深覺到內裡的某件重要事物就此失去——年輕的他們說也說不清感情為何物，卻已是名實相符的夫妻。所以，當他躺下來，靠近她，她趕忙背過身去，湧上既羞且怕的震顫，彷彿燈罩也換上其他顏色，彷彿房間裡有嗡嗡縈繞的蚊子，擾著她、提醒她，他們的情愛一點一滴被架空。

終其一生，她都無從理解那是怎麼回事？一如終其一生，她困惑著隔壁似有若無的聲浪究竟是夢抑或實情？

也因此，當她端詳大廳那塊高懸的匾額，表情總是憂喜莫測。在那「金玉滿堂」的祝福裡，有著太多不足為外人道的紛擾，但歲月終究為傷害帶來了距離，也帶來看似智慧的觀察。隔著蚊帳，她發現那只燈罩不再妖幻如昔，不再淪為無夢之夜的象徵物，而與我外公長年分房而眠的事實亦足以釋懷。她收藏那段最後的時光：照顧他如看護自己的孩子，輕輕撫觸他的額髮，靜靜目睹他乾皺的容顏，壞脾氣的什麼俱皆壓縮於這副日益小下去矮下去的身軀，一點也不若青春時節底的巨碩與暴躁。

或者，她其實從未仔細看過他的肉體，而是想像。想像這輩子與這人共度一生的必然，想像衣櫥裡她的棉衣以及他的襯衫混雜了汗與脂粉，宛若每一對夫妻都曾發生的磨合與習以為常。她坐在他的身旁，觀察這一切，像觀察死亡即將臨身的命運，安心於屋內懸浮的種種氣味，逐漸退去的人聲使她意識到：這座房子確確實實留下她了，她成為眾多照片裡唯一的詮釋者。

孩子們越來越耐不住小空間，紛紛跨出大門朝車站直直走去，途中經過本地慣常可見的龍眼乾、蓮子甚或藕粉，他們停下來品嘗，像品嘗每日百無聊的生活忽而插入一首流行歌曲，流行的「向前行」在他們的舌尖翻跳，跳著跳著跳遠了，然後忘記如何回家。而她坐在家門前，注視這一幕，細數多少年來屋內浮動的各式聲浪，一旦真空，沉默便像夜裡放大的鐘面，頓挫著人們對於時間的認知。因而她學會自嘲以面對每一事件，將接下來的人生想像成一條夜行路——生命的啟蒙呵。她在他的床頭擺上一束野薑花，期待雨珠逗開它們。淅瀝淅瀝。淅瀝淅瀝。她和他面對面，面對命運到底還是厚愛她，使她最後依然擁有他，擁有一段有始有終的感情。

所以，當她緩緩走出門洞口，不相信一切已然結束。從前的憤怒與悲傷混合成無從感知的情緒，她怔怔仰視著這幢陪伴她多年的老厝——另一幢同樣斑駁無光，唯獨人去樓空——她抹去眼淚，見證一場失去的感情那般，反覆探問：**有誰真正活過？**舊日的時光毫不留情朝她襲擊而來，彈珠檯般嘩啦嘩啦什麼都有的分分秒秒，她不由懷疑：這些事事物物會否僅是她的想像？想像一幕蜃景，一齣在她心底反覆排練的日常？

於是她坐在大廳底，坐到那張藤椅上，以她期望的方式複製我外公當年的姿態：敲敲菸盒，點菸，綿密的菸味貼附於身，於頭髮，平和而安靜地回想這些年來之種種。聲音束收，屋外的鳥雀撲稜暗影，庭埕前的那株木瓜樹翻出嫩葉，又急又緩的這個午后呵，整座大廳沉浸於枝葉搖曳間，公媽桌上的立香歪著身——從今而後，誰還會回來呢？誰會記得這個家？這幢空蕩的樓房，不折不扣成為她的第二座「自己的房間」了，真真正正一個人的，專屬而獨有的房間。

想當然爾，她不會知曉在她青春正盛的年代裡，遙遠的國度有一位作者宣稱：「一個女性假如要想寫小說，她一定得有點錢，並有屬於她自己的房間。」她不可能也不知從何瞭解，為什麼女人必須有錢有房間才得以寫作？之於終其一生只認得自己名字的她而言，她所能去到的念頭的邊界，也就是坐在這裡，在她生活許久充盈著汗水與花香的家門前，靜靜領受森涼的黑綠的樹蔭罩下來，靜靜看著細微的浮塵自被單擅動，而光線都成了海。

海波很重，極其緩慢而巨大的潮湧。生活也是一場永無止盡的浮沉。倏忽，西施犬米莉嚷起來，驚擾了滿地陽光，也驚動她的眠夢。她睜開眼，怔怔看著我，像看待一樁遙遠的心事，寬闊的額庭又溼又亮，細碎的汗水顫抖著。我拿起手巾在她臉上輕輕拭著，想起準備聯考的那個夏天，當我糊裡糊塗睡去時，她同樣溫和地看著我，同樣為我擦汗、遞水，彷彿緊鑼密鼓的重考生活也不那麼羞慚而被寬容地諒解，諒解作為人的良善與罪愆何其難解，一如我外公，一如她，他們的情感從不說抱歉。

就這樣，那座房間終究只剩下她了。即便如此，至今我仍記得那個下午，當我外婆真正轉醒後，先是照例側耳傾聽，繼而盯住屋外一寸一寸低下去的日頭，然後緩緩站起身來，像許多個日子那樣叫喚著隨意亂竄的米莉。原以為她要轉入屋後，但那一刻她伸出手來，僂身抓住我的臂膀，希望我陪她去王宮廟前買一碗豆菜麵。

我說，阿媽，我去買轉來就好囉，一段路遠兮兮欸。

我外婆看了看我，又看了看即將蒙上灰藍的大廳，以柔和但不失堅定地語氣說：我想出去走走。

她說，**我要出去走走**。

——收錄於《第十八屆南瀛文學獎專輯》（台南縣政府，二〇一〇年十月初版）

本文獲第十八屆南瀛文學獎散文類優等獎

毒藥

楊邦尼

一九七二年生於馬來西亞柔佛古來，籍貫廣東大埔，本名楊德祥。先後就讀台大中文系、南京大學中文所，獲文學碩士。學術論文《詞的流亡：北島詩研究（一九八九～一九九九）》。二〇一〇年，獲第三十三屆《中國時報》文學獎散文首獎。曾任馬來西亞獨中教師，現職教英文，自由寫作。

自印自傳小說《斷章》，詩、散文、評論雜遝未結集。經營部落格「寫在邊上」，網址為：http://signifer27.wordpress.com/

「這給誰治病的呀？」老栓也似乎聽得有人問他，但他並不答應；他的精神，現在只在一個包上，彷彿抱著一個十世單傳的嬰兒，別的事情，都已置之度外了。

——魯迅〈藥〉

一、毒

病毒如星雲爆破，血液裡光速流竄，首次病毒檢測載量，82108。

我已經忘了多少次進出醫院，私密的，偷偷的，透光就會死，深怕被熟悉的人撞見，嗯，你來醫院吶，看病嗎，拿藥唷，什麼病啊。不，我學荒人和女巫，我們是不結伴的旅行者，一個人。即使撞個正面，當是隱形的。

不要張揚，親愛的，別說。

蘇珊．桑塔格揭露疾病的隱喻，它經常是一種祕密，不是對病患而言。癌症確診總是被家人隱瞞著病人。然而，病情確診後，至少是病人隱匿著家人。直到紙包裹不住火，一次意外的走火，燒起來，你想方設法以各種名目病症堵塞之，化名之，最常的遁詞，感冒，細菌感染，積勞，壓力，醫生交代靜養，休息。我背轉過身，不看，不聽，不聞，病毒隱身術，了無察覺，它在體內孳長，漫漶。

事隔多年，直到有一天，我例行每三個月驗血，四個月複診，結果顯示病毒載量無法檢測，我才張大眼瞳定睛直視病毒模樣，像把玩一尾在身上纏繞的蛇，或劇毒黑蠍子，綠眼蜥蜴，我和它們竟相安無事共處一身，相忘於江湖。

惠施詰問莊子何以知魚快不快樂，糾纏在話語打結處，莊子回以，請循其本。是啊，我糾結在病毒，百口莫知所辯，不知何時進入體內，請循病毒之本。

全名Human Immunodeficiency Virus，人類免疫缺陷病毒。如果病毒持續曼衍，突變成Acquired Immunodeficiency Syndrome，後天免疫缺陷綜合症。你看它在體內孳長，充滿智慧，狡黠如狐，如狸，它隱藏，它變異，它依附在T細胞內迅速複製，恆河沙數。毒和T細胞共舞，T細胞亦即ＣＤ４，ＣＤ４數量愈高，免疫系統對抗傳染病的能力愈強，反之，愈弱。病毒表面上的旋鈕和T細胞外層的受體相同，像乘滑梯溜進T細胞內自我繁殖，蛹在蟄伏，一旦成熟旋即離開T細胞，以攻擊更多其他T細胞，循環往復。

ＣＤ４低於二百，開始服藥，藥盒子上腥紅色的標記，這是毒藥。每晚睡前一顆淡黃毒藥，每一粒膠囊內含六百毫克的依法韋侖，你讀它的醫藥學名詰屈聱牙的上古經文，非核苷類逆轉錄抑制劑，由不同藥方調配而成，高效抗逆轉錄病毒治療，白話文就是美國華裔醫生何大一於一九九六年研發的雞尾酒療法，哦，好妖嬈的文字藥。病毒在複製過程中，依法韋侖向病毒發出誤導的指令，使其脆弱甚至崩潰。病毒不死，它只在保持低調，暫時不出沒，尋找避難所，它打的是森林游擊戰，它潛入地窖，洞窟，伺機等候免疫系統的漏洞就絕地反攻，狡兔何止三窟。

我試著追溯毒是什麼時候入侵體內的，隨風潛入夜，潤物細無聲那樣。比如某一個燥熱失眠的夜晚，遊晃公園，三溫暖，一群覓食的蝙蝠，視覺退化成蟲蟻，憑嗅覺，觸覺，我們的燃點極低，低到最下體，半尺軟肉棒的催發，一經碰觸就燎起大火不可收拾，比如一隻夜蛾趨向火燭，玉石俱焚，不惜美麗羽翅，我燃燒，故我在。可是，過盡千帆，赤裸肉身，我怎麼不記得是何人面目，溶鏡模糊，淡出視線。

我放棄追蹤，回過頭，看前方，我得活得夠久，夠長，寫下毒和藥交媾和解的奮戰歷史。病毒載量，顯示血液中的病毒含量，病毒載量高，CD4細胞下降，免疫系統削弱。耳轟鳴，易疲倦，臉燥熱，高燒，送入院，我早有心理準備，這是前兆，可是怎樣都必須偽裝其他病名，酷兒先驅王爾德引述他的愛人同志阿爾弗萊德．道格拉斯的詩，愛，不能說出它的名字。我躲進愛的羽翼下，僅有好友H知道。

我剖視病毒在眼前，放大瞳孔張望，雖然血液中的病毒無以偵測，我走進去端詳，褻玩，撫摸，你仔細瞧，病毒直徑一百二十納米，呈球形，外膜是磷脂雙分子層，嵌有跨膜蛋白，向內形成球形基質和半錐形衣殼，衣殼在電鏡下呈高電子密度，內含RHA基因組，酶，逆轉錄酶，整合酶，蛋白酶以及宿主細胞。

我看得雙眼落英繽紛如繁花異草魔幻世界，目眩神迷，我沉醉，我必須入睡。

二、藥

時間到，我服藥。

開始吃藥的第一天，從此生命起了變化。決絕的欲死，死亡驅力在緊急追趕，和你開個玩笑，約在撒爾馬干會面，我認真想過赴約。

賜死的毒，活命的藥。

藥在吞吃後十五分鐘迅速在體內發酵。先是雙手麻痹，凍僵，然後蔓延背脊，頭顱，全身，億萬隻螻蟻匍匐潛進，啃食，嚙吮經年累積的沉疴，壞疽。我蜷縮在床，輕關門，窗外雨霏霏尖針墜下，醫生三言兩語早早交代，藥效有副作用，立竿見影，我當時只應聲，噢，嗯，沒想它來得這麼快，迅雷不及掩耳。

毒與藥在體內正式掀開戰幕，肉身是廣袤戰場，那在蝸牛角上征戰的蠻觸兩國，血流成河。我隱忍著痛，時間濃稠似鐵漿緩慢前行萬年冰河在徐徐蠕動。冷風自毛細孔溢出，起身拉開衣櫃找衣物蔽寒，雨沾滿窗玻璃，內外交攻。這裡是長年炎夏半島，我怎可凍死在自家床上太荒唐，我起來走動，驅逐寒意，臉色純白如冰人一具，沒有回溫的症狀，我軟塌在床，像一隻地鼠掘地冬眠度過寒冬，能往身上蓋的全蓋上，只剩下兩個黑乎乎的鼻洞通外界的氧氣進來。

我下樓，免得父母叨念我怎麼遲遲不下來吃晚餐，脫下長棉衫，我不想老母問不舒服嗎看醫生了嗎。盛飯，吃不到兩口，難下嚥，唬弄幾下，把剩飯菜倒掉，毀屍滅跡，匆匆洗了碗筷，逕自上樓，掩門。

第一個念頭，死。毒藥在拔河，我是那橫陳兩頭的繩索，骨肉在劇痛，撕肝裂肺。雨在下，冒雨騎車從路橋躍下，或者草率寫下幾行遺言痛不欲生原諒我，用枕頭捂住窒息歹命一條。一念三千，萬千粉塵世界紛至沓來佔據眼膜視網，合不上，沒法睡，意識清醒，冷入心扉，骨椎痛，痛入心椎，心底的最深處，不知多低的幽谷，無光的所在。

藥毒在魔軍作戰，喊殺，旗鼓相當，發聾震聵。

打電話求救，像困絕孤島當時手機尚留一息電量，收到可以撥通的微弱訊號，那是天使羽翼上反射出的亮光，我不能就此了斷，尚有生機一段。

電話接通，H一路陪我走來，從患上感冒幾乎丟了命進院入加護病房，我以為病毒已攻克身體一命嗚呼，我們用手機傳遞病情，囑我順著情勢走，別怕。H知道那個不能說，的祕密。他聽我說，喃喃咒語，痛就會減少一點，忘掉一些。我昏沉中想說一死百了，H回我，好不容易才跨踏出千斤第一步，吃了第一口藥，怎麼未戰先降敗。我無以應答，自慚形穢，窩囊沒用。

H和我一起到診所驗血，等報告，等待結果的時間綿長，長如晝日，日頭不落山。確定無誤，安排到醫院看門診，再到特別門診，層層關關，疊疊摺摺，從普通醫生轉到傳染科醫生，一個部門換一個部門，守了大半日，迂迴為了進入。終於見了主治醫生，開處藥方一長串，拿號碼等領藥，到指定西藥店買管制不得見光，的藥。

服下第一口藥，一夜漫長，長得黎明永遠不會到，緩緩步下地獄門，餘悸，心慌。詩說，黑夜給了我黑色的眼睛，我用它來尋找光明。我在絮絮和H說著吃了藥很難受中，睡著。太陽沒有出來，一片烏藍的天。

書寫的時候，藥效在隱隱發酵，天旋地轉，我趕緊裹身上床。

然而，在以後許多個夜裡最難熬的藥效反應是糾纏不去千絲萬縷醒不來的夢，夢浮淺在岸邊，沉不下海，游不上岸，那是毒和藥最難將息的時刻。

三、毒 藥

恥辱的刻印，逃逸的文本。書寫是回歸那個我們未曾經歷之處的舉動，創傷的肉體，惶恐的獸，一個比遠更遠的遷移，奮力地遠走，直到不敢向前。停在那裡，等待毒藥和解共生。

在用藥多年以後，我才敢惶惶翻閱藥劑上的英文說明單，打開的潘朵拉黑盒子，密密麻麻，英文魔法，逐字逐句，看藥效，挖掘出土的作戰圖譜，讀著的時候仍在微微顫動，我看懂了，我一一經歷過的，神經系統症狀，最常的會失眠，嗜睡，注意力不集中，惡夢連連，副作用催枯拉朽排山倒海，很多英文單字不認得，逐一翻查字典，皮疹，暈眩，作嘔，頭痛，疲倦，過敏反應，失調，混淆，麻木，肝炎，焦慮，沮喪，胡思亂想，激動，譫語，狂喜，情緒波動，迷醉，幻象，精神異常，神經衰弱，偏執，驚厥，搔癢症，腹痛，視線模糊，光變應性反應，皮膚炎，胰腺炎，自殺傾向，我讀不下去，站起來，呼口陽氣。

我端詳病毒生態，研發的解藥在追逐病毒如何機靈狡猾地演進，易言之，毒在抗藥。你看它的中文譯名，百轉千迴，如饒舌口令，維樂命，施多寧，雙汰滋，賽瑞特，佳息患，立妥威，硬膠囊的沙奎那維。

謹記每天必按時用藥，是毒是藥，兩造為敵為友。早上十一點，吃藥成了密教儀式，動作快，免得被人發現，你吃什麼，藥嗎，生病了啊。掰開白色藥粒，一口水，順著水流入喉，到胃。夜裡十一點，迷幻的鐘點，我吃的是，你聽這名字多詩意，施多寧，的藥。一點都不寧，快則一小時，慢則兩小時，藥和毒又在絞繞，昏眩，地球在極速運轉。黑夜，一切不可見者，便可見。

開始服藥即終身吃藥，穿上一雙紅色芭蕾舞鞋，停不下來，直到不能再旋轉。醫生護士好心提醒一定得每天按時服藥，噢，藥與毒結下終生不悔的契約，直到終死的那天。病毒在血液中少於每毫升五十複製體，你知道毒和藥處於休兵狀態，簽下和平框架。我要有一整套休生養息敗部復活的計畫，遵守，實踐，貫徹。

每天固定時間，失之毫釐，謬以千里，不能閃失。毒很聰穎，它計算你吃藥的時間，錯過防守，病毒趁隙而動。把藥分別存放在定時要去的地方，辦公室，房間，無論到何處隨身攜帶輕便隱身墨綠小藥盒，出外旅行注意用藥時差，在手機鬧鐘設定計時訊號，提醒服藥。我吃藥越久，就越步步追蹤病毒行跡，毒和藥成孿生體，從此形影不離。

後來，我恍惚怔忡，毒和藥的區別在哪裡，它們相知相守，敵友不分，你儂我儂，和以天倪。

背著光，背著眾人私下交往，磨合，直到毒消隱在體內無所有之鄉，長相守望，我一天一天把身體鍛鍊，游泳，散步，舉啞鈴，伏地挺身，仰臥起坐，若隱若現的六塊肌，不飲酒，不熬夜，一副姣好體魄，如獲重生，新造的人。

我不孤單，毒藥在體內，執我之手，與我偕老。

——原載二〇一〇年十月六日《中國時報》
本文獲第三十三屆時報文學獎散文組首獎

生生不息

張輝誠

一九七三年生於台灣雲林原籍江西黎川。自幼於雲林鄉間長大，虎尾高中畢業後，保送國立台灣師大國文學系，後又就讀國研所。作品曾獲《中國時報》文學獎、梁實秋文學獎、全國學生文學獎等。目前為博士班研究生，同時亦任教於台北市立中山女高。

著有散文集《離別賦》、《相忘於江湖》、《我的心肝阿母》。

說來慚愧，三十五歲之前，我壓根沒想過要生小孩，只想當個快樂雙薪無孩的頂客族（DINK，Double Income No Kids），妻也深表贊成。因為生養小孩會讓身材走樣變形不說，有了累贅，寒暑假就不能隨心所欲去那些旅人罕至之處，如阿根廷祕魯墨西哥，如埃及南非肯亞，如黎巴嫩約旦敘利亞，如挪威丹麥瑞典。我和妻從大學畢業之後，一路玩了十幾年，覺得歲月靜好，人生圓滿，頂客絕佳。

但每過這種好日子一年，壓力就逐年靠近，漸漸浮現檯面，先是岳父母有意無意提到玩了好幾年也該玩夠了，應該添個小孩了吧；或者乾脆在抱親友或鄰居幼孩時，流露出無比羨慕表情，那裡頭好像隱藏著「要是也有一個親孫子該有多好」的深切期待，我和妻每每都要刻意視而不見這種強烈溫情攻勢。我阿母面對我沒有小孩這件事就從來沒有這麼間接而委婉，老人家開門見山就說：「啊你是未生喔！」（生不出來嗎？）

這樣堅守頂客屹立不搖多年，沒想到學生父母也來參一腳。每回家長座談會結束後，聊天必問老師結婚了嗎？（如果沒有，想必要幫我介紹一個。）回答結婚了，必接著問已經有幾個小孩了啊。答以沒有，則家長必流露出驚訝表情，繼而多加鼓勵，趕緊生一個才好；若簡潔明白答以不想生，則家長必以微言大義訓勉：「啊，你們夫妻那麼優秀，應該多生才對，你們不生，社會怎麼進步呢。」（可見不生虧負社會多矣）；有的則講得更露骨：「啊你們夫妻『種』那麼好，不生可惜！」（我都不曉得自己的「種」好不好哩）；有的則以自身經驗說以前也不想生，結果現在後悔不已，或者只生了一個，後悔太少了，應該生四個的，全是前車之鑑，真摯誠懇而感人，但是言者諄諄，我這個聽者仍是渺渺。只沒想到敵陣全面擴大，就連校長、同事也來傳播福音，並且語帶威脅，說少子化時代來了，連你自己都不生，當心學校以後招不到學生，大家都別當老師了。

不生小孩，居然成了全民公敵。

同校有一學長同事也是頂客族，他面對彌天漫地的「催生」壓力，只語重心長地說了個理由：「大環境不適合小孩生長！」這句話講得真好，不生小孩可不是我的問題，而是整體社會問題、甚至是生存問題，一句話足以抵擋千軍萬馬，讓我如獲至寶，日後我還推而廣之，人若問我何以不生？我便回答：「地球正在暖化哩！」別人一聽，不接話也不勸生了，我還因此得意洋洋好一陣子，後來仔細一想，人家可能以為我腦筋壞掉了吧，人家說要生小孩，我居然莫名其妙杞人憂「天」！但是學長這句話沒派上用場幾年，因為說「大環境不適合小孩生長」的他，不久居然生了個小女娃，每天喜上眉梢笑哈哈，對換尿布奶小孩等瑣事樂之不疲，還說出「從沒想過小孩子連屁股都這麼可愛」如此深情的話來，我的「暖化論」基礎當然不攻自破，從此再不敢以之說嘴了。

同事中還有一種是想生卻生不出來，用盡各種辦法，又是檢查、又是打排卵針、又是子宮整形、又是做試管嬰兒、又是小產，受盡磨難，無論如何就是要有一個小孩，我對他們充滿敬意，為了一個新生命，父母嘗盡苦頭，矢志無悔。雖然我們都沒有小孩，他們是情不得已，我卻是自私的。我側身其間，惶恐異常。

三十五歲前，我看小孩，完全沒有感覺，說白些是一點兒興趣都沒有。大三那年，大姊兩個女兒回老家玩，我當時正在點讀十大冊李孝定《甲骨文字集釋》，好讓自己看起來更像資優生，但外甥女顯然不這麼想，她們對一旁陪我順便看童話書的興致不高，大外甥女於是提議：「舅舅，我們來玩假裝睡覺，好不好？」小外甥女一旁應和，我不好壞孩童興頭，便和她們玩將起來。等我躺在床上，行將入眠之際，兩外甥女已經站在床下喊：「舅，你怎麼還在睡？我們要玩躲貓貓了！」接著不用說，想必大家也知道，躲完貓貓，還得玩假裝哭哭、假裝讀書、假裝昏倒……，我整天想著點讀甲骨文，卻一直被折騰著玩各種遊戲，分身乏術。這件事讓我領悟到一個寶貴道理，小孩啥都認真，啥都精力無窮，大人就算逢場做戲假裝認真也要累得半死。從此我對小孩便敬而遠之，因為道不同，難以相為謀。

但三十五歲之後，內心忽然有些東西產生變化，從前看到小嬰兒是一點感覺都沒有，甚至覺得煩擾，現在卻一反故態，越看越可愛，越看越有趣，甚至想把小嬰兒抱過來、貼在胸前、逗他笑、親幾口，甚至搖入睡，這在之前是完全不曾有的經驗，但現在卻越來越強烈，我心裡想，也許是應該有個小孩了——因為潛藏心中的父性漸漸流露出來了。

我們家嚕嚕出生時，我剛好三十六歲。

嚕嚕出生後，我深切體會到，一個小孩之於家庭的價值，一言以蔽之，就是「小孩讓家庭有了光」。要知道夫妻兩人外加雙方父母，年齡增長猶如下坡車，家庭便漸漸襲染一層薄薄濛濛陰翳，漸漸就如黃昏透入窗內的餘暉，一個個狡猾的「漆黑」身影順道就躡手躡腳想要染指屋內所有空間；但是有了小孩，如同有了一道燦爛金光，滿照屋內，一切漸次灰敗角落全都再次散發奇異輝光，並且所有人逐漸憔悴的臉龐，皺紋的、黯淡的、病容的、飽經風霜的、白髮蒼蒼的，全都因為小嬰兒的童顏笑容光芒的照射下，竟如久旱逢甘霖一般全都有了生氣，有了活力，有了精神。然後所有人都繞著孩子笑而笑，繞著孩子哭而惜，繞著孩子翻身而轉頭，繞著孩子爬行而倒走……，——猶如植物繞著太陽仰轉。於是，小孩讓所有大人都害起熱烈相思，全部再一次墜入久違的情人相思深網。嚕嚕在台北時，住在高雄的外公外婆害著相思；嚕嚕回高雄時，台北阿嬤、姑婆又害相思。好不容易，終得一見，便要又親又抱，又摟又貼臉，以解相思。

當然，生養小孩，固然艱辛，固然要付出許多代價（據說培養一個小孩長大成材要花費數百萬到數千萬不等），固然常感嘆「孩子睡覺時如天使，醒來後卻如魔鬼」（業師賴貴三先生更有新鮮妙喻：「孩子出門時都像哈利波特，回家後馬上變成踱哥馬份。」），固然必須時時牽掛驚憂喜懼一輩子……，但我以為，家庭有了一道光，溫暖、希望和信心同時出現，這一切其實值得。

我自有了小孩，有兩事印象頗深刻：第一，別人不再把你當小孩，因為已經是爸爸。第二，很多人會跟你傳授育兒經，滔滔不絕，熱情四射，猶如教授上課或神父傳經；更多人轉送用過的嬰兒車、眠床、衣褲、玩具，猶如武林神器法寶慨然相贈（就說別人睡過的床較好眠、穿別人穿過的衣服較好帶云云）。這兩件事情，是進入父母幫派公開的印信，從此派入爸爸幫，爸爸幫負責洗滌、接送、陪玩……，名言是魯迅的「橫眉冷對千夫指，俯首甘為孺子牛」，爸爸能屈能伸，韌性絕佳。

近日報載內政部為鼓勵生育，特舉辦口號徵選，獲百萬首獎的口號是「孩子，是我們最好的傳家寶。」但諷刺的是，造出口號的女得主接受訪問時卻說，她以後也不想生小孩（其實她應該身體力行，生下十個傳家寶以杜人口實）。這就頗令人沮喪了。我自己以前也是「不生主義」的信仰著，但後來有了小孩，驚覺過往愚蠢至極，遂趕緊推著自家小孩四處招搖，四處宣揚生小孩福音。我的學生黃宛玲，今年剛訂婚，打電話跟我報告，並且補充說：「老師我不是先上車後補票喔，會隔一年後才結婚喔。」她萬萬沒想到，我是這樣回答的：「先上車有什麼關係？有小孩多好啊！老師以前愚蠢說不生，老師錯了，趕緊生！趕緊生！」

從此之後，我竟然成了「催生婆」。從小到大熟悉的蔣先生拗口格言「生命的意義，在創造宇宙繼起之生命；生活的目的，在增進人類全體之生活。」或者我素所景仰的祐生研究基金會林俊興董事長的九字箴言「求生存、謀生計、延生命」，都比內政部催生口號得獎作品意涵深刻幾萬倍，但口號終歸口號，遠不及實際去生，一旦生了，口號才能成就意義，創造出價值。

所以這是一篇「勸生文」，不是口號文章，因為咱家可是親身為之，生下一個可愛小孩，張嚕嚕哩。

——原載二〇一〇年十月十一日《聯合報》

生死簿

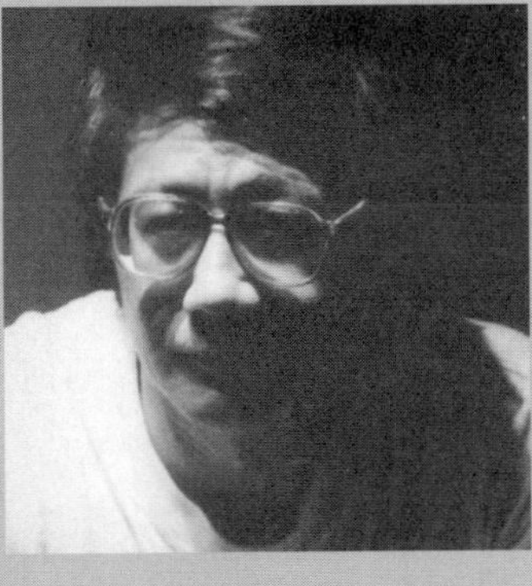

黃克全

一九五二年生，福建金門人。輔大中文系畢業。曾獲吳濁流文藝獎新詩首獎、梁實秋散文獎散文優等獎。現自由寫作。

出版作品有短篇小說集《夜戲》、《時間懺悔錄》等；散文集《一天清醒的心》、《蜻蜓哲學家》等；詩集《兩個玩笑》等數冊。

不知道為什麼，每逢心裡頭讀詩人那句「蕾一樣禁錮著花」，便不由自主聯想到夭折和凋謝；聯想到發生在父母親及我自己身上的、那一次次親人的逝去。

我來到自認活得像蚯蝓爬過、留下一道道黏液的年紀。長壽者究竟幸或不幸？那要看你用的是什麼眼光，用橫空掠過的走雲般的理性是幸運，用蟻啃蟲蝕、千瘡百孔的蝶翼的感情是不幸。如今，幸和不幸都像十二月之夜的潮水，寸寸沁透肌骨。雙腳挺立在深湛大海及無垠的邊緣，我一動也不動，無分悲哀和歡喜的濤聲淹漫上我眉窟。

在戶籍登記裡，我身為長子，其實之前還有個未及謀面的哥哥。約莫自己讀高中那年，我初次從母親口中耳聞了關於哥哥的死。隔巷鄰居有個和哥哥年齡相當的女嬰染重病，已病在旦夕，但她祖父用兩條金子請來一外鄉人開壇作法。當夜，巷子裡陰風乍起，狗吠聲不斷，天亮後，原本安睡家中、好端端的哥哥，突然發高燒，等不及簷前曙光，便嚥下最後一口氣。隔天，只見隔壁女嬰已在其自家外天井玩耍。得知是鄰居施咒作法「抓交替」，母親在他們家大門口哭罵，從此兩家斷絕了往來。

這是我們家過早夭折的第一片花瓣或是葉籜。在一陣疾疾狂風中，猝不及防地，從母株給硬生生扯離。

和我緣生隨即又緣滅的，還有一個妹妹。彷佛是在自己猶懵懂的童齔之年，彷佛母親有了身孕，奇怪的是，經過好長一陣子，家裡並沒有多添個新臉孔。我躺在碧綠色天光包圍的床鋪，床圍木板有很多隙縫，出自母親或誰嘴裡的話，從隙縫忽明忽暗進入我耳朵。我拼湊出幾個宛如可以並存的事件圖案：其一是母親產下個女嬰，剛出生沒多久就夭折了；其二是我這個妹妹剪下臍帶後，大人一見是個女的，不想留，沒等接生婆踏出門檻，誰就一咬牙，把她溺死在尿桶……。分明彼此不能並存的這兩種可能性，卻同時安放在我記憶裡，二者同樣地虛假與真實。

不久母親即將失去他們在世之緣的另一個兒子。某個清晨，染了癩痢頭的幼弟蹲在床鋪上，屙了一堆大便。我順手在他頭上敲了一記，惹得他頓時放聲大哭，我一摸他額頭，燙得出奇，趕緊跑去通知母親。母親揹著弟弟到沙尾街上診所，醫生不敢收，再轉送尚義軍醫院，但他就此再也沒有回到家。

他死的那年我讀國中一年級。直到上了高中不久吧？我才第一次去到他埋身的墓地。那該是個週末下午，我循著墓碑人名一個個尋找，最後，在墓園最左側，專供無主孤魂及早夭嬰孩的角落，見到了癩痢頭弟弟。那裡的墳墓如亂葬崗，大小、規模都不依形制。我蹲在微微隆起的墳前，想像一個才五歲的孩子，怎麼隻身仰躺在地底。他的容貌還是栩栩如生，鼓著乍看像是在生氣的、紅撲撲的臉頰。一隻斑鳩咕咕咕的叫聲驚醒了我。我無端由地害怕了起來。

癩痢頭弟弟在世的最後一天，還有幾個生前的他不知道的插曲。憑著為母者的天賦本能，母親驚覺到她的幼子來到一處凶險關卡。父親和大姊在醫院守著和死神拔河的弟弟，六神無主的母親去村尾「觀三姑」（觀落陰），回到家，她憂心忡忡地告訴我，三姑說弟弟的三魂六魄已去了一半，但只要能熬過今天午夜，就能重返陽間。

隔天我仍然到校上課，放學時我到街上買了枚藍色塑膠冷凍冰球。我坐在花崗石大門門檻，握著要送給從醫院回來的弟弟的小冰球，不停往路的另一頭張望。但直到冰球溶化成水球，仍然不見弟弟身影。我本來要把化了冰的冰球扔掉的，但我卻沒有扔。我解開綁了的結，仰著脖子把冰水一口喝掉。即使那時我還只是個懵懂不更事的少年，但依然察覺到作為一個生者如何不顧死者的殘酷忍情。我為弟弟悲哀，也為自己的那份忍情感到悲哀及駭異。

再怎麼也料想不到的是，相隔二十四年後，我又不由自主把生死者間的殘忍及悲哀重演一遍。當然，這次我的角色仍然是生者，而死者是跟我結髮十六年的妻子。

當醫生束手，宣告醫術已無能為力，我對罹癌併發腦膜炎的妻說：「我們回家吧！」我用近乎歡喜的速度，辦出院手續、借輪椅、買居家照顧的醫療用品，把妻抱上車，驅車回家。再過五、六個鐘頭，妻就要步上一條對生者而言神祕無比的旅程。但她顯然預知到了，在回家路上，她沿途輕輕撫摸著我的手。這當下，佛教說對了，生者聚集了混濁無明，而死者卻一步步脫卸、廓清沾黏在血骨的苦濁。難怪妻輕輕舒嘆了口氣，唇角升起一朵微笑。我不知道可不可以這樣子說，這時候生死者優勢的主客易位了？不斷撫摸著我的手的妻，是在憐憫著無明無知、執苦的我吧？

這些日子裡，我常默念想必是妻的旨意的、妻臨去時臉容的那份優雅，及剎那間的美豔不可方物，我讓此景和自己在記憶裡一再互相凝視著。當時，安躺在床上的妻，一口氣只出不進，狐疑間，我驀地驚覺到她要走了。

可是她這時怎麼能這樣美呢？簡直比張燈結綵下的新娘子還要美。紅潤的雙頰如雨後的天邊霞輝，眉眼如初升的月芽，唇角拋露出一汪水漾般的笑。那抹微笑使我安心，但漸漸難免又使我陷入更大的好奇。我常對著虛空的妻說，妳可不可以托個夢給我呢？幾回我果然在夢境中和妻相遇了。但她都一概不言不語，只是溫藹地瞅著我。不久我便明白那份沉默的意思，就像先前妻唇角那朵無言的微笑般的。

妻走後不到半年，正值壯年的大弟得猛爆性肝炎，臨終前，由台北榮總搭德安航空直升機送回金門。原來就窄仄的機艙，加上病床、氧氣筒等急救醫療設備。隨機護士和我幾乎緊貼著大弟。據說臨終者會以全景環顧自己的一生，死亡竟是個絕佳的機會，我幾乎要羨慕起即將死去的大弟了。可是，該為自己擁有這個機會而慶幸歡喜的大弟，眼角卻有了濡溼淚光。莫非，他也像他大嫂那樣，在憐憫著我嗎？

遭逢一連串喪失至親打擊的母親，時而會哀嘆並掉下幾滴眼淚。那泰半是社會性的哀嘆及眼淚，不能太當真。不久將有成群兒孫輩列隊迎接著她，親人先我們而死，總也會有好處的。我這樣告訴母親，但用的卻是無聲的話語。

往後，我還會持續到何時；常回頭去想著那一張張臨終前親人的臉呢？那一張張臉龐，是一頁頁奧窔啊！其奧窔處是在切斷時間的同時，又展現了時間。我該怎樣反覆凝視，直到悲欣交集成為非悲非喜呢？

妻過世的第五年，偶然間遇到一個通靈人。兩人相對而坐時，他讓我看他手臂上的毛細孔一一豎起。他告訴我妻子正在我身旁，我講了句什麼，她笑了開來，說要我記得之前對她許下的承諾。知道妻子還跟在身邊，令我喜憂參半。我明白，必須妻成了我自己，我成了妻，她才會消失。

如今看來，妻還是妻，我還是我；生還是生，死還是死。經歷了那麼多親人的死的教導，自己為什麼不能如死般透明地活著呢？為什麼不能如清晨馬櫻丹花瓣上的露珠，那樣晶瑩剔透，灼灼閃亮著光呢？

夜裡，遙遠得失去空間感的天邊，打起了響雷，夢因此被截割成片段。在當中某一個片段的夢裡，成群人迎上前來。我赫然發現，他們都是我的兄弟姊妹呀！其中還有妻，還有素未謀面的大哥——我從來沒見過他，但見到他的臉，卻立刻認出了他，而且親切得很。

我便驀地恍悟到，夢境是顆巨大的露珠。在夢境裡，構成生之混濁無明之網罟的一切，頓時消弭於無形。

蕾為什麼禁錮著花？或者竟是花禁錮著蕾？花和蕾怎麼各自對寓映照著生和死？禁錮本身意味著死，而實際上，或竟根本沒有禁錮，也沒有死。我忘了誰說過，時間是永恆的饋贈，意即永恆允許我們擁有一切，這一切包含人世所有時刻：痛苦、不幸，甚至死亡，都收納其中，並無差別。

癩痢頭弟弟南瓜般巨大的頭顱，微微上仰、帶著靜靜的哀傷的黑眼珠，大弟眼瞼噙濡的淚滴，還有妻貌美如霞彩的臉龐，夢醒後，依然熠熠在眼前燃燒。生死莫非只是一場演示，而演示只為那些渾濁無明者而有，寂明者並不需要。妻在前方將會有一次笑盈盈地說，別讓悲傷和恐懼禁錮了你。我盯著自己臂腕上的汗毛，沒有根根豎起。在那當下，妻將成了我，我也將成了妻。

夢境最後一句雷電擊響，我睜眼，看見了自己。我看見自己被一顆更巨大、更輝明的露珠包圍。

我靜靜等待，帶著終究要到來的歡喜。

——原載二〇一〇年十月二十三日《中華日報》

本文獲第二十三屆梁實秋文學獎散文創作類文建會優等獎

想去遠方

鄭麗卿

輔仁大學歷史系畢。曾獲林榮三文學獎、台北縣文學獎散文類首獎、《中國時報》文學獎；曾任《雄獅美術月刊》執行編輯、遠流出版社資深編輯。

作品入選《九十八年散文選》、《九十九年散文選》。

薛好薰／攝

星期天的早晨，她總是耳朵先醒來。起初是外籍看護阿麗在浴室將水龍頭大開，以最強的水力沖刷地板，濺起瀑布般的水聲。刺耳的電話鈴鈴鈴鬧起來，聽說是朋友王君一家人要來訪。腦袋已經被吵醒了，身體卻百般不願意挪動一下。

忽然，抽痰機響起的轟隆隆中伴著老人淒厲的咳痰聲，接著是啪啦啪啦有節奏的拍背聲，床再賴下去，連她自己都要臉紅了。

桌上堆壓著從辦公室帶回未看完的稿子，她一邊胡亂地加衣服，一邊把電腦插座接上，就開機吧，或許用得上。

一手拿早餐，一手按滑鼠，快快瀏覽信箱，把需要用的檔案叫出來。哎呀，怎麼還停在五六百字的程度，這個檔案開開關關也不知道多少回了。

她想：不行，在客人到來之前，得先去一趟市場。於是五花肉、雞胸肉、排骨、一尾魚，花椰菜、甘藍菜，幾把青菜，菜籃車已經重得拖不動了。

拖著星期天才有的懶散腳步回到房間，陽光斜鋪在書桌，充滿誘惑，一直吸引著她走過去坐下來。電腦在待機狀態，螢幕一片烏暗，就如同她腦海裡一片的空白。她努力著要把思維從生猛的市場和魚肉蔬果的印象中拉回到冷靜的文字領域，嗯，再用冷水洗把臉。

「叮～咚～」客人來了。

一陣猛烈的咳痰。啪啦啪啦拍背聲。

王君先探望病中的老人，詢問了近況，這個探問也透露著些許不安，因為他也正面臨父母老病的問題。同時，他們也都到了該規畫退休生活的年紀了。小孩在沙發上扭來轉去，大人的問題對他們而言太遙遠，小孩是燕子窩裡的雛鳥，只管張嘴，只管鬧。工作的疲累深刻寫在彼此臉上，他們不再像學生時代一樣談論果戈理、托爾斯泰，現在慘淡的心情卻像杜思妥也夫斯基小說中的小人物，這時節大家只能互吐苦水，相濡以沫，有人過得比他們好，更多人比他們悽慘，中年老友竟以此互相安慰。

客人離開。電腦待機，無聲。暗黑的螢幕一片未知似地延伸，那一堆書籍與文件也靜默著。趁著午飯後的混沌困乏之際，她拿起針線縫了脫線的被單，女孩踅進房裡。女孩對新近出版的書充滿興趣，隨手拿起書架上的一本書，一副想要長聊的樣子，說這書封面摸起來感覺很不錯耶，媽媽，ISBN是什麼意思呢？妳認識這個插畫家嗎？媽媽覺得我很吵哦。嗯。可是我好想告訴他，他的畫很好耶。「書上有錯哦，媽媽。未來少年科南和少年偵探柯南是不同的人耶！」

咦，真的嗎？……

她每每為在書出版後才發現編輯上的錯誤而捶胸頓足。那是汙點，就像吃飯時湯汁噴上襯衫的斑點，有時候是洗不掉的。現在新進的同事，敢要敢衝敢比，有企圖有效率，充滿競爭力，可以加班到深夜，暢言卡位說，大談辦公室政治，讓她以為自己還停滯在十九世紀的農業社會。一度她相信自己就像辦公室裡那棵馬拉巴栗樹，只要有一點點水分，一點點陽光就能活下去。她經常從令人疲倦的工作中，抬起頭來看看樹上嫩綠的葉片，看看窗框上的金紅的落日餘暉，有時腦海閃過工作和生活的種種，多少有些些慰藉。但是在愈來愈逼仄的辦公空間，第一個要犧牲的就是這樣一棵擺放多年已顯高大而多餘的樹，坐在樹下辦公已成為笑話，她倒寧願被移開的是她自己。

她想去遠方，去走走陌生的街道，去看看不同的人們，眺望遙遠的海面，呼吸清涼的空氣。抽痰機又轟隆隆響起。轟隆隆聲中忽然間拔起婆婆尖銳筆直的啐罵：阿麗啊，妳抽那麼久，阿公會很痛耶，一直抽一直抽，不然妳抽妳自己看看……。接著，啪啦啪啦拍背聲繼續響了半個鐘頭。

下午三點鐘女孩要去上鋼琴課了。女孩在穿衣鏡前忙碌著問道：媽媽，妳覺得要穿長袖還是短袖？一會兒又來：這上衣配什麼顏色的裙子好呢？她好不容易才坐到書桌前，叫醒電腦，還沒打上一個字呢。二人在鏡子與衣櫃之間來回走了幾趟，換過若干組合的搭配，嘰嘰喳喳鬧一陣，終於把穿得美美的女孩送出門去。她回頭快速又機密地凝視了一下鏡子，目光受了刺傷似地趕緊收回。

回到書桌，再一次拍醒電腦，她想，可以開始工作了吧。

電話鈴聲又響，是這個星期不回來的小姑打來找婆婆聊天。這種電話通常都像是綻了口的毛線衣，一旦找到線頭便可以閒扯半個下午，……我這次頭毛染得不美啦……妳那套皮衣好看啊，美容院頭家娘嘛有一領……啊我的股票都套牢了，妳看要怎麼辦哦？……。時而尖高時而細碎的語音，彷彿一縱隊的小螞蟻，沿著牆壁爬進房間爬進耳膜鑽進她的心裡。她以最大音量的麥可・傑克森的歌聲來鎮壓這隊螞蟻雄兵。beat it, beat it, Just beat it. 螞蟻一隻一隻從心上跌下來。Ok, let's beat it.

在鍵盤上用力敲了幾個字，又刪了幾個字，來來回回敲敲刪刪，她心裡緩緩浮起一股朦朧的怒氣，也有一些緊迫感，其實是荒涼得要命，直如柴火燃燒後的灰燼的那種荒涼感。

她想去一個遠方，不論是荒原或曠野，只要，離開，就好。只要不再聽到這些沒完沒了的話語，再過這種沒完沒了的日子。一個遠方，但是，遠方，是空間上的遠方，時間上的遠方，還是心理上的遠方？她想起曾經在一個假日，她一個人出門了，站在十字路口，腳步遲疑，向左？向右？去哪裡好呢？

遲疑的腳步順著習慣走向辦公室的方向，辦公室裡已有三兩位同事，工作總是做不完的。大家也不多做交談，低頭各自忙著。她從提包裡拿出書皮已磨得捲角的辛波絲卡詩集，隨意翻看。一首又一首詩，都向遠方展開，伸展著新的地平線。那些文字如此熟悉又如此新奇，彷彿自己也可以寫下一些什麼，文字是一枚車票，一張模糊的地圖，而詩從未寫成，只留下充滿沙礫灰塵的字句。她想，如果有一個清涼而完整的夜晚，如果有一個沒有受損的星期日，如果生活中有平靜而悠遠的心情。

而生活是怎麼回事？到底怎麼回事，為什麼總是以鬱悶憂傷作為生活的註腳，她也無法解釋。她問他，他聳聳肩苦苦地笑了笑，走開去。她辛苦地維繫這個家庭的完整，然而房裡的書架如牆，一面是詩集小說和散文集，另一面是財經管理和投資，分隔出他們各自不同的世界，簡直認不出彼此來。中年的愛，曾經是飯桌上冒著一縷縷白煙的飯菜，棲息在衣櫃裡熨得平整的襯衫，愛在忙碌的日子裡滾動著汗水與笑罵，如今是一襲褪色的家居服，屈從於習慣，而且懶惰。當他也無可奈何時，只好靜默。靜默如同冷冷的雨，在他們之間下著，她打了一個冷顫。

忽忽日已晚，雖然她抗拒站起來離開電腦，但是很抱歉，總得要吃晚飯。她必須淘米揀菜下廚房，不管願不願意。廚房裡熱灶熱鍋，魚在煎，湯在熬，抽油煙機轟轟轟如戰車輾過想像的花園，生活缺乏想像力加以溫潤，如走在夏日發燙黏腳的柏油路上。忽然，門鈴叮咚又響。另一個小姑一家人駕到。哎呀，又是不速之客。原本一家人的菜量，需暴增為兩家人的分量，外加飯後水果茶點……。

學齡前的男孩呼叫怪獸作戰電池玩具咔擦咔擦猛攻，抽痰機轟隆隆響；張菲的綜藝節目娛樂了婆婆與小姑一家人，一陣又一陣哈哈笑，準確地配合著電視裡的罐頭笑聲，笑聲如鑼響，喧囂而空洞，重擊她緊繃的神經。她看著沙發上熱鬧歪倒的人形，和洗碗槽裡沉默堆疊的碗盤，一星期又一星期一年又一年地循環重複，種種她十分熟悉卻從未去思考的情狀，讓她感到徹底的厭倦。從來，沒有人敢踏入廚房問要不要幫忙，離開時也沒有人會說一聲謝謝，多少年下來她終於看清楚事實，她對他說：「吃飯的事，以後請妹妹們自便，我不做台勞了。」

待飯桌與客廳收拾妥當，已是晚間十一點了。她洗好澡，整理明日上班用的文件和提包。書桌在檯燈的映照下，敷了一層薄灰，電腦待機，無聲。

忽然間，一切安靜了下來。

她環顧一下屋裡熟悉的擺設，努力回想這些年來生活是怎麼過的？似乎是絲毫沒有困難地一天過一天，像影印機複印文件一樣簡單。但她不是影印機，也不是救火車，每天救火似地疾走趕著上下班，她感到累極了。她思忖著改變的可能，改變自己呢還是改變環境？書架上沾滿灰塵，改天再整理吧；工作雖不盡滿意，至少也還是喜歡的領域；她不忍心讓女兒可憐兮兮去買便當吃，她不喜歡家裡沒有女主人的空虛。但是，她仍渴望著去一個遠方，在陌生的街上，在遙遠的海邊，不參與，沒有欲求，只是看著，呼吸。

她想去遠方，想去一個遠方，不論哪裡，只要，離開，就好。一個星期結束了，另一個星期即將開始，日子也許會更好，也許根本不會。她想去遠方，一個遠方，不論哪裡，只要離開就好，只要能從即將窒息的日常中蕩開就好。

為什麼不出發呢？為什麼不走出去？why not？她心底潛流著一股細細的怨怒謀畫著出走的路徑。臨睡前，女孩來道晚安，兩人賴在床上嘰嘰喳喳聊了一會；老人的抽痰機隔著牆壁悶悶發響。對女孩的牽掛和自己對未知的遲疑，就如地心引力拉住人們的腳步一樣，穩穩拴住了她。

終於，她發現自己竟像一棵植於土地的樹，不能行走，只能，眺望，遠方。

——原載二〇一〇年十一月八日《聯合報》

拍痰

劉峻豪

一九八六年生，台灣台中人，筆名阿布。喜愛旅行，寫詩與散文；以詩創造文字新的意義，以散文記錄生命的軌跡。曾獲懷恩文學獎首獎、南華文學獎、教育部文藝創作獎等。現任某醫學中心實習醫師。

著有旅遊札記《絕色絲路　千年風華》。

來咳！用力咳！

接著是一連串急促的拍背聲。碰碰碰碰，碰碰碰碰。只開床頭小燈的病房內傳出規律而響亮的鼓點，在左肺拍完之後節奏稍歇，中間插入一小段翻身時布料摩擦床單的即興演奏，然後鼓聲趕上兩步，重新搶回主旋律。

碰碰碰碰，咳咳，碰碰碰碰，咳——咳咳。拍痰聲與偶爾虛弱的咳嗽此起彼落，這是病房內常見的音樂會，像是部落祈神時的舞蹈，在火堆旁擊打胸膛，最原始的肢體碰撞，希望透過靈魂與肉體的撞擊，能夠逼出體內帶來厄運與災禍的鬼神。

那些隱晦黏稠、散發著惡臭的，痰。

拍痰是臥床病人長期照護的重點之一。死水般的分泌物窩居在幽暗的細支氣管內，日日夜夜漫結蛛網，在病人的胸腔中形成聚落，張牙舞爪地伸出觸手往外擴展。堆積的痰液又常是細菌的溫床，日久如滋生蚊蟲的池水，在X光片星空般的底色下爆出片片斑斕的肺炎之花。

拍痰原多是照看的家屬輪班完成的，而許多人與其被打亂整個家族的生活步調，寧可找醫師開紙證明請個外傭代勞。也因此在醫院日日查房，可以看到除了病情進程之外的人情進展；從一開始擠滿張揚的水果花籃與噓寒問暖（但根本只有婚喪喜慶才會見面）的遠房親戚，幾個禮拜後只剩媳婦女兒相陪，到最後連家屬都很少出現了，留了一個外籍看護。

每一個病弱的老人，幾乎身旁都有一位黝黑的外籍看護。大眼、微胖，略捲的黑髮。我總是無法區分她們到底來自菲律賓、印尼、還是其他東南亞國家，只知道她們大多羞怯而細心，且總是把身形藏在陰影裡，彷彿她們只是病房中一抹淡淡的異國香水，沒有實質地位。而早起查房時會遇到的人卻總是她們。主治醫師拉開簾子，讓一聲爽朗的早安與晨間淡淡的陽光一股腦倒進病榻上，會問正睡眼惺忪從一旁陪客椅上掙扎著爬起來的她們說，阿公昨天吃得怎麼樣啊？有沒有帶他們出去走走？

除此之外她們很少說話，一部分是因為中文還不太好，另外也是她們總被定位為家屬與醫師之間，像答錄機或接線生之類、常被人忽視的存在。醫師要解釋病情的時候，她會慌亂地打開她在附近夜市買的仿名牌小提包，拿出貼了水鑽貼紙的廉價手機，小小聲地用不流暢的中文打給她的老闆，然後將手機交給醫師。

在某些晴朗的黃昏，醫院外的湖邊常常聚集著還能坐輪椅出來的老人。在這治療都已結束，卻還不必急著回病房的時刻，常常可以看到湖畔輪椅排排坐曬太陽，上面癱著面無表情的病人，像是晴天時從櫥櫃深處拖出來晾的冬天厚棉被，散發著霉味與溼氣；他們身後母親般的外籍看護則把握一天中難得的悠閒時光，與同鄉用流暢的母語談笑，完全不似病房時的那種緊張羞怯。

偶爾下班時經過湖邊，黃昏金黃色的靜謐時光，老人們吊著點滴，或插鼻胃管、或做氣切，在湖畔的微風裡彷彿一排陽台上安靜曬太陽的盆栽。他們的外傭就站在身後聊天，陽光斜斜打在她們臉上，深邃五官映出堅毅的影子；而她們臉上線條和緩，這是一天之中，難得不用拍痰、灌食或更換尿布的悠閒時光。

她們喉中也卡著痰。她們遠渡異國，含著那塊濃痰，口音混濁地學習陌生的語言，手忙腳亂做醫師與家屬之間的橋梁；每天在醫院裡替另一個痰聲隆隆的老人拍背，過著呼吸少少新鮮空氣的生活。

卻沒有人想要幫她們化痰。

在這間醫學知識建構出來無比繁複的醫院裡，病床旁邊的醫師與家屬來去匆匆，留下床上的病人與他們的外籍看護，默默地在剩餘的緩慢時光中拍痰。比起醫護人員，只會拍痰的她們懂得最少，卻也懂得最多。

——原載二〇一〇年十二月三日《聯合報》

本文獲第五屆懷恩文學獎學生組首獎

三　行旅・也許有一個地方

廁所的故事（2010）**王盛弘**　陶淵明說悄悄話**鄭衍偉**　也許有一個地方**張讓**　雁山甌水**余光中**　夜色漸涼**鍾怡雯**　兩面海洋**方秋停**

廁所的故事（二〇一〇）

王盛弘

一九七〇年生，台灣彰化人。曾獲金鼎獎、《中國時報》文學獎、林榮三文學獎、台北文學寫作年金、梁實秋文學獎等。

著有《十三座城市》、《關鍵字：台北》、《慢慢走》、《一隻男人》等散文集。入選作品〈廁所的故事（二〇一〇）〉乃向散文名家阿盛致敬之作，阿盛是王盛弘的老師，今年（二〇一〇）六十歲，學生不揣鄙陋，寫了與老師名作同名篇章祝壽。

參觀倚松庵時，特別留意了它的廁所。

倚松庵是谷崎潤一郎舊居，位於神戶近郊，鄰川而立；一九二三年關東大地震後，谷崎遷居大阪、神戶，二十一年間搬家共十三回，在這裡租住了七年，完成《細雪》等名作；倚松的「松」字並不指大門前看來還小的迎客松，而是取自第三任妻子森田松子之名。

我因常在晨光中一頁一頁翻過〈陰翳禮讚〉，有機會到神戶走逛時，便興起上倚松庵探看的強烈念頭；旅行也就是這樣吧，雖說滿心期待的，是未曾預料到的新世界在眼前開展，更頻繁的卻是印證與求證，使長久以來在腦海搬演的聯翩浮想有一個落實的舞台，四國的森林之於大江健三郎，京都有溝口建二的殘影，至於谷崎潤一郎，要凝縮到他的屋宅，因為〈陰翳禮讚〉。

〈陰翳禮讚〉從營造一幢純日式住宅的種種考究談起，如何在保留現代文明的同時，追求日本傳統之美，真令谷崎氏大費周章，比如他在紙窗外又安裝了玻璃窗以顧及透光與安全，卻發現自裡看已無紙窗蓬鬆感，從外頭張望則只是普通玻璃窗，而慨嘆不如只用玻璃窗……

最令他頭痛的，是廁所。

現下倚松庵的廁所採蹲式沖水馬桶，釉白冰亮的水箱、便器、洗手槽，水管泛著金屬銀輝，一扇方窗自高處濾進溫柔天光，為這一方現代化小宇宙籠罩上古典的餘暉。谷崎氏對廁所卻另有一番想像：他鍾情木製品，當時間的滴答喚醒木頭紋路，別具安撫精神的功效；木製小便斗最好再填上蒼翠杉葉，不僅富於視覺美，也可消音。這樣的理想，是連奈良、京都古寺院的廁所都無法臻達的，不過谷崎屬意的風情倒仍可捕捉一二。

比如東大寺二月堂的廁所，有「某種程度的昏暗與徹底的清潔，加上連蚊子的嗡鳴都聽得到的靜寂」，朝顏爬上毛玻璃小窗，氤氳的綠葉、朦朧的紫花在風中微微晃動，細雨絲絲輕響，雨水一滴兩滴自瓦簷落下，答，答，空氣盪出一圈圈漣漪。可惜我既乏詩心，也缺慧根，否則這樣的空間應該很適於冥思。

或是大德寺高桐院，廁所位於楓之庭邊角，步下本堂，經過渡廊，往低處走數階，幾株楓樹兀自紅著，萬竿綠竹逕自綠著，正是「建在離主屋有一段距離之處，四周綠蔭森幽」的廁所。讓我訝異的是，該廁所一點氣味都無，我著意多看了幾眼，除了通風良好、勤於打掃之外，每個角落都放置竹炭（不織布包裝上印著「竹林浴」）可以吸溼除臭。但了無一點味道的廁所一時竟讓我略顯狐疑而遲疑；廁所還是有淡淡廁所的味道比較令人習慣、安心，就像人要有人的氣味，否則不成了徐四金筆下葛奴乙。

谷崎潤一郎耽美，不憚其煩地陳述他對官能美與古典美的迷戀，但他不專注於約定俗成的美，而能夠著眼於屎尿，提出指導原則，將汙穢之事也收攏於美的範疇，讓生活整體都臣服於美。是這樣的別具隻眼，使他說出：「日式建築之中，最可以歌賦風流的，非廁所莫屬。」

離開倚松庵後，我與偕遊的夥伴走在住吉川畔，他說：「剛剛本來想上個廁所的。」為什麼不？他回答：「一看太乾淨了，便意全消。」我故意酸他：「可別弄髒了大文豪的廁所。」倒也不是無的放矢。退伍後第一回與旁人這樣靠近生活了幾日，行前預想種種可能發生的齟齬，哪裡知道，出恭之事竟潤滑了這幾日的相處。

第一天回旅店後，夥伴說要上廁所，我還嘀咕著又不是小學生，怎麼連上個廁所都要報備，很快地門後傳來沖水聲。我到日本都住這家連鎖旅店，知道這是「音姬」設備。緊接著卻有聲響令人錯愕，斷斷續續但沒有中止的態勢，我急找電視遙控器卻越在這種時候越是手忙腳亂遍尋不著。那真是令人難堪兼且難熬的一刻鐘有餘！下一回他知道要先讓我打開電視再隱入門後了，我則將音量越調越響……

事後他說：「音姬果然是有必要的。」我回他：「光是模擬沖水聲哪裡夠用？最好可以點播。」兩人遂煞有介事討論了起來（連屎尿之事都能暢談，才是可以一同上路的人吧？），以海浪當背景的〈卡農〉情境音樂如何？且慢，這種時候不必附庸優雅，著眼的還在實用，既然人在日本，就點沖繩出身六名少年組成的「橘子新樂園」莽莽撞撞又振奮人心的呼叫：如今關鍵在握，你的眼神已沒有迷惘，那就前進吧！／遲鈍的蠢樣仍然有光彩，你一點也不遜，／因為你的單打獨鬥、刻苦耐勞，／和流淚，我們都知道，沒有人會取笑……

一曲唱罷而音訊尚杳，那再點播一首。兩名永遠處於變聲期、青春洋溢的「柚子」，聽他們扯著喉嚨喊：「原本不是什麼值得頭痛的事情，／成了一頭栽進迷宮的大問題，／只要用一點幽默幽默幽默，／我們其實可以一笑置之……」生命總有許多連修伯特都無言以對的時刻，這時候就服一錠幽默感吧。

幾日相處，當我們的戰士又為出恭而採焦土策略時，我已經可以悠哉地飲朝日啤酒，看日本天皇即位二十週年、酒井法子遭判刑一年半的電視新聞了；但，拿在手中又放下的一顆當令鮮甜青森蘋果仍遲遲無法啃下第一口。大德寺大仙院是枯山水名所，有「便所規定」四條，第四條說廁所是「慎獨最適的道場」，遇上這種情況，對廁所外的人來說，也能作如是解吧。

大仙院便所規定第一條，則是「清潔第一」。乾淨的廁所維護不易，卻不容易被記住；不乾淨的廁所反倒常在腦海反芻；最骯髒的廁所輕易便說得出兩處，都在銀幕上，出自同一名導演。

《猜火車》中馬克闖進那座「全蘇格蘭最髒的廁所」，觸目已讓人作嘔；當兩顆肛門塞劑掉進馬桶，他跪地低頭撥弄，就這麼滑了進去，更使人想閉上眼把這一橋段敷衍掉；但是緊接著的，卻是我觀影經驗中最富詩意的一幕：馬克悠游於清澈如藍色寶石的汪洋，金色天光穿透海水宛如碎鑽熠熠閃耀，寧靜，祥和。本來並無什麼太特別，但因有前面的醜更烘托出後面的美，內急終於得解後不是更天寬地闊嗎？

更地闊天寬的，還有終於自廁所被解救了出來：那一年，雅維儂TGV車站剛啟用，工人仍在裡裡外外地忙碌，我拖拉著個大行李箱上廁所，完事後卻怎麼也打不開門。誰來救救我啊？我拍打門板，誰來救救我？終於有了動靜，腳步聲交談聲一片雜遝，不多久後門被打了開來，當我現身時看見的是門前圍著一群人，都哈哈大笑，都拍手鼓掌，簇擁著我好像我剛贏得一個選美比賽。

相較於《猜火車》的才華橫溢，同樣由丹尼・鮑伊導演的《貧民百萬富翁》只能算平庸。劇中也有一場從廁所脫困的戲：賈默壞了哥哥做的上廁所要收費的生意，被鎖進了克難的、搭在空地上的懸空式廁所，不巧大明星搭機就在鄰近降落；賈默拿著隨身攜帶的一張偶像照片乾著急，卻覓不著脫身之道。最後他高舉照片噗通一聲跳進了糞堆，才順利遁逃拿到偶像簽名。

那樣因陋就簡、骯髒不堪的廁所或許是第三世界許多地區的實況吧，雖然耽美的谷崎潤一郎也上過懸空式廁所，情調卻落在天平另一端，他說：「那固態排泄物由我的肛門排出之後，會飛落幾十尺的虛空，輕拭蝴蝶的翅膀，掠過行人的髮際，再竄入蓄糞池中。」電影如果真的這樣拍，不是超現實，就是周星馳式的無厘頭。

童少時候鄉下老家的廁所也稱不上乾淨。蹲式便器是深赭如醬漬的粗陶，長久以來裂開一個缺口，小燈泡在頭頂發出吱吱低響，蜘蛛結網，壁虎睜著虎眈眈雙眼埋伏梁上；夏天時尿臊便臭盈鼻，蹲個廁所發一身大汗；糞坑裡有蛆蠕動，有時就爬上地面，直爬過長長甬道，爬進稻埕，肥糯身軀讓洋灰地燙得直翻滾，剛離窩的雞雛閑步經過，一啄，就進了牠的肚子裡。

大家族共用的那個窄仄僅能容一人旋身的幽暗空間並不與主屋相通，上個廁所需穿越一座稻埕，雨天時已屬不便，冬夜裡更讓人強忍住尿意也不願下床。一回父親喝醉了返家，隱忍不下的母親落了門又遲開門，遭父親不禮貌對待，我忿忿不平睡不著覺，半夜裡起床小解，卻發現從父母臥室一路到廁所的燈泡都亮著，微弱但明確，應是母親怕踉踉蹌蹌的父親要上廁所而為他拈亮的。

學齡前，有一次我在母親用過後不久上廁所，發現昏暝如夜的坑洞裡似有沾著血水衛生紙。母親生病了嗎？我急跑到廁所後方，費了好大的勁才翻開一口倒扣在掏糞口的大鼎，凝視，確認了衛生紙上沾的是血，心中升起無名恐懼。媽媽要死掉了嗎？該怎麼辦？不敢開口問，害怕得顫抖。

關於廁所的故事，也想起了爺爺。一般，每張衛生紙都可再分離成薄薄兩張，爺爺總將兩張衛生紙撕開成四張，每次使用三張，他說：這樣剛剛好，以前啊……以前啊以前，說來又是一個好長的故事了。掏糞這差事都是爺爺做的，總在日頭偏西把樹和牆拉出長長影子時，爺爺在他瘠瘦肩頭架一支挺秀氣卻韌性十足的扁擔，挑兩桶糞水去菜圃澆灌。遠遠看去菜圃有許多白色細碎衛生紙黏附，但也沒人說這樣不衛生，青菜瓜果上桌更是呷得有滋有味。

又勤又儉的爺爺至死沒呷過一口閑飯。晚年，兒子們分家後，爺爺與我父親同住，他每固定日子輪流到散居村子幾個兒子家中吃飯，不管輪到哪一家，母親永遠在餐桌上置備爺爺咬得動的菜肴，因為曾經爺爺用餐時段出了門很快又回來。爺爺什麼都沒說，母親也什麼都沒問，只是急著再下一次廚。爺爺臨終，父親痛哭，罵了聲「幹」，不知是說哪位叔伯也不為歐多桑準備細軟食物。在那個許多男人習慣以三字經當口頭禪的竹圍仔，這是我這輩子唯一聽過父親罵的髒話。

鄉下童年有種種的好，老家往事有種種的令人留戀，那座廁所就算現在想來也覺得挺有詩意，但我再不願去蹲上一回了，畢竟上個廁所是肉搏戰，不能聽憑腦中嗎啡恣意發酵。

進城後，發現城市裡的公共廁所設備穎新，看起來有時比家裡的還乾淨。阿盛老師寫〈廁所的故事〉已是三十年前往事，如今台灣連偏遠鄉下都很少不用抽水馬桶了吧？要像文中所說，高中應屆畢業生看到抽水馬桶而好奇地一個一個排隊去上上看，三、四天裡坐壞三個護圈，是不會再有的了；不過，幾年前初次住進日本那家連鎖旅店時，我對它的馬桶還是端詳老半天：一坐上馬桶便先有模擬沖水聲的「音姬」設備，護圈還溫溫的好像冬夜裡上床有人先暖過被子，它的洗淨設施還有不同角度可以調整，「嘖嘖，真不知道日本人腦袋裡裝的是什麼？」就這樣，上個廁所好像經過一場文明的洗禮。

事後我把日本旅店裡的「奇聞」說給朋友聽，說得很有興致，對方卻平平淡淡回我：「你這個鄉下來的土包子。」我還沒告訴他呢——台北誠品信義店剛開幕，我去用它們的廁所時，小門一開，馬桶蓋自動掀起，直讓我駭異得往後退，幾秒後不死心，探頭去要把躲在門後惡作劇的人給揪出來。

因為有這樣乾淨的廁所，有時我進廁所卻不為了上廁所。我好獨處好安靜，靜看一樹花開花落最感到天人和諧，但在這個時代在這座城市，一出了家門——有時也不必出家門，只消打開手機，甚至連我自己也常嘰哩呱啦彷彿金魚取食嘴巴一張一闔吃撐了吃暴了至死方休那樣說著話，偶爾地我就隱入廁所埋首膝間，靜靜坐在馬桶蓋上，安享三分鐘五分鐘的靜靜。

這是我初進職場養成的習慣，那時我不自量力應徵了個美術設計的工作，上班後一名資深同事冷冷對我說：「我看你連圓規怎麼用都不會。」想想不無道理，幾日後我打算辭職，老闆留我轉任文字編輯，這名資深同事一仍瞧我不起。偶爾地心情過不去，我就躲進廁所喘口氣。這情況持續到第一回我與她同作一場採訪，事前花了許多精力準備。採訪結束後，天正下雨，走到屋簷底，她在皮包裡掏了掏，拿出摺傘撐開為我擋雨。我感謝她，為我上了社會大學第一課：與其生氣，不如爭氣。

廁所裡三分鐘五分鐘的美好時光，好比旅行。從日常生活逃了開去，一個人靜靜地走路，這大概就是我多少年來偏好不結伴的旅行的緣故；五天過去，夥伴依原訂計畫回台灣，儘管數日相處得愉快，我還是衷心表白：你的旅行已經結束，而我的才剛剛要開始。

——原載二〇一〇年二月十一日《中國時報》

陶淵明說悄悄話

——士林下樹林街

鄭衍偉

一九七九年生，台灣高雄人。譯者、劇場編導、自由文字工作者。曾替《誠品好讀》、《典藏古美術》、《ＩＮＫ雜誌文化專刊》等媒體進行文藝、動漫、設計領域的撰文、翻譯及採訪。參與策劃天野喜孝展、二〇〇六台北國際書展、清代府城真人角色遊戲扮演系統等展示企劃。曾獲台灣文學獎劇本獎、台北文學獎散文獎。劇場作品有《大家一起寫訃文》、《神的孩子都在跳舞》等，譯有村上龍《其實你不懂愛》等書。

細睇范寬《谿山行旅圖》總覺撞牆，山壁像發福的空中飛人伸手迎來，從鋼絲上一躍而下。即使翻印書面，圖片也會白地生煙，墨跡騰雲，像小人國核彈爆炸。順右側一線涓流下行，暗渡薄霧氤氳、樓台莽林，這才發現豆馬五六，毫人三兩。古人玩畫，講究可居可遊，一幅山水不只張望世界，還可以走進去。《聊齋誌異》有這樣的事，冬日飄雪，瘋狂道人邀縣官諸君至湖心亭看花。亭上有壁，道人大筆一揮，推窗通往夏天和villa。

這種山水是心目中的風景，是藏在縫隙裡的世界。譬如夜裡走訪京都鴨川四條大道，突如其來拐進先斗町通就有此況。三越SOGO咫尺丈外，道旁細巷沉靜逼人。這管小路只容兩人並肩，卻滿藏食肆、酒吧和小物店。店招懸在二樓，抬頭恰可讀字，甚至只在門上刻畫幾筆，趨近才能看清。

或者在瓦拉納西尋找步入恆河的水階（ghats），你必拐進那些連機車都難以動彈的石板小徑，橫越垃圾、商鋪和深藏不露的印度廟，才有辦法一睹聖河。這種小道像葉脈一樣生長分岔，窗盡有花，花盡開門，門盡一拐，小腿飛奔。萬人嗡嗡頂禮頌讚，小童嘩嘩裸身跳江。

京都千年，瓦拉納西三千年，時間像范寬畫中的大山壓陣，然而真正可愛的其實是山下開展的細節。雄渾、龐然、碩大，一點都不可愛，是故矚目必小，漫步必小，賞味必小，藏珍必小，小里小氣，纖纖動人。

於是乎我三番兩次跨進下樹林街。

下樹林街不宜直訪，最好的遊法，是悠悠哉哉順捷運晃盪到士林站，自2號出口出發。若豔陽高照，可先至福德路和文林路交口「Orange看電車（實則看捷運）」咖啡店（台北市士林區文林路三〇二號）納涼。此店樓高三層，有疊樹架巢之勢，雙側開門，頂樓可以吸菸。正門在文林路上，一閃神就會錯過，蓋騎樓奇窄，無玄關門面可看，另一方面是鄰居氣燄太強——一側乃情趣用品店，另一頭是機車行。避塵囂的熟客，捷運出站後會閒步踩入停車坪，輕推樹後暗門拜訪。

自福德路向西途經士林國小，矮牆圈起日治紅樓，高度正適遠眺。路在這裡岔成四條，左右開展大西大東舊街，前方又吐穗兩道，福德路左偏，下樹林街右讓，幾成平行。工地柵欄的草色，銜士林紙廠的芝山白磚，紅鏽鐵皮，蒼玄骨架，如錦帶繡花。平行兩路有小徑通，碧林掩映。牆下小渠滿是秋黃。

一過紙廠廢墟，牆色迥然不同。全是兩三層樓矮房，水泥素面，披掛電表和鐵窗。巷弄於此微微束腰，開始像筷間滑落的拉麵一樣不聽使喚。將一九〇四年測繪的台灣堡圖和google map交疊參照，會發現這裡原是河灣。現今士商路與基河路包圍的整塊區段，過去乃基隆河舊道，大南路正對港邊。現今紙廠門左，花徑原是運河，一路直通基河路畔福德宮。林間那截渠道，或許亦是分流。此區即便街景汰換，巷型依舊古意盎然。越往西北，巷弄越老。老年懶步，不耐奔走，訪客亦少，減勞省神，街區一如暮年老叟，任鬚髮大大方方自生自滅。門前遲行跡，一一生綠苔，防火巷後往往別有洞天。

出福德路，沿基河路十餘步，即至社區公園，路程至此約莫一半。園旁樓下，善心人士拾得彩漆小凳數只，饒富童趣，不妨索之小憩。獨坐蔭後，窺看基河路和中正路輻輳相交，嘲雜闃寂比鄰，車聲卻湮沒樹浪之間，一亂一緩，心眼洞開。這時頂好趁恍惚之勢，自公園側「派蒂漢堡」旁（中正路四三五巷十七弄）穿入，望頹牆，白紋催魂。

此地雖小，美好的陽台卻過節擺盤似漫天橫伸。美好的陽台適合在二樓，巴掌大的盆景列隊，間雜半人高的小樹迎風，彷彿成群馴良的鳥自包廂探頭，小有野趣。青藤漫遊，自空垂釣，更十足勾人。這種陽台不必寬，深尋兩三步，莫半露天更佳，如此樹影不顯偪促。臨街一面點綴花磚，壁不過胸，或者，鐵鑄小紅欄杆亦好，忌悶氣。夜裡花磚隱透燈火，疏影斜照，情人友朋來訪得倚欄俯身，隔空細語，這才深得樓台三味。空間如此開放，個人主義者或感為難，然而私家園囿與世隔絕，反倒失卻陽台風韻。陽台之設，原為對看談笑，若意在遮掩，不妨效法伊斯蘭禁宮雕窗，把春色統統關起來。

陽台設於小巷，更勝設於空闊的觀景大廈。小巷取靜，但不絕人聲。夏夜捧燈，泡杯涼茶，或任風翻書，矇矓睡去之際，猶聽見遠方腳踏車鈴，此則上等。若有小院，植棵老樹，更添掩面之姿。小巷裡若有陽台對望，亦是勝景，隔鄰呼喚倍感親暱；遠些，晾曬棉被，午后發呆，抬頭相視一笑，多添幾分人情。

城內一般人家少有庭院，陽台下多為門廳。透天厝舊俗，一早拉上鐵捲，開落地窗，獨獨虛掩紗門。扭開電視不看，只為顯示有人在家。下樹林街亦然。美好的陽台下，門前什物自成小景，鞋櫃上插著英文傳單，五把不同顏色的傘掛鐵窗，一捆黃色水管揪起來，擱把破腳踏車，洋洋有生氣。若有三樓，則宜曬衣。午後學生上學，當家上班，滿城空巷，頓覺綠葉如瀑自荒宅淅淅洩下，美得懾人。此地廢屋間雜，經過人家門口拖鞋遍地五顏六色，往隔壁窗內望去，宅內竟是森林，屋頂不知飛向何處，房裡比巷中更光。相較之下，豪宅堂皇玄關，反倒太乾淨，太簡素，甚而失卻顏色了。

前幾年趁故宮八十大壽拜見李公麟的《山莊圖》，瞠目結舌。不僅山水摩登，李公還親任畫中導遊，帶你走透透。文人寫畫，把美好的經驗縫綴成索，為的是拉人一道穿越狹縫，前往心中。下樹林街深處最經典的場景，是福德路七十四號旁的防火巷。當你側身鑽過濛濛長路好不容易曬到太陽，發現深巷角落竟藏有門牌，門上甚至貼著招租紅紙附帶電話，你必然會想：這是什麼地方？山有小口，初極狹，彷彿若有光，復行數十步，豁然開朗，這是陶淵明的悄悄話，不要跟別人講。

——原載二〇一〇年三月十二日《聯合報》
本文獲第十二屆台北文學獎成人組散文優選

也許有一個地方

——談旅行和鄉愁

張讓

一九五六年生，福建漳浦人。本名盧慧貞。曾獲首屆《聯合文學》中篇小說新人獎、《聯合報》長篇小說推薦獎、《中國時報》散文獎，並多次入選各家年度散文或小說選集。現定居美國紐澤西州。

著作包括短篇小說集《我的兩個太太》、《不要送我玫瑰花》、《當愛情依然魔幻》，長篇小說《迴旋》，及散文集《當風吹過想像的平原》、《斷水的人》、《剎那之眼》、《空間流》、《急凍的瞬間》、《當世界越老越年輕》、《旅人的眼睛》，以及兒童傳記《邱吉爾》等，並譯有小說集《初戀異想》、《感情遊戲》、《出走》和非小說《人在廢墟》，以及童書《爸爸真棒》等。

1

是了，就是這裡！

也許你有過那經驗，旅行到了一個地方突然覺得：這就是一直夢想的地方，我要留下來不走了！

我們在新墨西哥旅行時就是那樣，從頭到腳從裡到外每顆細胞都說：「我要住在這裡，吸飽這陽光和天地！」一回到家裡立刻覺得空間閉塞窒人，只想轉身逃跑——啊，若在新墨西哥多好！

2

若在那裡就好了！那種想要逃出去的感覺大概許多人都很熟悉。

我小時總愛往外跑。在金山時，從街頭跑到街尾，從教堂、戲院、菜市場、墳場、派出所、溫泉公園跑到海邊。搬到了永和也是，永和路、竹林路、中興街、豫溪街，從中正橋頭、河堤、永和戲院到樂華戲院和旁邊的夜市，似乎走遍了。搬家時不免有點難過，但更多的是興奮。我也喜歡到同學或朋友家裡去玩，窺見別人家迥異我家的世界，充滿了好奇。高中開始和好友坐咖啡館、逛台北，衡陽路、寶慶路、沅陵街、西門町、中山北路，耗了許多時間在地下室的中國書城裡。在這些地方，書店無疑提供了最廣大的空間——想像的空間，遠離現實，那空間比任何地方都誘人。

在種種但願的時刻中，最深刻的是星期日的不安。早飯過了，無事可做。中飯也過了，時間滴答滴答震耳離去。我看見所剩無幾的週末大步踏出視線，生命的無聊似乎到達了頂點——天啊，除了每天可怕的機械重複，就沒有什麼趣事可做嗎？週末就要這樣白白浪費嗎？強烈的騷動像老鼠囓咬我裡外上下，我不斷在父親面前走過，偷偷瞄他，企盼他會心有靈犀，說出那句最動聽的話：「走，到台北去！」有時他果然「乖乖」說了，我們便快樂地出門擠進計程車，騰雲駕霧般上東方出版社，然後抱了新書回家。那單純而鋪天蓋地的快樂，只有童年時代才可能。現在就算買下整家書店，也比不上那時懷裡的一本《七俠五義》或《基度山恩仇記》。

3

中年越深，童年似乎越近也越遠，在輕易可以召喚和難以想見之間來回。

什麼是童年？童年是不費力氣便能興高采烈，是人人生命裡第一個無可挽回的失落。時間轟轟逝去，而生命涓滴流淌。古今中外，沒人能留住童年，連分秒都不能。從這角度而言，失落園的慨嘆不限於基督教世界，而及於全人類。人從很早便經歷失落和放逐，無一倖免。從跌出母親子宮到告別無邪無憂，無奈是人人必學的第一課。

因而，從「可是」到「但願」，在「這裡」和「那裡」之間，旅行在某種意義上是個暫時的替代或緩衝。粗淺的說是逃避現實，和讀小說看電影差不多。深一點來說，則是紓解鄉愁和尋求烏托邦——前者回視過去，後者展望將來，其實是一為二、二為一的東西，烏托邦只不過是鄉愁穿上西裝打了領帶轉個一百八十度而已。

我們旅行到過不少喜歡的地方，但沒一處像新墨西哥有那樣魔力，讓我們時刻神往。為什麼？我可以列出一串理由，譬如景觀奇異、空曠少人、光線清亮等，但真正理由無非是：只因為。心的理由，智無法穿透。

經常我們所謂的理由不是過於片面就是過於概括，總之太膚淺，沒搔到癢處——其實我們受內在深處的欲望驅使而不自知。正如若非得追究為什麼寫作，我也可開列一串十分像樣的理由，而最終除了知其然不知其所以然，畢竟無法回答。凡是關係內心最深的想望，意識總是後知後覺，甚至不知不覺，相當遲鈍無能的。

4

所以，八月中從新墨西哥回來，勉強自己重新納入生活常軌，再度危坐電腦前「服刑」。一天電腦反應極端遲鈍，最後發出有如碾壓碎石的怪聲，忽然現出示警的全藍螢光幕。我嚇得慌忙關機，隔天打電話找人來修。長話短說：我古老的電腦終於暴斃。不但回生乏術，連檔案也無法搶救。等買了新電腦從頭學習適應開張，已經是九月。急急加工忙完了一批「正事」，才總算有空把幾批積累的旅行攝影輸入電腦，那時九月都快到底了。數百幅影像，先下毒手大事刪除，再來細細修改整理。過程相當煩人，但能隨每一相片再度神遊新墨西哥，還是值得。

十月中，從新墨西哥帶回來的「靈光」早已散盡，現實一下子現出原形逼上來。忽然間，全美最大銀行紛紛倒閉，股市狂跌，從紐約到倫敦，從東京到上海，新聞一片楚歌，好像在比賽誰家更慘。怎麼可能？難道那些在媒體上聒噪不停各說各話的「專家」說的只是廢話嗎？難道多年來無限膨脹彷彿沒有止盡的美國經濟其實不過是泡影的泡影？迷信自由市場的放任經濟終究只是盲人瞎馬走在斷崖邊緣？消費無度以為是天賦人權的美國人終於夢醒了嗎？全球就要一跤跌進大蕭條的深淵裡去嗎？

我們慣常的「旅後憂鬱」，這時惡化到幾近徹底消沉。經濟其實只是部分原因，中年的迷惘和疲憊才是主因。我們從哪裡來？往哪裡去？現在在生命地圖的哪一點上？我們是否走錯了路？一切都是徒然嗎？問題問題問題！

我們互相取笑打氣，然後像白頭宮女話當年，回味一個多月前才剛去過的新墨西哥——荒涼絕美的比斯提惡地，大河峽谷邊上滿天橘金靛紫的夕陽……

無異在說：走，現在就回到那裡去！馬上！這一刻！

好像快樂與否全繫在一個地點上。

5

許多年來，我們深覺厭棄美國的商業文化，尤其是迷信自由市場的超級資本主義。美國已經從當初浪漫清純的美少年，變成了一具需索無度腐敗老醜的厭物。就像王爾德《杜連魁畫像》裡的主角，畫像隨時間老朽了，而鏡中人青春永駐。

怎麼破出這個病入膏肓而又自以為是的制度？怎麼逃脫？我們總在想這件事。新墨西哥的魅力正反映了內在這份渴望：那空蕩野性的天地裡沒有趕盡殺絕的資本主義，沒有塞滿汽車的高速公路和處處切割天空的電線網，沒有人類無盡的我我我和錢錢錢的臭味。也就是，那裡看來仍然乾淨純粹，像個尚未墮落的童貞世界——起碼在表面上，設若略去史上白人和印第安人在這塊土地上的衝撞廝殺……

當然，我們不能假裝這裡奇蹟似地免於暴力和不公。仍然，相對而言，這塊地方還是保留了某種神奇，或許就是天真未鑿。站在這裡，我們能夠想像，甚至窺見天地原初的狀態。

6

天地原初便是好嗎？混沌初開，天真未鑿。人似乎總有意無意在悼念某個失落的世界，所以故事這樣開頭：很久很久以前，在一個遙遠的地方……

在美國作家文德爾．貝里的長篇《失落的世界》裡讀到這一句話：「**我很清楚我在哪裡；才不願在別的地方。**」心裡不覺一亮：「我知道那感覺！」其實這個「知道」包括兩層：一是那種安於所在的欣喜；另一則是反面的，對身在之處的厭倦。貝里那看來簡單的一句話，兼具了這兩層相反的情緒。

在讀到《失落的世界》前我並不熟悉貝里的小說，只偶爾在雜誌裡讀到他的散文。他以敘述肯他基農村和批判科技文明的散文知名，也寫詩和小說。他的小說一如散文，環繞肯他基鄉間的人事今昔，文筆清明如水，寫幾乎消逝的農村世界，犀利又深刻，讓人感歎商業文明拜金拜物拜名的勢利庸俗，鄉愁農業社會的純樸徐緩和厚道親切。讀他好像一種回返，得到休息和再生的能量，類似讀王維或陶淵明。在內外雙重危機下，我需要在他筆下的世界裡休養生息，於是到圖書館借了更多他的小說和散文來。

7

然光是貝里不夠，我還需要一點與世無關的天真無憂，於是從書架上搬下久違的《維尼小熊》、《在我們還很年輕時》，打開一讀果然開心起來，光是聞見那紙張油墨的氣味，看見那無邪動人的插畫就不禁微笑。忽而想到克里斯多佛．米爾恩的童年回憶《神奇的地方》，奔到客廳去抽下來看，很快讀完了。這書在書架上枯站了許多年，我簡直都忘了！

克里斯多佛就是童書裡那個快樂無邪的小男孩，這時已成了感傷的中年人。他形容自己的鄉間童年「光燦華美」，可說毫不誇張。寫父親當年帶著鄉愁和兒子一同長大，兒子三歲他也三歲，兒子六歲他也六歲——我記得自己帶友箏也差不多是那樣。成年後他和父親的關係比小時更深，原來兩人同一懷抱。克里斯多佛因父親的書自小成為名人，長大後卻急於逃避那名氣的負擔。而父親也同樣在逃避。艾倫．米爾恩在回憶錄裡談自己每一創作階段都在於逃避前一階段，最後有這樣一句：「因為我一直需要逃避。」

誰不需要逃避？只是未必願直言承認。從小時週末的騷動到年輕離家到美國時的狂喜，我深知自己這種「一直需要逃避」的衝動。寫作積極來說是一種追求，消極則是一種逃避。

8

問題在：快樂真的在於地方嗎？就像好書不在印刷的紙張油墨而在作者，快樂應該不在地方而在個人。然而天堂、樂園也好，桃花源、香格里拉也好，在一般理解中是實地而不是概念，只是不知道在哪裡而已。一般熱門旅遊地都在好山好水處，顯然快樂和地方若沒絕對關係，起碼密切關連。

有本書"*The Geography of Bliss*"，暫且譯成《歡樂地理學》，就是根據這前提寫的。當時書一上市我就急忙買來，結果不用說大失所望。作者環球尋找快樂地，每到一處便詢問當地人是否快樂，真是拙得可以。快樂與否哪能這樣輕易斷定？某人某時的回答便能當做衡量的基準嗎？但前言裡有句話倒是再真切不過：「我總以為快樂就在轉角，難在找到那個角落。」

這次我們在陶斯住的民宿是家老西班牙莊園（hadienda），不大不小有種溫馨的家庭氣氛。在這裡遇見了一些人，聽見了一些故事。有的人夢想搬到陶斯來，像我們和一對聖地牙哥來買別墅的夫婦；有人從別處搬到了陶斯二十年後，卻又移情他方，像經營這家莊園的夫妻夢想駕船遨遊四海，在廚房幫忙的朱蒂打算幾年後和丈夫搬到西北太平洋岸的奧瑞岡去種菜。

月是故鄉明？生命在他方？樂園究竟是在前面，還是後面？我們曾懷念安那堡和石城，現在卻鄉愁新墨西哥。好像榕樹，全身都是氣根，就等落地。

9

不論如何，鄉愁或多或少是生活的一部分。尤其人到中年，特別容易看見凋零和殘敗，不鄉愁是不可能的。然鄉愁可說是以蛛網、塵灰和淚水、口水糊起來的東西，七分浪漫，三分無奈，固然無法擺脫，卻也不能太過當真。於是在一廂情願和拿不起又放不下之間，人只能唏噓惆悵，一腳往前一腳往後，三分詩人，三分哲人，剩下的是童心不死的小孩。

這裡我還是得回到貝里。在他的短篇〈遠方〉裡，三十幾歲的敘述者因祖父將死而回到老家：「**歸來讓他突然對家鄉有了具體清晰的理解。地面的每一皺摺，每一草一葉都帶給他歡欣……**」也就是，他懂得了自己在天地間的位置。

再一次，我深受震動。那不正似中國人過去所謂的「安身立命」嗎？在一個舉世遷徙移民的時代，那樣的鄉土感和歸屬感已越來越薄，代替的是疏離和失落，以及某種程度上的，走到哪裡算哪裡的淡漠，或者說灑脫。鄉愁因此俱備了雙重意義：對舊地的惆悵，或是對遠方的嚮往。

10

若伊甸園是過去式，烏托邦便是未來式。我們夾在兩者間，一如此時此地，瞻前又顧後，躊躇兩志。

陶淵明有田園可以歸去，讓他載欣載奔。華茲華斯家在湖區，有整片山野供他徒步漫遊。梭羅有愛默生借給他的華登湖畔，讓他可以蓋小木屋獨居，暫時隨心所欲。丘吉爾有鄉間的查特井家園，供他閒暇休憩和老年退隱。而無田園可以歸去的卡繆，只能永遠是巴黎的異鄉人，夢想阿爾及爾的海灘和提帕撒的羅馬廢墟。

我們呢？在住過許多地方以後，我們問：

就是這樣了嗎？青山後再沒有青山了嗎？

有那麼一個地方，一沙一石一草一葉都給我們歡欣嗎？

有那麼一個地方嗎？我們已經找到了嗎？還是，過了轉角還有轉角？

——原載二〇一〇年三月十五日《中國時報》

雁山甌水

余光中

一九二八年生於南京，福建永春人。就讀南京大學、廈門大學，在台大外文系畢業。曾在美國教書四年，並在台、港各大學擔任外文系或中文系教授暨文學院院長，現為國立中山大學榮休教授。

著有詩集《藕神》、《白玉苦瓜》等；散文集《逍遙遊》、《聽聽那冷雨》等；評論集《藍墨水的下游》、《舉杯向天笑》等；翻譯《理想丈夫》、《不可兒戲》、《溫夫人的扇子》、《不要緊的女人》、《老人和大海》、《英美現代詩選》、《梵谷傳》等，主編《中國現代文學大系》（一）、（二）、《秋之頌》等，合計七十種以上。現正譯《濟慈詩選》。

1

去年年底，溫州市龍灣區的文聯為成立十週年紀念，邀請我去訪問。正值隆冬，儘管地球正患暖化，但大陸各地卻冷得失常；溫州雖在江南之南，卻並不很溫，常會降到十度以下。高雄的朋友都不贊成，說太冷了，何必這時候去。結果我還是去了，因為一幅甌繡正掛在我家的牆上，繡的是我自書的〈鄉愁〉一詩，頗能逼真我的手稿。更因為溫州古稱永嘉，常令人聯想到古代的名士，例如山水詩鼻祖謝靈運，就做過永嘉太守；又如王十朋、葉適、高明，當然還有號稱「永嘉四靈」的徐照、徐璣、翁卷、趙師秀，都是永嘉人。更因溫州還一再出現在有名的遊記和題詩之中，作者包括沈括、徐霞客、袁枚、王思任、康有為、潘天壽、張大千。

天公也很作美。一月十一日和我存、季珊母女抵達溫州的永強機場，剛剛下過冷雨，迎面一片陰寒，至少比高雄驟低攝氏十度；接機的主人說，近日的天氣一直如此。但是從第二天起，一直到十八日我們離開，卻都冬陽高照，晴冷之中洋溢著暖意，真不愧為溫州。我們走後次日，竟又下起雨來，實在幸運。不僅如此，十五日黃昏我們還巧睹了日蝕。

另一幸事則是在我演講之後，原本安排導遊，是先去北雁蕩，再去南雁蕩，但為擺脫媒體緊跟，臨時改為先去南雁蕩。原先的「反高潮」倒過來，變成「順高潮」，終於漸入佳境。

2

雁蕩山是一個籠統的名詞，其實它包括北雁蕩、中雁蕩、南雁蕩，從溫州市所轄的樂清市北境一路向西南蟠蜿，直到平陽縣西境，延伸了一百二十多公里。它也可以專指北雁蕩山，因為北雁蕩「開闢」最久，題詠最多，遊客也最熱中。

我們先去拜山的，是南雁蕩。入了平陽縣境，往西進發，最後在路邊一家「農家小院美食村」午餐。從樓上迴欄盡頭，赫然已見突兀的山顏石貌，頭角崢嶸地頂住西天。情況顯然有異了。不再是謙遜地緩緩起伏，而是有意地拔起，崛起。

在粗礫橫陳的沙灘上待渡片刻，大家顫巍巍地分批上了長竹筏，由渡夫撐著竹篙送到對岸。仰對玉屏峰高傲的輪廓，想必不輕易讓人過關，我們不禁深深吐納，把巉巖峻坡交給有限的肺活量去應付。同來的主人似乎猜到吾意，含蓄地說，上面是有一險處叫「雲關」。

三個台客，卻有九個主人陪同：他們是浙江大學駱寒超教授與夫人，作家葉坪，文聯的女作家楊暘、董秀紅、翁美玲，攝影記者江國榮、余日遷，還有導遊吳玲珍。後面六位都是溫州的金童玉女，深恐長者登高失足，一路不斷爭來攙扶，有時更左右掖助，偶爾還在險處將我們「架空」，幾乎不讓我們自逞「健步」。就這麼「三人行，必有二人防焉」，一行人攀上了洞景區。

雁蕩山的身世歷經火劫與水劫，可以追溯到兩億三千萬年前。先是火山爆發，然後崩陷、復活再隆起，終於呈現今日所見的疊嶂、方山、石門、柱峰、岩洞、天橋與峽谷，地質上稱為「白堊紀流紋質破火山」。另一方面，此一山系位於東南沿海，承受了浙江省最豐沛的雨量，尤其是夏季的颱風，所以火劫億載之後又有流水急湍來刻畫，形成了生動的飛瀑流泉，和一汪汪的清潭。

我們一路攀坡穿洞，早過了山麓的村舍、菜圃、淺溪、枯澗。隔著時稀時密的杉柏與楓林，山顏石貌蝕刻可觀，陡峭的山坡甚至絕壁，露出大斧劈、小斧劈的皴法，但山頂卻常見黛綠掩蔽，又變成雨點皴法了。有些山顏石紋沒有那麼剛正平削，皴得又淺又密，就很像傳統的披麻皴。這種種肌理，不知塞尚見了會有什麼啟發？

除非轉彎太急或太陡，腳下的青石板級都平直寬坦，並不難登。南雁蕩海拔一千二百五十七米，不算很高，但峰巒迴旋之勢，景隨步移，變幻多端，仍令人仰瞻俯瞰，一瞥難盡其妙。雲關過了是仙姑洞，忽聞鐵石交叩，鏗鏗有聲。原來是騾隊自天而降，瘦蹄得得，一共七匹，就在我們身邊轉彎路過，背簍裡全是纍纍的石塊。騾子的眼睛狹長而溫馴，我每次見到都會心動，但那天所見的幾匹，長頸上的鬃毛全是白色，倒沒見過。

騾隊過後，見有一位算命的手相師在坡道轉角設有攤位，眾人便慫恿我不妨一試，並且圍過來聽他有何說法。那手相師向我攤開的掌心，詮釋我的什麼生命線啦、事業線啦、感情線啦都如何如何，大概都是撿正面的說，而結論是我會長壽云云。眾人都笑了，我更笑說：「我已經長壽了。」眾人意猶未盡，問他可看得出我是何許人物。他含糊以答：「位階應該不低。」眾人大笑。我告訴大家，有一次在北京故宮，一位公安曾叫我「老同志」，還有一次在鄉下，有個村婦叫我「老領導」。

過了九曲嶺，曲折的木欄一路引我們上坡，直到西洞。岩貌高古突兀，以醜為美，反怪為奇，九仞懸崖勾結上岌岌絕壁，搭成一道不規則的豎橋，只許透進擠扁的天光，叫作洞天，是天機麼還是危機。我們步步為營，跨著碇步過溪。隆冬水淺，卻清澈流暢。不料剛才的騾隊又迎面而來，這次不再是在陡坡上，而是在平地的溪邊，卻是一條雜石窄徑。騾子兩側都馱著石袋，眾人倉皇閃避，一時大亂，美玲和秀紅等要緊貼岩壁才得倖免。

終於出得山來，再度登筏回渡，日色已斜。礫灘滿是卵石，水光誘人，我忍不住，便撿了一塊，俯身作勢，漂起水花來。眾人紛紛加入，撿到夠扁的卵石，就供我揮旋。可惜石塊雖多，真夠扁夠圓的卻難找。我努力投石問路，只能激起三兩浪花。其他人童心未泯，也來競投，但頑石不肯點頭，寒水也吝於展笑。掃興之餘，眾人匆匆上車，向兩小時半車程終點的北雁蕩山火速駛去。

3

當晚投宿嶺頭的銀鷹山莊。抵達時已近七點，匆匆晚餐過後，導遊的小吳便迫不及待帶我們去靈峰窺探有名的夜景。氣溫降得很快，幸好無風，但可以感覺，攝氏溫度當在近零的低個位數。我存和我都戴了帽子，穿上大衣，我裏的還是羽毛厚裝，並加上圍巾，益以口罩。暖氣從口罩內呼出，和寒氣在眼鏡片上相遇，變成礙眼的霧氣。前後雖有兩支手電筒交叉照路，仍然覷不分明，只好踉蹌而行。

終於摸索到別有洞天的奇峰怪巖之間，反襯在尚未暗透的夜色之上，小吳為我們指點四周峰頭的曖昧輪廓、巧合形態，說那是情侶相擁，這是犀牛望月，那是雙乳倒懸，這是牛背牧童，而勢如壓頂的危岩則是雄鷹展翅。大家仰窺得頸肩痠痛，恍惚迷離，像是在集體夢遊。忽然我直覺，透過杉叢的葉隙，有什麼東西在更高更遠處，以神祕的燦爛似乎向我們在打暗號，不，亮號。這時整個靈峰園區萬籟岑寂，地面的光害幾乎零度，只有遠處的觀音洞狹縫裡，欲含欲吐，氤氳著一線微紅。但是浩瀚的夜空被四圍的近峰遠嶂遮去了大半，要觀星象只能伸頸仰面，向當頂的天心，而且是樹影疏處，去決眥辨認。哪，東南方仰度七十附近，三星朗朗由上而下等距地排列，正是星空不移的縱標，獵戶座易認的腰帶。「你們的目光要投向更高處。」我回頭招呼望石生情、編織故事的小吳和她的聽眾，並為她們指點希臘人編組的更加古老的故事，也是古代天文學家和船長海客的傳說。「獵戶的腰帶找到了吧？對，就是那三顆的一排。再向左看，那顆很亮麗的，像紅寶石，叫Betelgeuse，我們的星宿叫參宿四。腰帶右側，跟參宿四等距拱衛腰帶兩側的，那顆淡藍的亮星，希臘人叫Rigel，我們的祖先叫參宿七。腰帶右下方，你們看，又有一排等距的三顆星，是獵戶斜佩的劍，劍端順方向延長五倍距離，就是夜空最明亮的恆星了——正是天狼星。這些星象是亙古不變的——孔子所見是如此，徐霞客所見也如此。」

4

次晨又是無憾的響晴天，令人振奮。越過鱗鱗灰瓦的屋頂，巍巍兩山的缺口處，一爐火旺旺的紅霞托出了金燦燦的日輪，好像雁蕩山神在隆重歡迎我們。下得樓去，戶外的庭院像籠在一張毛茸茸泛白的巨網裡，心知有異。美玲、楊暘、秀紅等興奮地告訴我存和季珊，昨夜下了霜。難怪草葉面上密密麻麻都鋪滿了冰晶。跟昨夜的繁星一般，這景象我們在台灣，尤其久困在都市，已經多年未見了。

雁蕩山的地勢變化多姿，隔世絕塵，自成福地仙境，遠觀只見奇峰連嶂，難窺其深，近玩卻又曲折幽邃，景隨步轉，難盡全貌。正如蘇軾所嘆，不識真面目，只緣在山中。難怪徐霞客也嘆道：「欲窮雁蕩之勝，非飛仙不能。」古今題詠記遊之作多達五千篇以上，仍以《徐霞客遊記》給人的印象最深。徐霞客曾三次登上雁蕩山，首次是在明代萬曆四十一年（一六一三），當時才二十八歲。大家最熟悉的他的〈遊雁蕩山日記〉，常見於古今文選，就是那年四月初九所記。

5

我對溫州的年輕遊伴們說：溫州之名，在台灣絕不陌生，台北市南區的不少街道，久以溫州及其所轄的縣市命名，其中包括瑞安街和泰順街。我有不少文壇、學府的朋友，都住在溫州街的長巷岔弄。他如青田、麗水、龍泉、永康等街，也都取之於溫州的近鄰。至於散文大家琦君，名播兩岸，更是溫州自豪的鄉親。

溫州人好客，美味的餛飩常溫客腸。我為他們的文聯盛會演講，又去當地聞名的越秀中學訪問。他們帶我和我存母女先後參觀了永昌堡、髮繡、甌繡、甌塑。我特別向甌繡的「省級大師」林媞致意，感謝她把我〈鄉愁〉一詩的手跡刺成甌繡。有一天他們特地帶我去參觀謝靈運遺址「池上樓」，憑弔「池塘生春草，園柳變鳴禽」的千古名句，並承「博雅茶坊」主人伉儷接待，得以遍嘗白糖雙炊糕、燈盞糕、芙蓉糖、凍米糖之類的名點。

6

一月十五日，不拜山了，改去朝海。四十多座島嶼組成的洞頭縣，浮列在東海上等待我們。七座休旅車上了「靈霓北堤」，車頭朝向東南，以高速駛過茫茫的海面，一邊與海爭地，要填來擴充市區，一邊插竿牽網，培育螺蛤之類，養殖海產。沒料到海闊堤長，過了霓嶼和狀元坳，跨越了許多橋後，才抵達洞頭島。當地縣政府的邱顧問帶我們一行攀上陡峭的仙疊岩，俯眺東海。在蒼茫的暮靄中，他向南指指點點，說對面近海的一脈長嶼也叫「半屏山」，那方向正遙對台灣，「像和你們高雄的半屏山隔海呼應。」又說洞頭縣民會講閩南話，原是福建的移民。此時岩高風急，濁浪連天，令人不勝天涯海角、歲末暮年之感。指顧之間，夕照已烘起晚霞，主人說不早了，便帶大家回車，準備去市內晚餐。車隨坡轉，我戀戀回顧酣熟的落日，才一瞬間，咦，怎麼日輪滿滿竟變成了月鉤彎彎，缺了三分之二，唯有金輝不改。驚疑間，過了五秒鐘才回過神來。「是日蝕！快停車！」大家一齊回頭，都看見了，一時嗟嘆連連，議論紛紛。這才想起，溫州的報上已經有預告，說今天下午四點三十七分日環蝕會從雲南端麗開始，而於四點五十九分在膠東半島結束，至於大陸其他地區，則只能見到日偏蝕，甚至所謂「帶蝕日落」。果然，在我們的車窗外，越過掩映的叢叢蘆葦，幾分鐘後，那豔金帶紅的「日鉤」就墜入暮色蒼茫裡去了。想此刻，月球上不管是神或是人，一定也眺見地球的「地蝕」了吧？

7

溫州簡稱為甌，甌江即由此入海。河口有大小三島，最裡面的最小，叫江心嶼，隔水南望鹿城市區，北鄰永嘉縣界。王思任的遊記〈孤嶼〉說：「九斗山之城北，有江枕曰孤嶼，謝康樂所朝夕也。嶼去城百楫，東西兩山貫耳，海潭注其間，故於山名孤嶼，而於水又名中川。」臨別溫州前一日，伴我和妻女共登雁蕩的主人，加上文聯的曹凌云主席，又伴我們遊島。

天氣依然晴豔，像維持了七日的奇蹟。碼頭待渡，我們的眼神早已飛越寒潮，一遍遍掃掠過島上的地勢與塔影。最奪目的是左右遙對的東塔、西塔。左邊的西塔就像常見的七層浮屠，但是東塔，咦，怎麼頂上不尖，反而鼓鼓地有一團黑影？日遷、國榮、美玲一夥七嘴八舌，爭相解釋，說那是早年英國人在塔旁建領事館，嫌塔頂鳥群聒噪，竟把塔頂毀掉，不料仍有飛鳥啣來種子，結果斷垣頹壁中卻長出一棵榕樹，成了一座怪塔。

登上江心嶼，首先便攀上石級斜坡，去探東塔虛實。果然是座空塔，一眼就望穿了，幻覺古樹老根，有一半是蟠在虛空。江心孤嶼，老樹還真不少。南岸有一棵，不，應該說一座老榕樹，不但主幹上分出許多巨柯，每一柯都霜皮銅骨，槎枒輪囷，可以獨當一面，蔽蔭半空，即連主幹本身也不容三、五人合抱，還攀附著粗比巨蟒的交錯根條。園方特別在其四周架設鐵欄圍護。如果樹而能言，則風翻樹葉當如翻書頁，該訴說南北朝以來有多少滄桑，訴說謝靈運、李白、杜甫，以迄文天祥如何在其濃蔭下走過。園中還有棵香樟，主幹已半仆在地上，根也裸露出半截，卻不礙其抽枝發葉，歷經千春。其側特立木牌，說明估計高壽已逾一千三百年。

遊園時另有一番驚喜，不，驚豔。真正的驚豔，因為她依偎在牆角，毫不招展弄姿，所以遠見渾然不覺，要到近處才驀然醒悟，是蠟梅！樹身只高人三兩尺，花發節上，相依頗密，排列三層，內層赧赧深紫，中層淺黃，外層輻射成鱗片，作橢圓形。傲對霜雪，愈冷愈豔，真是別樹一格的絕色佳人。我存湊前去細嗅，季珊近距去攝影。我也跟過去一親薌澤，啊，何其矜持而又高貴，只淡淡地卻又自給自足地輕放幽香。那香，輕易就俘擄了所有的鼻子與心。同遊有人要我唱〈鄉愁四韻〉，更有人低哼了起來。

島上古蹟很多，除江心寺外，尚有文信國公祠、浩然樓、謝公亭、澄鮮閣等。江心寺壁上有不少題詞，王思任〈孤嶼〉文中述及：「方丈中留高宗手書『清輝』二字，懦夫乃有力筆。」我對文天祥祠最是低迴，在他青袍坐姿的塑像前悲痛沉思，鞠躬而退。祠中憑弔忠臣的詩文不少，我印象最深的是乾隆年間秦瀛所寫七律中的兩聯：「南渡山川餘一旅，中原天地識三仁。誓登祖逖江邊楫，憤激田橫島上人。」

謝靈運公認為山水詩起源，所詠山水如〈登池上樓〉、〈遊南亭〉、〈遊赤石進帆海〉、〈晚出西射堂〉等，多在溫州一帶；至於〈登江中孤嶼〉一詩，描寫的正是江心嶼。但這些山水詩中，記遊寫景的分量不多，用典與議論卻相雜，則不免病「隔」。因此像「孤嶼媚中川，雲日相輝映，空水共澄鮮」之句，已經難得。我常覺得，中國水墨畫中對朝暾晚霞，水光瀲灩，往往無能為力；西方風景畫如印象派，反而要向中國古典詩中去尋求。

——原載二〇一〇年五月一日～二日《聯合報》

夜色漸涼

鍾怡雯

一九六九年生，馬來西亞人，祖籍廣東梅縣。曾獲多種文學獎，現任台灣元智大學中語系教授。

著有：散文集《河宴》、《垂釣睡眠》、《聽說》、《我和我豢養的宇宙》、《飄浮書房》、《野半島》、《陽光如此明媚》，散文精選集《驚情》、《島嶼紀事》、《鍾怡雯精選集》；人物傳記《靈鷲山外山：心道法師傳》；論文集《莫言小說：「歷史」的重構》、《亞洲華文散文的中國圖象》、《無盡的追尋：當代散文的詮釋與批評》、《靈魂的經緯度：馬華散文的雨林和心靈圖景》、《內斂的抒情：華文文學論評》、《馬華文學史與浪漫傳統》、《經典的誤讀與定位：華文文學專題研究》；翻譯《我相信我能飛》；散文繪本《枕在你肚腹的時光》、《路燈老了》；並主編多種選集。

今年春天特別彆扭，早上烈日灼身著短袖，下午颱風大雨厚外套；一連數日高溫熱得吹電扇，突然一掉十幾度。偽裝的夏天說走就走，變臉比翻書還快。開始我不太相信還觀望著，薄衣撐著，實在受不了只好把洗好的冬衣翻出來。天氣就在夏冬之間跳躍，哪來的春風拂上我的臉？在台灣住了二十二年，今年四月讓人無所適從。聊天氣突然變成朋友的主要話題。暴冷暴熱的天氣很考驗身體，市區那家有名的耳鼻喉科每回經過都擠滿人，身邊總有人戴著口罩哈啾擤鼻涕，總有人說我感冒了然後抱怨，爛天氣。

最為難的是睡眠。冬被涼被都不對，沒那麼冷，蓋不住棉被；涼被太薄，遂得外加薄毯，厚被堆床邊省得半夜又冷了。要不，就把涼被加薄毯擺一邊，有幾回半夜熱醒翻出家當，夢早遠走，連個影子都沒。睡覺變得很儀式很大陣仗，被升等論文折騰得倒頭就睡的本事沒了，如今被睡眠蹂躪得很徹底，重回十幾年前垂釣睡眠的日子。

或許不能全怪天氣。

一月中從巴黎到普羅旺斯，再轉往翡冷翠時，在纏綿的義大利語裡，開始了莫名其妙的顛倒睡眠。

出國從來沒時差，能吃能睡，連坐地鐵短短十分鐘也能入夢。到巴黎那五天照例晚八朝五——八點睡凌晨五點醒，那是旅行時身體的睡眠調節——只要在旅館，我的生理時鐘就變成農民，變成祖父母，他們都是晚八朝五或晚八朝四的農業時代人。

上天賜我趴趴走的體質，為此離家總是毫不遲疑，逮到機會就走。二十二年前來台全無鄉愁，三年之後第一次返馬，竟在自家床上失眠。家是久住不得的，遠走他鄉也行，旅行也罷，總而言之，就是要離家，拋家棄夫或棄貓棄魚都很好。無法棄夫那就帶著為夫的一起走吧，管他去哪裡管他海角天涯。

再不走，就要枯萎了。

我被那沒完沒了的論文勞作折磨得對生命起了極大的懷疑。睡得很死精神很好，心卻破了個大洞；靈魂萎縮乾澀，沒水沒光澤像沙地久曝的果核。果核活著，可是看來已死。寫論文，教課，打掃，煮飯，運動，規律生活。把心拴好，把飄忽的眼神收回，封鎖感情，當個沒血沒肉的人。做事非常有效率，心無旁騖，像機器。

生活機器，本能地活著。

有時對人事動怒，還有些詫異，咦，還像個人，還有人的氣息嘛！全神貫注做一件事沒有不好，連情感起伏都管得住，近四十歲的我才有這等本事，如果這算智慧，可是用青春抵押而來，何其不易。然而總有低潮，被論文煎熬完全沒進度，甚至後退——論點沒辦法開展，無法穿透資料，論述沒活力沒新意，打算投降。電腦前的枯坐換來頭痛，頭痛讓人心情低落。溫暖的藍天尤其讓我心痛，該去郊遊曬太陽，而不是抽象演繹，把頸椎腰椎蹂躪得左弓右彎，把活人變成活死人。所有的等都升完，身經百戰的教授早被折騰得沒了人氣，垂垂老矣。不是人老，而是心老，臉上無光無熱，神氣萎縮，只有研究室這小而黑的象牙塔是棲身之地，世界只剩電腦。這跟成日面對著遊戲機打電動的虛擬世代有什麼差別？對學術的熱誠有時全然熄滅，覺得那是個沒有光的所在，我真的要使盡力氣走進去嗎？

虛度光陰。這感覺很壞，乃陷入存在主義式的焦慮。然而，這些洶湧的感覺或情緒，全被我用意志力把它們壓到最低層。到十八層地獄去吧，抵死不讓它們入夢。我的夢土，要花開滿谷，陽光燦爛，不要烏雲不要陰雨。

遂無夢。夢說作夢豈是自由意志，豈能由你要或不要，立刻掉頭走遠。無夢的日子我是個兩眼空洞的人，每天都做白日夢，對著電腦想像虛幻的未來想像遠方。學期沒結束，立刻收拾行囊走人。管他歐洲冰封在大雪裡，對我而言，那是一片白茫茫的乾淨大地，十幾個小時的飛行時數夠遠，足夠把現實丟開。再不遠走，人都霉爛了，像陽台的大理菊，才到我家兩週便憂鬱而死。那陣子天天濃霧陰雨，它臨死前的枯槁身形和哀傷眼神充滿警惕。那是我的倒影。

匆匆告訴母親我要遠走，她試探性的問，妳是一個人，還是兩個人去？她心裡有陰影，一聽到我要出國就問，是兩個人一起去吧？半強迫的語氣，她的意思是說，出國得兩個人，不准一個人走。她還沒從我青春期離家的陰影走出來，都二十幾年了。可憐的母親，當年肯定被女兒嚇壞了，她忘了我早沒青春可以揮霍，沒有本錢可以重演離家的戲碼。母親到現在都不瞭解女兒，從來沒有。她太單純。父親問，歐洲下大雪，一定要去嗎？不可以改時間？父親這麼一問，我就去意堅定。

始終不明白我在抵抗什麼。朋友說，妳該生個小孩，快，趁還來得及，那是妳跟父親和解的最好方式，有了小孩就會明白做父母的心情。我不明白身邊的這些人，他們都覺得我的生命有缺憾。欠父親一個和解，欠小孩。還有長輩乾脆明說，妳什麼都有了就少一個孩子。他們都在暗示，我是個不完整的女人，而且，還有機會變完整，或者完美，得好好把握。一定要把握。

哎，我從不要求完美。生命本來就該有遺憾和欠缺。我已經到了感謝遺憾和欠缺，垂首答謝磨難和病痛的年紀，如果可以要求，那麼，親愛的神啊，請給我更多的自由。從小到現在，甚至到老死，這都是我一輩子慾求不滿的追求。

於是到了心理距離最遙遠的歐洲。第二次到巴黎，不太陌生也不算熟，有限的法文剛好讓我卸除情緒的武裝，安心亂走。需要一個適合散步和走長路，沒人會打量我一眼的旅遊城市，成為冬日街道的一景，被人群吞沒，慢慢走。

從來習慣快步走路，快速入睡，還得睡得少而好，以便可以更快速處理做不完的事。很有效率，於是更多的事情將我掩埋。有效率是我最大的缺點。

管他的效率管他的走馬看花，當個膚淺的觀光客吧，學術太有深度太嚴肅，讓我精神衰竭。反正沒有目的地，迷路就迷到天黑，走到不能走了拖步回旅館，把力氣用盡的身體摔床上，睡到自然醒。反正有大把時間，不用煮飯做家務，沒人會給我電話，緩慢的把巴黎五日殺掉就是。

第三天卻不知怎麼曲折的走進了盧森堡公園。公園異常安靜，厚實的新雪，凍結的空氣，樹的靈魂都冬眠了，光禿的枝椏線條乾淨俐落，銳利的指向灰濛天空。跟幾隻雪地相逢的大小狗玩了一會，跟牠們的主人打過很淡的招呼。二〇年代尚未成名的海明威就在這裡餓著肚子撐過午餐時間，對大他八歲的第一任妻子赫德莉宣稱吃過午飯，而且吃得很飽。那樣貧乏的生活卻很有元氣。二十五歲，愛情和生命還有很多可能，他無法想像不很久的未來，會有第二第三，甚至第四段婚姻吧？第三次的婚姻在四十一歲，跟我同樣的年紀。

我的未來那麼安穩，觸手可及，這讓人安心，也讓人害怕。

昨夜沉睡時，大雪下在巴黎的夢裡。有一些現實的殘渣越洋而來，很快被我清理掉了。站在這裡，跟蕭瑟的冬日街景一樣乾淨，情感往內縮，原來想釋放的躁動消散。寒氣讓人清醒，多年來總是在最冷的冬日離開台灣，去更冷的地方，憑空蒸發。台灣黏稠的溼冷令人厭倦，像剪不斷的人際網絡，逼人逃離。

積雪很厚，寒氣逼到腳底。不知道海明威穿什麼鞋，怎麼耐得住下著雨雪，總有尿味的骯髒街道？如果不是對未來有強大希望，他能耐得住這灰濛黯沉，看不到未來的冬季嗎？如果不夠年輕，他有力氣超越眼前的煎熬？他能掙脫生命的牢籠嗎？最終他跟父親一樣，舉槍自盡了啊！

我在公園散步，一整個上午對著桀驁的枯枝發呆，終於明白海明威為何老是要躲進咖啡館和酒館。這世界太冷，誰要去思考形而上的存在問題，或者生命的意義？不如來點咖啡和酒，這兩物都讓人心生幸福和溫暖的假象。唉，沒有幻象，要怎麼說服自己活在這艱難的人世？

我不進咖啡館，只是經過。走過海明威走過無數次的穆費塔街（rue Mouffetard），在超市買酒帶回旅館，打開窗口，跟天空對飲。然後，在室內暖氣和寒氣夾殺下，在酒意的溫暖中滑入夢境。一直很喜歡旅館，以及旅館的床。那床多半潔白如雪，零時差，即使作夢，都輕盈異常，醒來即消散，如雪消融了無痕跡。

沒有牽絆，不受束縛的緣故。

午睡時間太晚，喝了酒又走長路，總是沉睡。夢醒近黃昏，臉上猶有酒意未散，就那樣抿緊棉被怔忡著，把剩下的酒全喝完，就不知道該做什麼了。窗外日與夜交接的天色那麼陌生，裹著冬衣圍巾的行人埋首疾走，時間和風景從他們和我的身邊流過，沒有從自家的沙發或床鋪轉醒時的聲氣，沒有夢痕，一時不知身在何處。

在現實和夢的交界裡。

沒想到南下阿維儂（Avignon）後，忽然就從攸長的夢境轉醒。阿維儂。普羅旺斯奇幻的陽光。連逼到身上的冬日寒冷都被轉化成熱和光。被陽光抹過的房舍和山野形色飽滿，那棕黃那結晶的寶藍，連松樹的灰綠都是亮的，跟赤道霧濛濛帶著灰塵和汗意的陽光不同。山和樹都在發光，線條益顯乾脆俐落。光影對比如此絕對，誰也不能覆蓋誰。打在牆上的樹影是純粹而絕對的黑。陽光不到的地方寒意欺上臉，畢竟是個位數的低溫。進入陽光的懷抱就瘋了似的，只會啊啊啊的讚嘆，語言失去了意義，只剩感覺。

徹底被征服，這霸道又溫柔的陽光。穿透性極強，那麼熱烈，讓人猝不及防，把我收藏好，壓在抽屜暗處的情感全翻出來，散落一地狼藉，散出霉味。苦日子恐怕要來了，這一地散亂究竟要如何收拾，重新歸位？

每日我在街道轉悠，在冬日驕陽底下慢吞吞踩過石子路，染匠街，經過大減價的商店，買水果，午餐晚餐，街景變得很熟悉。每一頓都讓各種各樣的起司攻佔我的胃。走太多路，天冷，老覺得餓，需要高熱量，很像二十五歲老處在挨餓狀態的海明威。

陽光抱得我流汗，汗捂在冬衣和帽子裡，捂出人的氣息。

就這樣開始失眠。離開阿維儂轉到翡冷翠（Firenze），規律睡眠全被打亂。八點睡，凌晨兩點或一點清醒。九點睡，還是一點或兩點醒來；十點睡，醒來時間照舊，唉！

醒來，小而美的民宿一片漆黑，窗外是暗夜嚴冬。打開窗戶，撲面寒氣令人顫抖，清冷的星星在遙遠的天邊眨呀眨。被普羅旺斯陽光弄亂的情緒在暗夜裡發酵，在暖氣旁感受著刺骨的寒冷，等著近七點才有曙光的南歐早晨，等咖啡香把我喚醒。隔壁是僅容十人左右的迷你餐廳，六點左右開始有聲響，杯盤的碰撞。烤麵包和咖啡的氣味滲進來，我知道朝陽已經斜斜打在餐廳那面橘黃色的牆上，牆上的爬藤都伸手去接天光。

一天，就這樣開始了啊。

在這些老城市生活一切都貴，只有時間不值錢，用不著省，那就盡情揮霍吧。等公車，等火車，等時刻表上的大眾運輸工具令人安心，它們意外的準時，很少誤點。不像台灣或馬來西亞的等公車經驗，多半賠了夫人又折兵，最後投降，花錢坐計程車；計程車上懊惱著被浪費掉的寶貴時間，早知道何必白等，真是的。這裡就數時間最便宜，我用得毫無節制。

從翡冷翠的民宿到山城西雅那（Seina）得轉兩趟車。近兩個小時的山路峰迴路轉，在上午的刺眼陽光中穿越葡萄園，春天還在光禿的葡萄藤裡沉睡。西雅那被陽光緊緊攬著，藍天沒有白雲，暖得發暈，聖母院散發著神的潔淨輝光。正門的狼雕像一半獻給陽光一半沒入陰影，牠俯視眾生的神情很直接，剛烈又溫柔，走到哪裡那雙說話的眼睛都跟著。這聖母院都是動物，狼，大象，獅子，龍或蛇。必然有神，神才會眾生平等，把所有生命抱在懷裡。

沒睡飽，我有淚的衝動。一直很喜歡教堂，遇見了必定進去坐一坐，許個平凡的願，身體健康或者一夜好眠之類。這聖母院讓我想在這座剛毅的小城定居，它的陽光比翡冷翠更透明，老建築線條冷硬。我問服裝店的吉普賽女郎，四季都有好太陽嗎這城？她說，噢不，冬季下雨下雪都很難過。她深長的美目望著廣場，我們都同時讚美了陽光。

夕照中時睡時醒，經過許多山中小鎮，蜿蜒迤邐回到翡冷翠，夜已冷。這麼迢遙的山路公車竟然準時，這等待一點都不煎熬。等待黑夜過去等早餐等陽光在睏乏的眉眼閃爍，這些都不難，只要時間肯往前移。

惟有睡眠。

從深冬等到初夏。睡得很亂，很零星。開始很沒志氣的懷念睡死的日子，可見清醒的活著是痛苦的。開學了，快節奏的忙亂日子沒睡好，簡直活不下去。一度我以為更年期要提早十年到，半夜總熱醒，手腳伸出棉被，疑心是熱潮紅。那是陽光後遺症，我的臉不潮也不紅，卻是睡眠不足的缺氧臉色。

意外等到死亡。春天的週末中午，接到朋友病危的消息。除了怎麼可能，我再也找不到句子可以反應情緒。好端端的一個人，怎麼可能？發傻了幾天，我感覺得到他在離開。來不及告別。醫生給他病危通知還當面給他罵了一頓，沒絲毫病態的朋友覺得這根本是一個開過頭一點也不好笑的玩笑。

無預警的告別，生命中越來越多的離別和突然。那陣子我比盧森堡公園的枯枝還要冷峻，流不出淚。睡眠走得更遠，春天如此亂無章法。夜色漸涼時，死亡伴著睡眠的焦慮一同走向我，考驗我對生命的忍耐，或者妥協。

陽光明媚的日子，我彷彿看到他微駝的身影在校園行走。櫻花玫瑰花開得那麼燦爛，他怎麼捨得？死亡躲在陽光背後，睡眠留在普羅旺斯。我會耐心等待。他欠我一個告別。告別，以及睡眠，我等著。

——原載二〇一〇年八月二十六日《中國時報》

兩面海洋

方秋停

一九六三年出生於台南。目前定居台中。東海中文研究所畢業後於海外悠遊數年，取得美國中佛州大學教育碩士，現任《明道文藝》總編輯。著作以散文及小說為主，曾獲《中國時報》文學獎、教育部文藝創作獎、吳濁流文藝獎、《人間福報》文學獎、桐花文學獎等。

著有散文集《原鄉步道》、《童年玫瑰》；短篇小說集《山海歲月》。

太平洋和台灣海峽到底有什麼不同？

這問題於南迴公路上一次次被問著——

路彎轉，拉出層層的山稜線，深淺綠色混著枯黃，新春已在路上。四輪迫切向東行，中央山脈盤踞，村落集聚島嶼外圍。沙石與河流相互沖積，廝磨演變著各種相處形式。沿途盡覽風光，也見著道路施工，河堤整修，汙染河床堆累出爛泥巴。

山巒與樹影盡皆沉默，雲霧於其間竊竊私語，各種生活面貌紛呈島上——繁華熱鬧，蕭條冷清，美和雜亂一同存在著。

繞過這山，要用多少的氣力和決心？東西岸阻隔著高聳的心靈界線。行至山嶺盡頭迴轉，群山退到左手邊，右方則出現了另一種水藍——太平洋以不同的洋流姿態出現。陌生的藍，疏遠的波浪，濱海公路一逕清冷。午後陽光瞇閉著眼，時而自雲中透露溫柔光芒。面海樹林整排為海風修剪平整，光禿樹枝仍然撐起豐美景觀。視野為山海所平分，天空陰晴不定，一時陽光一時陰，驀地細雨灑來，於車窗上留下一顆顆雨之心。一座島嶼，兩面海洋，中間是屹立千年的山嶺，如何推想，這海中坡嶺，曾有多少生靈為存活爭戰。

霧氣調整山嶺層次，光影則於海上晃動水藍色階，一條深藍貼著遠處地平線——車再往前，陽光亮開，海水湛藍，路旁房舍抹上一層釉彩。繞過台東市區，到了富岡碼頭，灣前泊停渡輪，漁船漆著鮮豔的藍、紅色。

褪去流行資訊，以及種種無謂的比較與追求，生命變得輕盈簡單，焦慮眉頭一旦放鬆，便神清氣閒了起來。

褪下長衫，穿上短褲，於歲末以投奔熱浪心情踩進海裡。指間挾著土司，卸除一切機心，豆魚及斑紋熱帶魚群聚過來，於我興奮腳踝間廝磨點咬——啊，此情此景教人驚異，人與自然久已喪失的親密關係，竟存於這清寂的海邊。魚嘴一張一闔，整群於我腳指間匯集，閒適散放出磁性，吸引生靈前來佇足與流連——魚以滑潤身軀穿過我張開的指掌，喜樂自心底發出，人魚相通感應，這情景深深植入我心。

而在不遠處沙灘，赫見一整排度假飯店面朝著海，以貴氣傲然挺站，外頭則有抗議布條圍拉起來——開發與保護聲浪兩相對峙——礁岩無語，魚群迴繞，愜意風光束手觀望。想要伸手摸摸魚身，又怕牠逃逸無蹤，珍惜與擔憂兩相混雜——下次再來，這一切是否還在？

回程，大海移向左手邊，山嶺換於右邊起伏。春天的腳步靠近，枝上枯葉甦活成亮麗金黃色，粉、紫及鵝黃、豔紅九重葛熱鬧路邊。車輪隨著思緒往右彎，翻越記憶及想像，重又轉回西岸的生活空間——左手邊海浪依然翻湧，那藍似熟悉卻又陌生——

台灣海峽和太平洋到底有什麼不同？

心底又喃喃自問著……

——原載二〇一〇年十月十日《中國時報》
本文獲第三十三屆時報文學獎小品文組優選

四　沉思·滅燭憐光滿

實數**徐孟芳**　真山真水**林谷芳**　他也
是一個爸爸**王文華**　雲豹還在嗎？**劉克襄**
七個清晨**葉佳怡**　滅燭·憐光滿**蔣勳**

質數

徐孟芳

一九八一年生，台灣苗栗人。台灣大學台灣文學所碩士，台灣師範大學國文學系學士。曾獲教育部文藝創作獎散文首獎，全國學生文學獎，師大、臺大文學獎，二〇〇九年台灣文學研究論文獎。現為高中教師。

部落格：http://blog.yam.com/diasporasheep

我其實是個質數。

國一那年，由數學課本中讀到此類數字的定義，我將那段解說用螢光筆塗得金黃：「質數：就是一個正整數，除了本身和1以外並沒有任何其他因子。例如2，3，5，7是質數，而4，6，8，9則不是，後者稱為合成數。」也就是說，質數，除了它自己和每個數字都能夠擁有的「一」之外，沒有其他數字可以組成，它跟其他數字無涉，它僅僅是自己，它僅僅擁有自己。這堂課的上一堂是體育課，老師要求全班分組，每組六人，全班三十七人；一陣哄鬧各自帶開後，有一個人還留在原地，是我。

沒錯，37是質數。因為是質數，我才會無組可入。體育老師的數學一定很差，連6除不盡37都無法理解，竟還笑著對我說：「哈哈，三十七號妳人緣怎麼那麼壞？竟然沒有人要跟妳一組！」我用螢光筆背誦質數定義的同時，也試圖抹去體育老師居高臨下睥睨我的神氣及話語，然而，每一字的螢亮，卻如同體育老師身後令人暈眩的日光，不僅刺眼，我的臉頰也跟著持續熱燙。

就算是質數，除了本身之外，也還擁有那個「一」。老師在課堂上興致勃勃地要我們練習指認質數，找出在一百之內還有哪些？（53、59、61、79……）我卻分心思索起自身的「一」——那平凡的、每個數字都能擁有的，對我而言，卻是除卻自身之外、獨一無二可以共同組成我的因子。我的「一」不會是平常結伴上廁所的那個女生，她在體育課時遺棄了我，和其他人練習投球，笑得那麼燦爛。那麼，誰是那位能一直在我身旁，陪伴著我的「一」？

返家後我對母親談起在學校所受的霸凌。父親早逝，家中除了我與母親外，沒有其他親人，母親毫無疑問是我的「一」，也是我能依賴的唯一。她在廚房，奮力翻炒青菜，工作時的衣服還來不及換下，油煙瀰漫，我一句句吼著，那些抱怨卻彷彿在進入母親耳朵前就被鍋鏟敲碎。爐火太大，油鍋過熱了，青菜一下子就焦黃軟爛。母親沒好氣地起鍋，盛盤，轉身摔放在餐桌上，聲響有些大，我住了嘴。母親看著飯桌低聲說：「快添飯吧，菜一下就涼。肉都熱好了，不要挑東挑西要新鮮的菜才吃。我做飯是很辛苦的，妳都不懂，也不尊敬我。學校老師會這樣笑妳，一定也是因為妳平常不夠尊敬他們。妳要檢討自己，不要老是怪別人。妳把成績顧好就好，老師都會比較疼愛第一名啊。」

數字大小與身為質數兩件事毫無瓜葛，101比4大得多，而4這個最小的合成數還有2是它的好伙伴，101都大過100了，它還是只有自己與「一」。我默默承受眾人的不理解，自覺成為一個孤怪彆扭的質數，但越是如此我越有好多話想說，想要講得好大聲，甚至在內裡費盡氣力地嘶吼，只為求得一個「一」的支持。但我總是一個人午餐，只有鐵湯匙一道、兩道刮著便當盒底的聲響伴著我吞嚥；校外教學時，位子永遠被分配在班導身邊，那些迢遙而來同學分享的零食，總在身後戛然而止，橫向傳遞到另一排座位；費盡心思討好的那個女生，對我抱歉地說：我不能跟妳玩喔，他們會生氣；回到家，每一次想訴說什麼，母親總是背對我，炒菜、洗衣、打掃、抹桌、拖地。我始終盼不到「一」的理解。我坐回桌前，翻開數學課本，緊盯著「質數」一節思索，在算式裡，作為正因數的「一」是不會離開質數的，它以乘號與質數緊緊相連。如果具體的他人終有轉身離開我的可能，不就悖反了質數與「一」之間的定義？我恍然大悟，原來對人的渴求、依賴並非正確解答，我的「一」，得再從別處求。然而，除卻與人的接觸，我窄仄的天地裡，還能有什麼去處呢？

我開始閱讀。「閱讀」是最適合一個人進行的行為，毫無落單的疑慮，它要求靜默，摒除和人交談的需求。我在圖書館，拿起書，坐定在某一處，沉入書中世界。在此，我不再是被他人拋下的，是我選擇背對那些喧譁。一開始僅僅是裝模作樣，但我漸漸發現，手中捧讀的，往往是其他質數的孤獨。這一冊冊的創作，使我瞭解到，在廣漠人世裡，不只我是落單者：正如37後面有41、101前面有97，身為質數，在數列裡，我們無法緊挨著取暖，總是隔著許多無法理解我們的他人，但那孤獨正是因為身具的奇特性質而來。那麼，我，與其他親愛的質數，難道不正因此是特別的？於是才終於相信，自己不是被除法剩下的那孤絕丁零的餘數，而是個不需他人合成的質數。後來，我體認到這些同為質數者，是以寫作面對自身的孤絕、痛苦，且彷彿因此得到救贖；同時，也正因其出眾的書寫，寫定了自身價值。我驚喜地發現，那不會離開自我的「一」，能與自身緊緊相繫的，原來正是「寫作」。

自此，我以寫作，抵抗外在世界的粗礫與冷漠。「一」的「正因數」性質以及「乘號」的加乘作用，對我而言是正增強的暗示，於是，透過寫作，彷彿壯大了自己。我寫日記，寫詩，也寫應考作文。日記裡反省現實生活的種種失落無明，總是對自己喊著：「妳可以的，要加油喔！」來充填寂寞所蝕出的空洞；詩裡寄託現實中無從宣洩的抒情，麗藻美辭堆疊出斑斕未來的圖像，輕盈似蝶，翩翩振翅帶我飛越眼前的荒蕪；而應考作文，卻成為我與現實連結的介面。我因為它，得到了師長的青眼，得到除了考試成績之外，另一個測定我的標準，不再無所依憑，以此寫就了自己：上高中，選擇文組，憑「資賦優異」進入國文系，順利成為教師。

我因此非常快樂。質數不需要他者合成，卻可以和他人相乘，成就出更大的數字，這時本身的數值大小成了關鍵。合成數沒有伙伴後會分崩離析，數值遽減；我一個人，卻可以選擇成為他人的伙伴，或否，而不會使本身的數值有任何減損。質數的孤獨，在自信之後一轉而為獨立。對我而言，不再有什麼是必需的，除了寫作，可以靠著寫作如此一生走下去。而書寫，僅僅是為了自己，寫者是我，讀者也是我。就算只是日記、碎語，那又何妨？

偏偏我十分順利，在教書之餘考取了文學研究所，最後一年留職停薪以完成論文寫作。首次，生活中只需面對「寫作」，以及隨之而來的龐沛閱讀。而一篇論文的寫就，是理性思維貫注的過程，是一冊書的完成，不是看過即丟的應考作文，更非情緒氾濫的小詩。我的「一」閃閃發光，預示我以更遠大的抱負。

我卻無法直視它。

彷彿回到了國中初識質數那一日，那定義裡我所忽略的是，質數具有本身與「一」的因子，質數擁有「一」的相伴。但是，如果將焦點由質數轉移至「一」身上，「一」難道不會有自己的理想嗎？當「一」需要成就更巨大的數值時，我會是那個夠格的數字嗎？面對寫作，僅是抒發情緒、與自我對話，就夠我滿足。我在其中，嘶吼、流淚、療傷、痊癒，不需要註腳，不需要某學者如此說，不需要突破前行研究的題目。然而，論文寫作卻需求外於自身經驗的命題、說服他人的思辯演繹。當「書寫」有了層次之分，我與寫作之間，竟產生拉扯的苦痛。

每一次，發現自身的無能，我總認為是「一」的內容錯誤了，於是明快切換——當年體育課後我與那位女同學絕交，之後考試時再也不把答案借她抄，在她因不及格被老師處罰時，我僅是淡漠以對；面對母親對我的疏忽，則是經由考試，出走至其他縣市，遠離家鄉，以合理的藉口，掩飾我的寡情；如今對於寫作論文的無能，我開始質疑語言、文字的意義，決定不再困坐桌前掏挖自己，轉而向外跑去，如同逃難般，跟著登山社跑校園馬拉松。一趟跑程為六公里，在肺部缺氧、心跳劇烈、小腿酸痺、全身汗溼時，我不需要和文字相處，不需發明說法說服他人，我只需和自己軟弱的肉體抗衡。接著，我決定離開形而上的思辯，做更具體的實踐，以肉身的鍛鍊，更迫近自己，期許在抖落文字之後，更確立出自我的意義與信心。總是這樣的，經過一次次痛苦掙扎後獲致的心得、與每個不同的「一」相乘之後，總能得出越變越好的新我。

所以，我和山社去山訓，路勘一座百岳。出發前，我慌亂採買排汗衫、雨鞋，借了溯溪鞋、登山大背包、睡袋、頭燈、防風外套、頭巾、兩截式雨衣、棉質手套、指北針。跟著山社同學，煞有其事地描繪了山的地形圖，沿著等高線以綠筆描出山稜走向、藍筆畫出溪水流向，以紅筆勾勒出行進方向。但我幾乎忘了，紙上談兵的過程是透過比例尺縮小的，真正等著我的，是一步、一步、又一步再一步，漫長而酷烈的實踐。

我們搭乘晚間客運，到達台中再轉搭私人小巴，一路顛簸至登山口。清晨五點半，整隊出發。我背著高過頭頂的大背包、種種物資以及連續失眠二日的身心，一步一抖顫地沿著既有的登山路徑向上爬升。那本該是最輕而易舉的部分，我卻因不慣背包所造成的壓力，不懂如何運用身體力量，抓不到舉步重心，而氣喘不已。因為我的緣故，導致隊伍進度嚴重拖沓。遲緩地登上了北山主峰，和紀錄碑石合照後，真正的路勘原來才要開始，我們要一路向下縱走，下切溪谷，在河邊紮營。過午時分，我們喝水，吃乾糧。太陽很烈，風卻凍人。我又喘又冷，鼻內黏膜因空氣冰凍而滲血，猛一吸都是鐵鏽味。我們沿山稜下切，腳要打橫踩，以鞋底與莽草為折衝，沿著山壁攀援而下。俯瞰腳底，那高度與稀薄空氣同時令我暈眩。雖然伙伴一直勉勵我，要放低重心，山上的草木堅韌，足以撐住我們的體重，然而箭竹刺手割股，在每一次我控制不住的跌滾、緊抓時，總是錐心刺疼，攤開手掌，紅星點點。大背包如同死屍般沉沉壓制著，伙伴們卻迅捷地一個個越過我遠去。我狼狽不已，深刻感受到肉體的軟弱頹塌，我所信仰的這新「一」，難道無法如同以往般加乘出更美好的自己嗎？我已經勇敢邁步做出一次又一次的實踐，難道還不足嗎？

漫長而重複的攀爬、翻越，我們是群渴累的獸，水源可望卻不可及。終於，只要再穿越一大叢沿著溪谷生長的箭竹密林，就可以順利抵達紮營。我們奮不顧身，一個大包接著一個奔進箭竹林。然而，生於山背的箭竹，張揚茂盛，蓊鬱幽冷。我們馬上發現，箭竹過密、過高，如同天然篩網，卡住每一個人的身體，它尖銳又堅韌，不怕拗折，以徒手與它相拚，它還我以驚人的彈性，頭身過了，它還攫住我的背包，拚卻一切氣力要脫離它，於是我繼續撞上前面的箭竹，而咻的一聲，它迴旋擊中我身後的伙伴。

暮色漸暗，我們聽得到水聲，卻遲遲看不見光。

我為了智識上的困境，搭車南下，翻山越嶺，沒想到竟使自己陷落至真正的難題。我勘不了山，它的廣袤深邃，遠遠超越我脆弱的肉體，以一片箭竹林，就足以圍困我，使我不辨東西，視覺癱瘓，僅能以肉體去衝撞，一再奮力，卻是突圍無望。原本憑恃的技能在此竟完全廢然無用，我才恍然明白自身的渺小；才感到出發前那形而上的困鬥，多麼無謂；才領悟到質數與「一」的真正關係。

原來，「一」之於我，是一種誠實的反映。我總是忽略了，質數的因式分解算式中，那等號後面，永遠是質數本身。「一」何曾影響、改變了什麼？我的缺損或不幸，是我自身招致的問題。但我先是依賴它，而後諉過於它，卻未理解到，「一」的存在，僅是反映出自我真正的樣貌，那種種脆弱與虛妄；透過它的映照，身為質數的我，才能有再一次確認的機會：究竟，何為我，或，我為何為我。登山無成，說明了我的躁進與逃避，更諭示了我，什麼樣的境地才能稱得上是「困境」，那些莫名的煩惱，全不及眼前一株株箭竹與將夜的暮色具體。母親、國中時的同學甚至是嘲笑我的師長，也許正揭露出我對他人情感上的懶惰與匱乏。我一直都誤解質數的定義，我背誦它，卻沒能領悟它與一之間的真義是：人無法靠其他事物壯大自己，「一」僅僅是如實反映出質數的自身。而那正是一種瞭解自我的契機，唯有如此，我才終能開始面對真正的自我。

後來，有伙伴敏銳探知竹林旁有一處山溪溝谷，溝谷垂直平滑，水流淺緩，嚮導同學指引我們旁切過去，再以接繩方式，一一垂縋我們這批新手安全抵達河谷。夜正來臨，星，一顆接一顆緩緩璀璨了整座夜空。山社伙伴們汲水、紮營，生火、煮食，我負責下麵，卻煮得半生不熟。他們笑著說：唉妳就只會寫文章，回去寫篇遊記，將功折罪。吃食間，有人歌唱，有人指認星座，我抬頭望著那片奢侈的星夜，光輝縱有等級不同，卻正因其參差，方共同豁顯了大美。此時，我才真正明白，不論是合成數、質數或「一」，最終，也僅是數字之一。

——原載二〇一〇年一月《幼獅文藝》雜誌第六七三期

真山真水

胡文卿／攝

林谷芳

一九五〇年生，台灣新竹人。禪者、音樂家、文化評論人。

在禪與藝術外，八八年後又以海峽開放恰可印證生命所學之真實與虛妄，頻仍來往兩岸，從事文化觀察與評論。現任佛光大學藝術學研究所所長、文化總會副會長。

主要著作有《諦觀有情——中國音樂裡的人文世界》、《禪——兩刃相交》、《千峰映月》、《歸零》、《畫禪》等。

常有人問我，為何中國沒出現枯山水？原因很多，就禪而言，枯山水的靜觀默照，緣自默照禪的修行，但在中國，所謂「臨天下，曹一角」，臨濟的看話禪既席捲禪林，曹洞的默照禪就只能僻處一隅，所以無有枯山水。

然而，在禪之外，中國文化之於人於藝，那「游」的態度更是個根本原因。中國的禪風較活潑，日本禪則較內斂，也所以，談中國生命之與自然，固不能只及於江南庭園的假山假水，也無以類比於日本枯山水的非山非水，卻必得在真山真水中尋。

真山真水，所以李白「一生好入名山遊」，而有幾年，我帶著研究生移地參學，也總造訪了桐廬的富春江。

富春江一路山光水色，上游又有著畫史上重要的新安畫派，源頭更有「歸來不看嶽」的黃山，這些當然都深深吸引著我，但富春江何其長也！選擇桐廬一地，原因卻只一個：想親臨嚴子陵釣魚台。

稱釣魚台的地方不少，嚴子陵釣魚台可是其中最不像的一個，它離江面數十公尺，即便姜太公「離水三尺，願者上鉤」的一釣，在此都無用武之地。

無用武之地，名，可能是訛傳，但無論如何，釣魚台之出名，根柢還因嚴子陵，有他，所以何其多的釣魚台，而讓人心嚮往之的，卻只這一處。

嚴子陵何許人也？他名光，是漢光武的至交，與漢光武關係之親可從兩人共臥的這一段故事看出：

因共偃臥，光以足加帝腹上，明日太史奏，客星犯御座甚急，帝笑曰：「朕故人嚴子陵共臥耳。」

這樣的人在漢光武得天下後，被授諫議大夫不仕，反選擇了南方的富春江，隱於七里瀧，而也就這選擇，他成了山林高士的象徵，遂使千年後宋名臣范仲淹在被貶路過富春江時，遙想斯人，無限感慨，乃寫了收在《古文觀止》中的〈嚴先生祠堂記〉，文中寫嚴光的末四句更成了千古名句：

雲山蒼蒼，江水泱泱；
先生之風，山高水長。

就因這故事，富春江乃不只是中國諸多可遊可隱之地，而山水也才不止是尋常的山水。所謂山不在高，就因有生命情性的對應，而若無山水的放懷，中國這深受儒家影響的文化，又如何在綿密規矩的人際網絡中有呼吸吞吐的空間?談中國，為何得談這真山真水的生命?原因也在於此。

就這樣，中國水墨才以山水為宗。為宗，來自水墨的氣韻生動，善寫山川；為宗，更來自道家的拈提。自然哲學的莊子筆下，其間的生命就是最造極的藝術生命，所以「莊老告退，山水方滋」；但為宗，更來自生命實際的需要，沒這山水，生命的乾枯、壓抑、扭曲乃可以想見。

宋之後許多儒者的一偏正是如此，影響所及，中國文化的氣象也就衰頹，士大夫如此，民間亦然：不少朋友參訪山西的王家、喬家大院，總表示出來時的心情是沉重的。不錯，這些大院民宅，象徵著家族能量的擴充，但綿密無縫的建築群中，任何一個構建，一個窗花、一個圖案卻都直指那光宗耀祖、永世其昌的願望，那天地君親師，未得逾分的規矩，所以從家族興敗看，何其大，但從生命吞吐言，卻又讓人何其窒息！

坦白說，這樣的大院在華北有其必然，自然生態早被破壞，人與天爭、人與人爭之下，生存，就不得不回到人與人根本的連結，可它的副作用也極大。但同是民居，在江南便不同，儘管許多人到了西遞大宅，許多人看到了牌坊群，就像在大院般，有太多的禮教影子，可一般民居，日子雖清苦，卻還環繞著青山綠水、朝霞暮靄，於是就仍有著「日出而作，日入而息，鑿井而飲，耕田而食，帝力於我何有哉？」的恬適與安然。

這恬適與安然來自直接的面對山川，人置身山川，就溶於山川。溶，所以無我，而以無我寫山川，山川就只是白描。在富春江畔，立於釣魚台，望著連綿的山川，才發覺黃公望的〈富春山居圖〉竟就是直接的抒寫，畫家只不過將真山真水直接置諸筆墨。

這是中國的寫實，是入於無我的直抒，卻又不是客觀複製的描摹，到此，「外師造化」與「中得心源」變成為同一件事；而也正因是同一件事，中國山水畫中的人物才如此之小，可胸羅的天地卻又如此之大。

造化即心源，使中國畫以山水為宗。從范寬巨碑山水的〈谿山行旅〉到倪雲林一河兩岸、蕭疏澹泊的〈容膝齋圖〉，從逸筆聊寫的〈鵲華秋色〉到石濤、漸江的〈黃山圖〉，生命情性總在山水裡得到對應與消融。也因此，透過山水，我們乃可以超越時空，而近一千年相隔的范仲淹與嚴子陵也才可以無隔。

造化即心源，一樣出現在音樂裡。中國樂曲多在抒寫自然，從放情山水的〈春江花月夜〉，到江樓望月、藉景抒懷的〈月兒高〉，從田園自適的〈平沙落雁〉，到雲氣翻騰、滿頭風雨的〈瀟湘水雲〉，哪首樂曲不是經典!?也所以儘管藉琴抒懷，伯牙、子期的共同點仍是「巍巍乎，高山；盪盪乎，流水」。

流水，談琴曲的確不得不談〈流水〉，這隨航行者太空船入於浩渺宇宙，代表中國與外星智慧照面的樂曲，從涓涓細流寫到長江廣河，有人以為即唐曲〈三峽流泉〉，而聽來也確有三峽之景歷歷在目之感。其中幽然的泛音段，每讓我想起清晨入瞿塘的一段景色，漁網撐掛於江，幾名村婦就在江岸打水洗衣，遠處夔門矗立，晨曦下波光粼粼，直是一幅千百年來不變的景象。

的確，就因這人與自然的千古相依，近人管平湖彈〈流水〉，在曲中描述迴流急湍的「七十二滾拂」段，乃依然不見澎湃，船行依然自在，不似今人總在此凸顯琴家的技巧或段落的對比，但結果是：有了人，卻無有了山川。

有人，於藝術、於生命就有隔，琴曲〈水仙操〉有這樣的故事：伯牙習琴於成連，始終未能

「精神寂寞、情志專一」，成連於是帶他至蓬萊見己師，卻又將其一人獨置於海邊，令其領略海水汨沒崩澌之聲，以及山林窅冥、群鳥悲號之情，伯牙於此大悟，才知真正的老師是自然，終成天下妙手。

的確，山川原自在那，要體得，就須讓山自在、水如來，所以蘇軾在廬山才會有如此的感慨：

溪聲便是廣長舌，
山色豈非清淨身；
夜來八萬四千偈，
他日如何舉似人？

山色不動，溪聲廣長，你要會得，只能直入，只能親炙；在此，心行處滅，言語道斷，人與造化，無二無別。

親炙，當然得有些緣分，所以儘管自小就知道嚴子陵與富春江的七里瀧，知道黃公望的〈富春山居圖〉，卻得等到不惑之後，才有緣入於此真山真水，才真能契於此真山真水中的生命。

無緣親炙，也可有所補足。所以文人用筆書寫江山，琴家指下揮出萬壑松濤，而即便假山假水的庭園，只要不窩居自憐，只要不待人而沽，仍是與自然連接的好落點。至於茶會的舉辦，除開茶香人情，也在藉由茶的口感回到那原產地的自然。然而，在我自己「茶與樂對話」的茶會中，我卻總以一杯清泉作尾，畢竟，茶味固香，總還不如那水帶來的純粹與自然。

自然與純粹，山水中的釋然正是如此，玄沙師備在此拈提得好：

問：「學人乍入叢林，乞師指箇入路。」

師曰：「還聞偃溪水聲否？」

曰：「聞。」

師曰：「是汝入處。」

從這入處，人世、歷史、生命、情性，自有不同！

——原載二〇一〇年二月三日《聯合報》

他也是一個爸爸

王文華

台大外文系畢業，史丹佛大學企管碩士。曾任博偉電影公司資深行銷經理、MTV電視台董事總經理。目前從事企管顧問、教育訓練，和商業研究等工作，亦任教於台大進修教育推廣部，以及News 98廣播電台的主持人，同時為「若水國際股份有限公司」創辦人。

著有《寶貝，只剩下我和你》、《蛋白質女孩1、2》、《61×57》、《倒數第2個女朋友》、《史丹佛的銀色子彈》、《Life 2.0：我的樂活人生》、《我的心跳，給你一半》、《開除自己的總經理》、《快樂的50種方法》、《寂寞芳心俱樂部》、《天使寶貝》、《舊金山下雨了》、《電影中的實用智慧》、《美國企業致勝策略》；電影劇本《如何變成美國人》、《天使》。

當我不再是青年，我才開始慶祝青年節。當我不再崇拜英雄，我才看到了英雄的人性。

還記得三月二十九日嗎？很多年前，我們叫它「青年節」。今年的青年節默默地過去，沒有人慶祝，甚至沒有人提起。

但我卻舉辦了一個私人的紀念會。在這場一人的紀念會中，我認識了九十九年前那些革命黨人。然後我發現：其實我從來不認識他們。

教條造成反彈

「青年節」、「黃花崗七十二烈士」、「拋頭顱灑熱血」，是四、五年級同學熟悉的辭彙。當時政府和學校為了鞏固愛國教育，強勢推銷青年節和相關節日。每年到了這些日子，學生被逼著排字、做壁報、出席晚會、參加作文比賽。再怎麼愛國的孩子，年復一年參加教條式的活動，久了也產生反彈。

愛國教育除了發生在排字的操場，也發生在準備聯考的課堂。林覺民的〈與妻訣別書〉要熟背，錯一句打一下。「遍地腥羶，滿街狼犬」的「腥羶」是什麼意思？月考時一定會考。沒有人跟我們細說文章背後的故事，老師和學生都只關心聯考時會怎麼考。

於是當聯考結束後，什麼「黃花崗七十二烈士」、〈與妻訣別書〉，都被我們報復性地丟掉了。其他所有死背型的學科，如國文、三民主義、中國文化基本教材，也跟著陪葬。這並不代表我們討厭李白、國父、孔子或林覺民。其實我們從頭到尾根本沒認識過他們。他們是代罪羔羊，我們把他們跟壓抑的政治氣氛和扭曲的聯考制度畫上等號。

不再適用的議題

上了大學，有開明的環境和自主的思考空間，照理說可以重新認識歷史。但我們反彈太強烈，沒時間也沒心情溫故知新。我們忙著玩四年，沒力氣去研究五千年。

而且大環境變了，很多議題就不再適用了。黃花崗烈士、〈與妻訣別書〉，發生在動蕩的大時代，而不是中產階級的小康社會。當我們每天忙著打工、打電動、塞車、跑趴、玩股票、付房貸，回家後只有力氣罵老公死豬，沒有心情說意映卿卿如晤。

稱謂變了是小事，重要的是精神也變了。我們想盡辦法增胖到不必當兵，很少人會為了國家民族而犧牲生命。

他們如此年輕

久而久之，三二九自然被淡忘了。今年我偶然間上網查黃花崗之役，才發現我不是淡忘，而是從來沒有認識過。

我不知道黃花崗之役其實不是發生在國曆三二九，而是一九一一年的農曆三二九（國曆四月二十七日）。我也不知道罹難的其實不止七十二人，而是八十六人。我也不知道其中近三十位是新加坡、馬來西亞華僑。我更不知道他們死時是如此年輕（林覺民二十四歲，方聲洞二十五歲）。

我不知道這些，是因為我把他們一概看為「烈士」，是被政治神化過的聖人。他們在我們心中是象徵，是價值，是雕像，而不是活生生血淋淋的人（雖然他們最後是最血淋淋的一群）。在位者不要我們認為，我們也不會認為，這些年輕人是會跟我們一起唱KTV的朋友，或是擠捷運時站在背後的路人。

然而當我二十五年後重讀〈與妻訣別書〉，我發現林覺民可能就是這樣一個任性的年輕人。當然，他「吾充吾愛汝之心，助天下人愛其所愛」或「於啼泣之餘，亦以天下人為念，當亦樂犧牲吾身與汝身之福利，為天下人謀永福」的情操，是一般人比不上的。今日的我們不會助天下人愛其所愛，甚至不會祝前情人愛其所愛。我們會詛咒分手的情人去死，希望他下一個情侶不及我們的萬分之一。

兒女私情更動人

但同時林覺民也只是個孩子。十三歲時老爸要他考科舉童子試，他痛恨清廷，不願當官，在考卷上大筆一揮「少年不望萬戶侯」七個大字，交卷走人。

他狗急跳牆時也會扯謊。日本留學到一半，他回國參與黃花崗之役。家人說你怎麼突然跑回來了，他騙說學校放櫻花假，同學們結伴回國旅遊。

他也是酒鬼。他逃家搞革命，回來後老婆斥責他，不是因為他革命，而是因為他沒有帶她一起。黃花崗之役前他回家，想告訴老婆新計畫。但看著老婆肚子裡的孩子，又不忍心說出口。年輕的他失去方向，只有「日日呼酒買醉」。

再讀〈與妻訣別書〉，我最感動的不是林覺民超越凡人的大情懷，而是夫妻之間的小甜蜜。他十八歲時娶了小他一歲的陳意映，回憶新婚，「窗外疏梅篩月影，依稀掩映。吾與汝並肩攜手，低低切切，何事不語？何情不訴？」

哪一段愛情不是這樣呢？當我讀到「低低切切」四個字，林覺民突然活了過來。他不需要再戴著「拋頭顱灑熱血」的大帽子，他只是一個剛戀愛的少年！

我們只記得林覺民是個烈士，卻沒有想到他也是一個年輕的爸爸。他十九歲時生下長子依新，二十四歲死前太太已有身孕。他死後一個月，意映早產生下第二個男孩仲新。兩年後意映抑鬱而終，不久後，長子依新也因病過世。一個家庭，就這樣破碎了。

「人」比「人物」更值得懷念

當我在紀念青年節時，我想起的不止是那七十二名烈士，還包括那七十二個破碎的家庭。我懷念的不是推翻清廷，而是這一對對年輕夫妻。所謂的大時代，也不過就是人的故事。這些人和我們沒有兩樣，只不過都做了大事。

我們花了太多時間去背誦「公眾人物」的豐功偉績，而沒有去了解那些「人」的家常故事。後人或媒體在塑造「人物」時有教化目的，難免避重就輕。但「人」就是人，往往一言難盡。好的「人物」，未必在私下是好「人」，而好的「人」，也未必會成為人物。為了聯考，我背了那些「人物」。但為了人生，我寧願去認識那些「人」。

九十九年後的今天，時代和人心都變了。狗熊比英雄多，保命比革命急迫。但環境雖變，仍有許多年輕夫妻，為了規模較小的革命，日夜奮鬥。認識林覺民二十五年後，我從青年變成中年，才深深體會到青年的可貴。他們總是這樣不聰明、不世故、不計較地去做這些傻事，革命也好，愛情也好。青年節真正該提倡的，不是奮發向上，而是年少輕狂。

就像林覺民這樣。除了「烈士」頭銜，他也是一個老公，一個爸爸。做為烈士，他求仁得仁。但做為爸爸，他沒有盡到責任。但正因如此，他反而更真實，更值得尊敬。他跟我們一樣，無法面面顧到，在掙扎和懊悔中，做了人生最大的決定。古往今來，誰能雙全？每一段功績背後，都有一段辜負。今日紀念林覺民最好的方法，也許不是熟背意映卿卿如晤，而是想想我們的付出，和我們的辜負。

——原載二〇一〇年四月十五日《聯合報》

雲豹還在嗎？

劉克襄

一九五七年生，台灣台中縣人，本名劉資愧。自然觀察解說員，從事自然觀察、歷史旅行與舊路探勘十餘年。曾獲《中國時報》新詩推薦獎、台灣詩獎、吳三連獎、台灣自然保育獎、金鼎獎等，最新作品《十五顆小行星》獲二〇一〇年開卷好書獎。曾擔任《台灣日報》、《中國時報》美洲版、《中國時報》等副刊編輯，自立報系藝文組主任、《中國時報》人間副刊的撰述委員及執行副主任。至今出版詩集《巡山》等；長篇小說《野狗之丘》、《風鳥皮諾查》、《永遠的信天翁》等；散文《劉克襄精選集》、《失落的蔬果》、《11元的鐵道旅行》等二十餘部。

我為什麼去找雲豹？
是不是這樣才能感受到自己存在的價值或者說是踏實？
其實，我也還一直在問自己
或許當我在台灣的原始密林中瞥見雲豹
我才知道答案吧

——姜博仁，二〇一〇年三月

生命的遭遇有時就是那麼離奇，十多年前，我著實未料到，你，一個萍水相逢的少年，後來的際遇竟如此乖舛和轟烈。

如今回想，也或許，在我們第一眼交會時，便可感受到你這輩子的野外探查之路，就命定要有這等的起落。

記得那是九〇年代的初春，聽說金山岬角出現了一隻罕見的鵜鶘。獲知此一消息，隔天，一大早，我便蹺班，搭乘台汽客運，從台北趕赴北海岸。

我的運氣不差，從岬角右邊的豐漁村拾級而上，在半山坡，隨即目睹此一嘴喙如杓子般的大鳥。牠跟著一群海鳥，悠然地越過天空。相對於其他海鳥瘦小單薄的體型，牠的軀體仿若航空母艦。時隔二十多年，我仍清楚記得當日，那龐大灰白的身影，在眾鳥拱護中，緩緩展翼的驚人畫面。

我帶著愉悅的收穫心情，翻過獅頭山，下抵另一漁村後，漫無目的走入一處沙岸。這處弦月形的廣袤沙岸，到了夏初時，常集聚許多泅泳戲水的遊客。但現在還未開放，沙灘渺無人煙。過去我常在此徒步旅行，最愛這等空曠孤獨。

邂逅了大鳥，再下抵一綿長的沙灘。那心境彷彿大貓吃完獵物，懶洋洋地躺在熟悉的青綠草原，我心滿意足地小憩著。但那天，正當我一人獨占著無垠的海濱時，不遠的沙灘盡處，竟出現一瘦小的人影，佝僂行來。

我遠眺著，很好奇，這時為何有人在海岸出現。等你接近，我們望著彼此的打扮時，不禁莞爾一笑了。

多麼相似的行頭啊！頭戴賞鳥的迷彩帽，胸前掛著望遠鏡，還肩了背包。雙方一瞧，不用說什麼，彼此都知道，對方是賞鳥人，而且都很痴迷，才會在非假日的早上，跋涉於這一有些悶熱的水岸。

只不過，你比我年輕許多，乍看還是一個高中生的模樣。我不禁好奇問道，「請問你從哪裡來？」

「我從新竹搭車來的。」你回答完後，迫不及待地反問我，「請問你有看到鵜鶘嗎？」

我愣了一下，看來你也得知了鵜鶘出現的消息，專程前來尋找。我轉頭，指著獅頭山山頂，「剛剛翻過那山時，我看到了，跟著一群小海鳥在天空飛行……」

我話還未說完，你興沖沖地稱謝，就快步行去。留我一人，至少有三四秒的時間，繼續對著空氣說話。

那是我和你的初次相逢。有時人生就這麼簡單地寒暄而過，一輩子都不會再有交集。但我們之間的緣分，竟是從這一擦肩興起，莫名地展開。

二三年後，有一回我到清華大學講演，彷彿是保育社團邀請的。記不得講演的題目了，只知道說完時，有二三名年輕人圍攏過來，你也是其中之一。

你們一邊圍聚講台，還在熱烈地討論著觀霧山區的山椒魚，誰又找到幾隻，在哪裡還可能找到的。你們會靠攏過來，當然不是為了這種爬蟲類。可能是一邊跟我探問鳥事，依舊捨不得放棄這個高山議題的討論吧。

我好奇地問道，「原來你也讀清華？」

你有點害臊，抓抓頭，不好意思地回答，「我讀隔壁的學校。」

旁邊一位同學插嘴道，「他是資優生吔！」

「交大？」

你點點頭。

我繼續問，「哪一系？」

「資訊工程」

「啊，怎麼會是這類科系！」我率直地脫口而出，語氣有些錯愕，又帶些遺憾。這樣喜愛自然的人，照理應該讀生物這類科系啊！

你聳聳肩，「沒辦法啊！」

好個「沒辦法！」返家時，在搭乘的客運上，一路不斷地思考著，到底這個回答有何意味。是家裡的壓力，還是客觀大環境的影響？假如我的鳥類觀察和你一樣早於學生時期，又會如何抉擇？

又過一陣，我們在一次北方三小島的賞鳥旅行裡，再次邂逅了。在一票青壯年的團員之中，青澀的你尤顯特別。不過那回我們沒聊什麼，往後也無聯絡。

只是，偶爾我會想起你，每當遇見年輕的賞鳥人、昆蟲迷等，便不免好奇你是否繼續自然觀察？有無特別的體驗？有時也夾雜著一點羨慕或臆想，假如自己早一點接觸自然，像十九世紀著名的歐美探險家，出發前就廣泛涉獵博物學知識，人生會是何等旅程？只是沒多久，這些好奇與記憶隨著生活的忙碌，也就灰飛煙滅般地飄散了。

十來年後，有天早上，如常翻開報紙。那時，我在一家報社工作。每早照例，從頭版瀏覽，直到最後的生活影劇版。那天，翻到三版的社會新聞時，赫然看到了你的名字。

三版通常都是綁架、搶劫之類的消息，你到底發生了何事，竟出現在三版刊頭呢？

急忙細瞧內容。新聞報導提到，一位任教於美國維吉尼亞理工學院的野生動物學者，在台灣的大武山區進行野外調查時，因為心肌突然梗塞，意外地罹難。他是你的指導老師。

原來，研究所畢業後，你便率性地任職野生動物研究助理，經常深入山野進行調查。但這畢竟不是穩定的工作，二年後，你重拾資訊專業。不過，很短暫地，三星期的工作經歷足以讓你釐清心中的志向。準備一段時日後，你前往美國攻讀野生動物系所。或許是資質優異、年輕氣盛吧，在友人的鼓舞和慫恿下，你天真而率性地選擇一個高難度的題材，研究台灣雲豹。

你回來展開野外調查的年代，也有少數幾位研究生選擇大型哺乳動物，譬如台灣黑熊、台灣水鹿，做為論文題材。他們不畏艱辛，進入偏遠深山，長時堅守於森林荒野，彷彿一生都可為這座島嶼付出青春歲月。

但再怎麼辛苦，大概也不會有人如此率性，竟以雲豹這類縹緲的物種，當作研究題目。畢竟已有數十年，都無牠確切的目擊證據，更何況，就算尋獲一、二隻，調查內容恐怕也過於單薄，難以通過博士論文的審核標準。

當時關於台灣雲豹的線索，學術圈只有幾筆調查紀錄。比如一九八三年，東海大學張萬福老師在獵人的陷阱中，曾發現一隻雲豹幼豹，但不知為何卻沒有留下影像紀錄。九〇年代初，師大生物系呂光洋教授，在玉里野生動物保護區某條乾涸的河床上，發現類似大型貓科動物的腳印。另位同系的王穎教授，一九九六年在楠梓仙溪林道，也宣告發現疑似雲豹的腳印。在仔細研讀這些報告，比對相關資料之後，你的態度其實比較保留。

倒是長久以來，從部落耆老和獵人的口述中，斷續傳頌著一些雲豹的風聲。好些原住民獵人都堅信，台灣雲豹仍在原始森林裡。連我這個外圍的登山人，都親身聽到一位老獵人言之鑿鑿地描繪著，「當我和族人經過山徑時，只聽到一聲狂野的叫聲。我們從林中探去，只見一隻大型像貓的動物，咬著死去的山羌，爬上樹幹。牠似乎剛從樹上縱跳下來，成功地捕殺……」但這些消息真實難辨，多數研究者都抱持著懷疑的態度，甚而有些專家論斷，台灣山野已無雲豹身影。

唯有你，不放棄渺茫的機會，浪漫地檢視，決定深入追探。

你選擇的研究範圍，以大武山區和雙鬼湖地區為主。這裡是魯凱族和排灣族的家園，過去也是傳聞獵捕台灣雲豹次數最多的地方。好些部落的首領和獵人，仍存留有雲豹皮。野生動物學者咸信，假如台灣還有雲豹存活，最有可能的地點便是這座原始森林。你豪情地打算在將近四個台北市的面積內，進行地毯式的調查。

我翻讀過去的研究報告，大抵指出台灣雲豹幾無天敵，獵物包括了日行性和夜行性的動物。主要獵取對象可能以獼猴和偶蹄類為主，但松鼠、穿山甲、各種老鼠，以及雉科鳥類也會攫捕。

在亞洲其他地區，還有雲豹棲息。根據當地原住民的陳述和動物園的圈養觀察，牠們的行動皆相當隱密。狩獵的時候，泰半採取定點守候。靜靜地，伏趴在粗大的樹枝上，等候獵物從下方小徑走過。

我們不免想像，台灣雲豹應該也有這等習性。好些動物畫家在素描雲豹時亦然，最喜歡以牠趴在樹上等待獵物的行為，做為構圖的主要畫面。

樹上是雲豹主要休息與獵食的地方，未吃完的獵物，多半會拖到樹上儲存起來，慢慢享用。只有很少的時間，才會在地面搜尋。其他雲豹如是行徑，一般咸信，台灣雲豹當不脫這種對待獵物的方式。

你最大的夢想，無疑是期待著，有一天果真在森林裡撞見了。十多年後，當我再次遇見你，好奇地探問時，你的眼眸仍閃爍著純摯的光芒。仍跟最初，我在海邊跟你邂逅時那樣，充滿不懈的追探精神。

只見你興奮地描述，「我夢想著，有一天，在濃鬱的森林裡，當我走進人跡從未踏進的地方，在茂密的樹葉間，一棵樟木的軀幹上，橫趴著一隻雲豹，全身暗灰的雲狀斑，清楚的塊狀分布，正悠閒地閉目。長尾垂下來，微微地擺盪著……」

然而，你終究沒有樂透得主般的機運。回來台灣後，幾乎每個月都背負重裝，徒步跋涉山區，餐風宿露蹭嶮溯溪，辛苦調查了三年多，卻始終沒發現任何雲豹的蹤跡。期間遠在國外的老師甚至飛來台灣，隨你進入大武山區，觀察雲豹的棲地。沒想到，竟發生了這樁不幸的意外。

相信此事對你必有衝擊，但你必須壓抑悲愴，繼續入山，繼續未完的志業。

時隔半年，杜鵑颱風來襲，我如往常勤按遙控器，關心著風災訊息，怎知，赫然又見你的消息。

原來，一個星期前你帶領一支調查隊伍，進入大武山區持續調查雲豹。上山前，颱風還未形成，連熱帶低氣壓都沒有。怎奈數日後，從收音機獲悉颱風即將來襲。身為領隊，你考量到調查隊伍的安全，當下決定撤退下山。

即將抵達檢查哨，颱風卻已然逼進，太麻里溪水勢湍急，渡河不易。若回頭，恐怕也找不到安全的避難處，眼前你們只有渡溪這條路可行。唯天不從人願，當你和一位女隊員渡溪時，被洶湧的溪水衝散。你很幸運地掙扎上岸，安全地脫困，但夥伴卻不幸遭洪流沖走，迄今仍下落不明。

這件事在當時，對你的野外調查又是一番殘酷的打擊。一些記者不明事理，針對颱風天，仍帶領學生在野外調查，頗有微詞。有些媒體甚而批評，貿然渡溪的不當。因為意外發生了，面對這些扭曲的批評，你沒有駁斥，黯然概括承受一切的責任，並且深深責備自己：

「或許樹靈不滿我在他們身上架自動照相機吧
或許我打擾了山裡原住民祖靈的清靜所以要我也不清靜
也可能對我掛著保育研究的旗幟最後研究成果卻似乎對原住民與動物沒太多幫助而要我多一點點對人的尊重
應該是山神在生氣吧，帶走了恩師與阿秀，經常想起他們時都會偷偷掉眼淚，對不起他們，對不起他們的家人與朋友，會寧願當初沒有做這個研究，也不要悲劇發生……」

唉，不知為何，跟你只有數面之緣的我，每次念及此段你日後的回憶，我都激動地噙滿淚水。其實，從事野外調查，常在山林裡跋涉的人皆知，死亡之意外，隨時都會發生。最安全的地方，有時反而最常發生意外。我們只能以自己長年的經驗，謹慎來去，減少傷害的發生。萬一遇到天然不可抗拒的狀況，也只能默然承受。

一如軍人戰死沙場，從事野外調查的人，結束生命的方式是在自然環境，意外地遭逢變故，其生命當可了無遺憾。美國哺乳類學者的乍然病故，調查隊友的不幸罹難，或者諸多野外調查者的往生，不論在這個地球的哪一角落，選擇哪一種野外探險，我都如此理解著。

再談你的調查，若說毫無所獲，就是失敗了，相信這也不是動物學者研究事物的最終想法。至少，你以地毯式的搜索，再度澆熄了大家對台灣可能還存在的一絲希望，包括也捻滅了自己的期待。

二〇〇六年，你和一位我的舊識裴家騏，共同具名發表了一篇有史以來最深入翔實的台灣雲豹報告。

你們整理了相關文獻和訪談，發現絕大多數雲豹的殘留物，都是太平洋戰爭前就存在的。還有些毛皮和牙齒，代代相傳，甚至都擁有上百年存藏的歷史了。至於目擊到台灣雲豹的紀錄，多半也是非常早期的記憶了。

其次是野外實際的調查結果。三年多來，從海拔一百多到三千公尺，超過五百天以上，二百多人次的山野苦行，設置了將近四百個自動照相機調查點，拍下一萬三千多張動物的照片。還有，費心設計的二百多個毛髮氣味站。幾乎搜遍了大武山區和雙鬼湖區，卻一次也沒有台灣雲豹的任何蹤影。

經過種種嚴謹的分析比較，這篇報告的最後，你們推論：台灣雲豹極可能已經滅絕。追尋雲豹的不可能任務，終告一段落。台灣雲豹雖未尋獲，但你在大武山長期觀察的事蹟，經過口耳相傳，早成為年輕一代野外探險的傳奇。

但我一直杌隉不安，很好奇你的雲豹觀察就這麼結束了嗎？我們有無可能更進一步，在這個台灣最詭譎的野外探查裡，找到更大的生活意義？

比如，就讓雲豹消失也好，或許牠的消失無蹤，反而是一個更具體存在的方式，讓後世人對生態環境更有反省的決心。每隻雲豹都意味著，其下大片森林區塊的完整和成熟。牠們的滅絕更讓我們驚心，台灣林區的日漸脆弱。

二〇〇二年夏初，我前往魯凱族舊好茶，遇見小獵人時，特別把你的故事講給他聽。

小獵人早年在都會當工人，後來厭倦都市生活，決心回到部落。但是，回到新好茶後，依舊悶悶不樂。為何呢，原來，心裡懷念的還是舊好茶孩提時代長大的家園。傍著大溪旁的新好茶，彷彿漢人平地家園，並無山上的風光。

於是，他再次啟程，跟老婆回到山上老家。希望在母親生孕他的地方，重新以己之力，搭蓋一間心目中理想的石板屋。日後在舊好茶安定下來，過自己想要的簡單生活。

小獵人聽完我敘述你尋找雲豹的故事後，默然不語。我試著提出兩個問題：

「那位年輕人以自然科學的研究方法，尋找台灣雲豹，你以為如何？」

「台灣還有雲豹嗎？」

小獵人並未不吭聲，低頭想了許久後，用很原住民的方式，悠然地回答我，「今天晚上，我去做夢看看，明天再告訴你答案。」

他這麼說，我滿頭霧水。但既然要回答，我也不便再講什麼。

當夜在石板床橫躺，我並未安然入眠。半夜醒來二三回，只見月光下，窗口外龐然的大武山巍峨地矗立著。心裡還想著，不知小獵人做夢了沒？

隔天早上，我去拜會他。他正帶領一群南部生態團體的成員，沿著部落的巷道間導覽。他看到我了，繼續忙著解說。

我也不便發問，只跟在後，默默地聆聽他解說部落的種種往事。一路尾隨，走到他獵人爸爸居住的石板屋前。魯凱族有二個父親。一個是生養他的，一個是教他打獵的。小獵人突然跳上院埕前，獵人爸爸習慣休息的大石頭，伸手指向旁邊的另一顆，跟著每一個人說，「昨天晚上，我的夢裡，雲豹來到這塊石頭趴坐。牠告訴我，今天將是好天氣，可以出去打獵。」

小獵人講完後，也沒看我，繼續跟著眾人，解說舊好茶的生活趣事。我了然，這段話專門是在說給我聽，而且已經間接告訴了我答案。

小獵人說完繼續往前，眾人繼續尾隨。只留下我，走上他剛剛站立的石頭，望著他手指的大石，再回頭望向大武山，突然又想到你。

「我為什麼去找雲豹？牠是一座原始闊葉森林的最上層的掠食者。透過牠的存在，我們可了解整個森林的狀態。當森林出現了傾斜的狀態，牠通常會是最早消失的。反之，如果能夠確保牠們族群的存活，在同一種環境中，其他生物的生存大概也不成問題。」

十多年後，我們再次重逢，你坐在我對面，一個暫時蟄伏的林務研究單位裡，如是熱切地述說著。稚氣的臉龐猶然煥發著對這塊山林的炙熱關懷。你仍如過去的執著、純真。

言談間，有時我還是看到了最後一隻雲豹，巧然劃過你的眼眸間。更彷彿回到了北海岸，繼續那一天初見面的場景。

附記：

雲豹分布於尼泊爾、不丹、印度北部、孟加拉、中國大陸南部、台灣、中南半島、蘇門答臘和婆羅洲，因為過度捕獵和棲地破壞，族群數量不多。過去被認為僅有一種，但晚近的研究發現應分為二種：*Neofelis nebulosa* 和*Neofelis diardi*，其下又各分成三個和二個亞種。台灣雲豹（*Neofelis nebulosa brachyurus*）是所有雲豹中最稀有最瀕臨滅絕的。

——原載二〇一〇年五月十六日《聯合報》
本文收錄於《十五顆小行星》（遠流）

七個清晨

葉佳怡

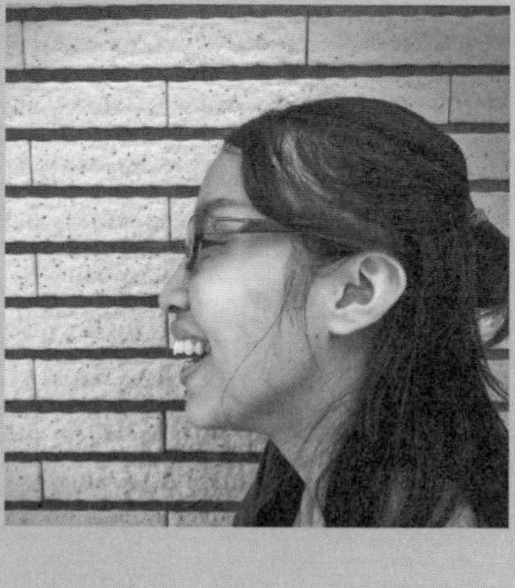

一九八三年生，台灣台北人，畢業於東華大學創作與英語文學研究所，作品曾獲東華文學獎、台大文學獎、林榮三文學獎及《聯合文學》小說新人獎。目前擔任大學兼任講師，同時從事翻譯、寫作、影像及編劇等工作。

第一個清晨，我在陌生的房間醒來。

床墊上只鋪了薄薄的床單，畫著卡通圖案的淺藍色電扇在床尾緩緩轉動，發出漸強又漸弱的風聲。窗外可以聽到鳥鳴，細碎而響亮，我正驚訝著城市竟然可以有這麼自然的音響，才想到我已經移居花蓮郊區。

我起身坐在床邊，打開床邊矮櫃上的粉紅色小燈，前房客留下來的。在我有選擇的時候，我從來沒有因為任何物品挑過粉紅色，不過現在我的三個矮櫃是粉紅色、小燈是粉紅色、腳踏墊是粉紅色、連掛勾都是粉紅色。

我甚至為了配合這一切買了粉紅色的瓷杯與靠枕。

太陽正要探出地平面，所以空氣雖然含有夏天的溼氣，卻還是帶著清晨慣有的涼意。我披上一件薄外套，環顧這個房間，基本配備已經足夠，但完全沒有生活的痕跡。堆疊且尚未整理的紙箱並沒有讓房間熱鬧起來，反而更讓一切顯得空曠。我試著把腳套進新買的拖鞋裡，腳趾沒有勾好，一隻拖鞋就這樣落在灰白的塑膠地板上，啪搭一聲，介於清脆與沉悶之間。我又伸長腳試了一次，終於把兩隻腳掌安穩地放進底部鋪有小片竹蓆的涼爽拖鞋裡。

對了，拖鞋也買了粉色系。

我坐著，窗戶在我身後，陽光逐漸從窗簾的縫隙透進來，溫暖了我的背部。我伸手把小燈按熄，覺得太暗，把小燈按開，又覺得太亮。反覆了幾次，直到陽光終於傾倒蔓延了整個房間的地板，才下定決心不再按開小燈。

第二個清晨，是斷斷續續的夢。

驚醒的時候，我已經不會再誤以為身在過往的城市，在夢裡，這樣的誤解卻是一種選擇。我穿梭在每一條既熟悉又遙遠的巷弄之間，明知道它們每分每秒都在現實中崩毀，卻又執意相信它們在我腦海中的形貌。

夢裡總是出現那家飲料店，在一個巷弄的轉角，面對一片小公園。它隱身在一大片擁擠的住家之間，一整片規矩的灰色之間，唯一凸顯的就是那串用麻繩綁起的光碟片。光碟片的銀色在這裡是純粹的顏色，是純粹的光亮，那光亮和所有原本該與電腦相連的科技都無關，只是陽光折射進我們眼睛的所有瞬間。

飲料店的內部卻是蒼白又空曠，隨著我一次次墮回夢境，那蒼白竟然更甚於我以往的記憶。裡面只有一個冰櫃、一個工作檯、一台封口機，和兩張一筆一畫用簽字筆寫出來的亮黃色海報。海報的每排字都有點往下斜，直到那傾斜成為無法避免。

有些片段的夢裡我走路經過，有些夢裡我則辛苦地騎腳踏車，身上冒著熱氣與微微的汗。更多時候我坐在J的機車後座，問他要不要去買一杯飲料試試，他卻從來沒有回答。

在最後一次驚醒之前，我獨自走進飲料店，緊張如同幼年第一次捏著零錢去便利店買母親交代的雞蛋。飲料很甜，太甜了，老闆問我是不是一個人，我點點頭。

驚醒之後，我把積欠了一個禮拜的衣服拿到陽台去洗，然後決定等太陽升得夠高，就要獨自騎著機車經過那蒼白無人的寬大省道，去那家現在完全屬於我的飲料店。

我一個人。

●

第三個清晨，我在海上。

花蓮的道路我逐漸熟悉了，騎著摩托車可以到達的地方於是越來越多。然而方向感不好的結果，就是非得把地圖死記起來，而且一旦轉錯一個彎，就只能想辦法繞回當初犯錯的路口，重新選擇一次。

S和D是來自丹麥的情侶，兩人都有一頭淺金色的漂亮頭髮。為了招待他們，我第一次如此積極地蒐集旅遊訊息，原本終於功成身退的地圖集也因此翻看了無數次，就希望之於花蓮，我可以比他們更不像個陌生的過客。

為了讓他們在最適當的時間去賞鯨，我計畫某日天未亮就得起床，一起騎車到港口邊集合準備出發。那是一條我和朋友們一起走過的路，我原本對於獨自帶路極有信心，然而到了出發前晚，夜幕深深將我包裹，我卻害怕了起來。

安靜的房內，每個聲響都讓我驚懼：風穿過天花板、水龍頭滴下幾滴細小的水珠、沒掛好的衣服落到桌上、走廊上房東養的大狗翻了個身。

如果走錯了，就走到對為止，不過就是這麼簡單，不是嗎？

我還是失眠了整晚，最後全身緊繃地一次就帶著他們騎到目的地，沿途緊緊盯著我從未看過的花蓮深夜，以及在深夜孤獨亮著的成排路燈。終於，我們在預定的清冷時分上了船，在海面看到太陽慢慢升起，以及那橘色的光細軟如蛇爬上海的每一道波紋。S和D在一旁卻說好快呀，how fast，他們說，在丹麥，太陽要不是久久不願升起，就是久久不願落下。

於是我開始試著相信，世界如此遼闊，儘管我們耽溺堅實的陸地，海卻願意牽連一切。

●

第四個清晨，我喝醉。

喝醉是一種奇異的狀態，介於樂觀與悲觀之間。在極冷的冬夜，因為一點其實不算毀滅性的挫折，我把冰箱裡剩下的一點甜酒倒進杯子，加了許多牛奶，便身子發熱地輕輕迷醉起來。

那是一年的最後一天，許多年輕人跑去熱鬧的場地，唱歌、尖叫、彼此擁抱或者親吻，那些場地通常最後都有煙火，一道道火光在黑暗中瘋狂地炸開，然後就是剩下的煙，迷迷濛濛蓋住附近的群眾，幾個嬰兒通常會在這個時候因為驚嚇大哭起來，沒有人聽到父母的聲音，但大家都知道他們正一邊興奮著新年的來臨，一邊對孩子輕聲細語，試圖安撫。

都是一樣的，都是介於樂觀與悲觀之間。如果深信這一年來無所後悔，也不需要年末這如同拋棄過去以重新開始的儀式，如果真的對未來無所期待，這樣的儀式同樣沒有必要存在。都是一樣的，需要一點點醉，不至於死，就彷彿在清醒之後獲得另一個開始的可能。

在新的一年的第一個日出之前，我和K到便利商店繼續喝酒。在甜酒之後，嗆辣的威士忌顯得更有活力。我們說了許多話，大部分都是說了就可以立刻忘記的小事，但就在這樣的語言丟擲之間我們欣喜於時間的逝去。我們或許都害怕這樣一個過度被儀式化的夜晚，因為我們明白，最大的困難是生活，然而最好的治療也仍然是生活。

於是等天空終於淡淡亮了起來，我們便歪倒地坐在便利商店之前，面向那剛剛升起且充滿象徵意含的太陽，一邊想著各個遙遠的地方：有人參加升旗典禮、有人剛從KTV離開、有人小聲告訴自己，這又是新的一年。

然後我和K各自回家，各自睡去，期待下一次清醒，就回到我們也許無力但親愛的生活。

●

第五個清晨，我跟貓鬧彆扭。

貓是L托我照顧的，L因為工作一出國就是半年，為了讓貓能給信任的熟人照顧，這個小傢伙只好和我一樣翻山越嶺來到花蓮。

這貓還是個愛玩的女孩，從小也被L寵得黏人。她始終認為自己是人，對於其他的貓總是視若無睹。她對陌生人的直覺極其敏銳，知道誰會對她好，誰只會把她當成玩具。而我，對她來說則是一個天生的奴隸。

只要不睡覺，她就一定在房內奔跑，沿途把各種堆在房內的零碎小東西掃到地上，比起整理的麻煩，那興奮嬌嗔的青春氣息更能將我惹惱。明知她是一隻貓，每當她可以毫無顧忌地玩鬧，或是不顧我的疲累同我碎碎話語之時，我還是每次氣她不體貼，然後氣自己總是原諒，總是一再忍耐。

那天清晨她不知道又打翻了什麼，我微微醒來，沒有睜開眼睛。半夢半醒間我感覺露在棉被外的手臂有點涼，但那是暑熱尚未完全來襲前的委婉冰涼。她似乎又翻倒了一些東西，發出塑膠製品散落一地的聲響。我幾乎完全醒了，卻又不願睜開眼睛，只用整個身體與透過眼皮的微光判斷這是清晨，我應該要好好休息的清晨。然而她不放過我，似乎又跳到那堆翻倒的東西上，發出一地驕傲的碎裂聲。我生起氣來，猛然起身，抓起換了厚織外罩的靠枕往她扔去。

沒有命中，我一邊惱怒一邊鬆了口氣。

她躲在遠遠的角落，眼睛亮晶晶地瞅著我。我狠狠瞪她一眼，她舔舔自己的前腳。我在心裡跟她說我們走著瞧，她邊舔邊斜著眼對我說，是嗎。

然後我躲回棉被，聽到她因為鈴鐺似的鳥聲，窸窸窣窣鑽到被陽光染得一片亮黃的窗簾之後。

●

第六個清晨，痛。

來花蓮幾年之後，大概是因為不太會照顧自己，也因為年紀已經不再允許自己揮霍青春，身體開始變得虛弱易病。

尤其下腹部常常毫無緣由地痛起來，像是裡面養了一個小鬼，隨他心情，一旦興起就開始用他尖尖的爪子抓擰我的臟器。那令人心慌的痛楚沒有固定的位置或形狀，一旦蔓延開來每每讓我不由得心生恐懼。有時候一痛是三天，運氣好時則只有一日。然而在各種大小檢查都無法確定原因之後，我決定跟這個小鬼好好相處。

那夜我在黑暗中痛醒，過程非常細微且令人迷惑。一開始，我以為我做了一個夢，裡面有一個孩子似的生物把我的腹部像彈簧床一般瘋狂跳著，然後我開始察覺那不是夢，那似乎是一個對現狀的比喻，由我鬆軟但確實存在的意識運作。接著我對這個意識感到困惑，張開眼睛，看到一片黑暗。我等著，終於知覺一點一滴回到我真實存在的身體，才讓我在我腦海中揀選出了那個正確的字，痛。

我從床上爬起來，彎著身體坐到我平日賴以維生的電腦前。我告訴自己，這沒什麼，不過就是痛，再痛都是我的身體。我拿出電熱毯，輕輕覆蓋住下腹的小鬼，泡了一杯溫暖的黑糖穩定我的身體與神經，然後播放起網路上的綜藝節目，告訴自己，笑，和小鬼一起笑吧，小鬼是你的一部分，接受他。

不知不覺房內已經是溫暖的米色，因為雲多，這天感受不到清晨陽光直接的熾熱，小鬼也似乎在這一片靜謐中悄悄睡著了。我幾乎可以感受到他在我的腹部蜷縮著，頭上兩支小小的角只輕輕頂著我的子宮，幾乎像是一個純潔的嬰孩。

於是我接受他，如同接受生命中其他許多邪惡的溫柔。

●

第七個清晨，是反覆的道別。

有些週末M來花蓮找我，直到週一的一大早才搭火車離開。那班火車是六點十五分發車，如果是冬季，那個時刻的天光將明未明，我總是送他離開後獨自去速食店吃一份簡便的早餐，等著整片落地窗外的街景完全明亮起來，再迎著朝陽與帶著霧氣的寒風獨自騎車回家。而在季節逐漸推移的此時，天開始亮得早了，有時明明還在去火車站的路上，我們就一起看到了日出，彷彿之前在寒夜裡瑟縮前行的兩人不過是誤闖了一場曖昧不明的夢境。

一開始的道別總是艱難的，如同我道別城市來到花蓮，但久了之後，每一次移動只是重新標記了起點與終點，如同我即將離開花蓮，但也同時要回到城市，沒有哪一邊真正令人傷感或歡欣，因為它們一樣重要。

因為一樣重要，每次目送M的離開也不再沉重，而平日少見的清晨反而在這種情懷中更令人感到親密。我開始注意路燈在微光中一同熄滅的時刻，剛熄滅的燈因為在我眼中留下殘影，所以一開始顯得異常陰暗，之後才慢慢回復燈罩原本應有的塑膠白。六點十五分的花蓮車站其實比想像中熱鬧，因為剛好是上班前最後且最快的車班，所以眾多提著公事包或拉著出差旅行箱的人們此時一齊湧入車站，然而這也是一種異常安靜的熱鬧，混雜著一點睡眼惺忪或者週一的憂鬱，無論季節，都讓他們在這樣的清晨拉緊外套或豎起領子，如一條條清淺的支流匯入所有相似的人群中。

然後我也輕巧地轉身，騎車回到我郊區的住處，一次次跨越那條必須花五分鐘才能通過的河谷大橋。河谷是寬闊的，暗示了海，天空在此處也寬廣得令人偶爾迷惑。然而只要是清晨，這裡很難不令人屏息，即使是陰鬱的天氣，當陽光從厚厚的雲層後透出，無意地以山為背景，在灰白細密的河床上落下幾道散亂的筆觸，我總是無法克制地轉頭望去，然後偶然發現另外一位機車騎士，同樣在這麼一個清晨，和我孤獨地在橋上，望著同一個方向。

——原載二〇一〇年八月十六日《自由時報》

滅燭，憐光滿

蔣　勳

一九四七年生，福建長樂人，三歲隨父母遷台。文化大學史學系、藝術研究所畢業。後負笈法國巴黎大學藝術研究所。一九七六年返台。曾任《雄獅》美術月刊主編、東海大學美術系主任。現任《聯合文學》社長。

著有生活論述《孤獨六講》、《生活十講》；藝術論述有《美的沉思》、《徐悲鴻》、《齊白石》、《破解米開朗基羅》、《天地有大美》、《美的覺醒》等；散文集《島嶼獨白》、《歡喜讚歎》、《大度·山》等；詩作集《少年中國》、《母親》、《多情應笑我》、《祝福》、《眼前即是如畫的江山》、《來日方長》等；小說集《情不自禁》、《寫給Ly's M-1999》、《因為孤獨的緣故》、《祕密假期》等。

不知道為什麼一直記得張九齡〈望月懷遠〉這首詩裡的一個句子——滅燭憐光滿。

明月從海洋上升起，海面上都是明滉滉的月光。大片大片如雪片紛飛的月光，隨著浩瀚的水波流動晃樣。月光，如此浩瀚，如此繁華，如此飽滿，如此千變萬化，令人驚叫，令人嘖嘖讚嘆。

詩人忽然像是了看到自己的一生，從生成到幻滅，從滿樹繁花，如錦如繡，到霎那間一片空寂，靜止如死。霎那霎那的光的閃爍變滅，剛剛看到，確定在那裡，卻一瞬間不見了，無影無蹤，如此真實，消逝時，卻連夢過的痕跡也沒有，看不到，捉摸不到，無處追尋。

詩人的面前點燃著一支蠟燭，那一支燭光，暈黃溫暖，照亮室內空間一角，照亮詩人身體四周。

也許因為月光的飽滿，詩人做了一個動作，起身吹滅了蠟燭的光。

燭光一滅，月光頃刻洶湧進來，像千絲萬縷的瀑布，像大海的波濤，像千山萬壑裡四散的雲嵐，澎湃而來，流洩在宇宙每一處空隙。

「啊——」詩人驚嘆了：「原來月光如此豐富飽滿——」

小時候讀唐詩，對「憐光滿」三個字最無法理解。「光」如何「滿」？詩人為什麼要「憐」「光滿」？

最好的詩句，也許不是當下的理解，而是要在漫長的一生中去印證。

「憐光滿」三個字，在長達三、四十年間，伴隨我走去了天涯海角。

二十五歲，從雅典航行向克里特島的船上，一夜無眠。躺在船艙尾舵的甲板上，看滿天繁星，辨認少數可以識別的星座。每一組星座由數顆或十數顆星子組成，在天空一起流轉移動。一點一點星光，有他們不可分離的緣分，數百億年組織成一個共同流轉的共同體。

愛琴海的波濤拍打著船舷，一波一波，像是一直佇立在岸邊海岬高處的父親「愛琴」（Agean），還在等待著遠航歸來的兒子。在巨大幻滅絕望之後，「愛琴」從高高的海岬跳下，葬身波濤。希臘人相信，整個海域的波濤的聲音，都是那憂傷致死的父親永世不絕的呢喃。那片海域，也因此就叫做愛琴海。

愛琴海波濤不斷，我在細數天上繁星。忽然船舷移轉，濤聲洶湧，一大片月光如水，傾洩而來，我忽然眼熱鼻酸，原來「光」最美的形容詠嘆竟然是「滿」這個字。

「憐」，是心事細微的振動，像水上粼粼波光。張九齡用「憐」，或許是因為心事震動，忽然看到了生命的真相，看到了光，也看到了自己吧。

一整個夜晚都是月光，航向克里特島的夜航，原來是為了注解張九齡的一句詩。小時候讀過的一句詩，竟然一直儲存著，是美的庫存，可以在一生提領出來，享用不盡。

月光的死亡

二十世紀以後，高度工業化，人工過度的照明驅趕走了自然的光。

居住在城市裡，其實沒有太多機會感覺到月光，使用蠟燭的機會也不多，張九齡的「滅燭憐光滿」只是死去的五個字，呼應不起心中的震動。

燭光死去了，月光死去了，走在無所不侵入的白花花的日光燈照明之下，月光消失了，每一個月都有一次的月光的圓滿不再是人類的共同記憶了。

那麼，「中秋節」的意義是什麼？

一年最圓滿的一次月光的記憶還有存在的意義嗎？

漢字文化圈裡有「上元」、「中元」、「中秋」，都與月光的圓滿記憶有關。

「上元節」是燈節，是「元宵節」，是一年裡第一次月亮的圓滿。

「中元節」是「盂蘭盆節」，是「普渡」，是把人間一切圓滿的記憶分享於死去的眾生。在水流中放水燈，召喚漂泊的魂魄，與人間共度圓滿。

圓滿不只是人間記憶，也要佈施於鬼魂。

在日本京都嵐山腳下的桂川，每年中元節，渡月橋下還有放水燈儀式。民眾在小木片上書寫亡故親友姓名，或只是書寫「一切眾生」「生死眷屬」。點上一支小小燭火，木片如舟，帶著一點燭光放流在河水上，搖搖晃晃，飄飄浮浮，在寧靜空寂的桂川上如魂如魄。

那是我又一次感覺「滅燭憐光滿」的地方，兩岸沒有一點現代照明的燈光，只有遠遠河上點點燭火，漸行漸遠。

光的圓滿還可以這樣找回來嗎？

島嶼上的城市大量用現代虛假醜陋的誇張照明殺死自然光。殺死月光的圓滿幽微、殺死黎明破曉之光的絢麗蓬勃浩大，殺死黃昏夕暮之光的燦爛壯麗。

我們為什麼要這麼多的現代照明，高高的無所不在的醜惡而刺眼的路燈，使人喧囂浮躁，如同噪音使人發狂，島嶼的光害一樣使人心躁動浮淺。

「光」被誤讀為「光明」，以對立於道德上的「黑暗」。

浮淺的二分法鼓勵用「光明」驅趕「黑暗」。

一個城市，徹夜不息的過度照明，使樹木花草不能睡眠，使禽鳥昆蟲不能睡眠，改變了自然生態。

「黑暗」不見了，許多生命也隨著消失。

消失的不只是月光、星光，很具體的是我們童年無所不在的夜晚螢火也不見了。

螢火蟲靠尾部螢光尋找伴侶，完成繁殖交配。童年記憶裡點點螢火忽明忽滅的美，其實是生命繁衍的華麗莊嚴。

因為光害，螢火蟲無法交配，「光明」驅趕了「黑暗」，卻使生命絕滅。

在北埔友達基金會麻布山房看到螢火蟲的復育，不用照明，不用手電筒，關掉手機上的閃光，螢火蟲來了，點點閃爍，如同天上星光，同去的朋友心裡有飽滿的喜悅，安祥寧靜，白日喧囂吵鬧的煩躁都不見了。

「滅燭憐光滿」，減低光度，拯救的其實不只是螢火蟲，不只是生態環境，更是那個在躁鬱邊緣越來越不快樂的自己吧。

莫內的「日出·印象」

歐洲傳統繪畫多是在室內畫畫，用人工的照明燭光或火炬營造光源。有電燈以後當然就使用燈光。

十九世紀中期有一些畫家感覺到自然光的瞬息萬變，不是室內人工照明的單調貧乏所能取代，因而倡導了戶外寫生，直接面對室外的自然光（en plein air）。

莫內就是最初直接在戶外寫生的畫家，一生堅持在自然光下繪畫，尋找光的瞬間變化，記錄光的瞬間變化。

莫內觀察黎明日出，把畫架置放在河岸邊，等待日出破曉的一刻，等待日出的光在水波上霎那的閃爍。

日出是瞬間的光，即使目不轉睛，仍然看不完全光的每一剎那的變化。

莫內無法像傳統畫家用人工照明捕捉永恆不動的視覺畫面，他看到的是剎那瞬間不斷變化的光與色彩。

他用快速的筆觸抓住瞬間印象，他的畫取名「日出·印象」（L'impression, Le Soliel Levant），他畫的不是日出，而是一種「印象」。

這張畫一八七四年參加法國國家沙龍比賽，沒有評審會接受這樣的畫法，筆觸如此快速，輪廓這麼不清晰，色彩這麼不穩定，這張畫當然落選了。

莫內跟友人舉辦了「落選展」，展出「日出．印象」，報導的媒體記者更看不懂這樣的畫法，便大篇幅撰文嘲諷莫內不會畫畫，只會畫「印象」。

沒有想到，「印象」一辭成為劃時代的名稱，誕生了以光為追尋的「印象派」，誕生了一生以追逐光為職志的偉大畫派。

石梯坪的月光

石梯坪在東部海岸線上，花蓮縣南端，已經靠近台東縣界。海岸多岩塊礁石，礁石壁壘，如一層一層石梯，石梯寬闊處如坪，可以數十人列坐其上，俯仰看天看山看海。看大海壯闊，波濤洶湧而來，四周驚濤裂岸，澎轟聲如雷震。大風呼嘯，把激濺起的浪沫高揚在空中吹飛散成雲煙。

我有學生在石梯坪一帶海岸修建住宅，供喜愛東部自然的人移民定居，或經營民宿，使短期想遠離都會塵囂的遊客落腳。

我因此常去石梯坪，隨學生的學生輩紮營露宿，在成功港買魚鮮，料理簡單餐食，大部分時間在石梯坪岩礁上躺臥坐睡，看大海風雲變幻，無所事事。

石梯坪面東，許多人早起觀日出，一輪紅日從海平面緩緩升起，像亙古以來初民的原始信仰。

夜晚在海邊等待月升的人相對不多，月亮升起也多不像黎明日出那樣浩大引人敬拜。

我們仍然無所事事，沒有等待，只是坐在石梯坪的岩礁上聊天，但是因為浪濤聲澎轟，大風又常把出口語音吹散，一句話多聽不完全，講話也費力，逐漸就都沉寂了。

沒有人特別記得是月圓，當一輪渾圓明亮的滿月悄悄從海面升起，無聲無息，一抬頭看到的人都「啊——」的一聲，沒有說什麼，彷彿只是看到了，看到這麼圓滿的光，安靜而無遺憾。

初升的月光，在海面上像一條路，平坦筆直寬闊，使你相信可以踩踏上去一路走向那圓滿。

年輕的學生都記得那一個夜晚，沒有一點現代照明的干擾，可以安靜面對一輪皓月東升。我想跟他們說我讀過的那一句詩——滅燭憐光滿，但是，看到他們在宇宙浩瀚前如此安靜，看到他們與自己相處，眉眼肩頸間都是月光，靜定如佛，我想這時解讀詩句也只是多餘了。

——原載二〇一〇年八月二十日《聯合報》

五　時代．最好的時光

我的街貓朋友**朱天心**　建國村的少女
夜憶**鍾文音**　光影迷離**林文義**
烏石柔軟**瓦歷斯．諾幹**　避雨**呂政達**
我與金門的四個年代**吳鈞堯**　兩百里地
的雪和月**蔡素清口述／蔡怡執筆**　你們
國家的作家，都是這麼富有嗎？**季季**

我的街貓朋友

——最好的時光

朱天心

一九五八年生，山東臨朐人。台灣大學歷史系畢業。作品多次榮獲《中國時報》文學獎及《聯合報》小說獎、年度十大好書獎、年度小說選等，《初夏荷花時期的愛情》獲二〇一一年國際書展大獎。曾主編《三三集刊》，現專事寫作。

著有《方舟上的日子》、《擊壤歌》、《昨日當我年輕時》、《未了》、《我記得……》、《想我眷村的兄弟們》、《小說家的政治周記》、《古都》、《漫遊者》、《獵人們》、《初夏荷花時期的愛情》等。

那時代，大部分人們還在汲汲忙碌於衣食飽暖的低限生活，怎的就比較瞭解其他生靈的也掙扎於生存線的苦處，遂大方慷慨地留一口飯、留一條路給牠們，於是乎，家家無論住哪樣的房（當然大都是平房），都有生靈來去。

那時候，土地尚未被當商品炒作，有大量的閑置空間，荒草地、空屋廢墟、郊區的更就是村旁一座有零星墳墓和菜地的無名丘陵……，對小孩來說，夠了，太夠了，因為那時沒太多電視可看，電視台像很多餐館一樣要午休的，直至六點才又營業，並考慮在小孩等飯吃時播半小時的卡通，於是小孩大部分課餘時間都遊蕩在外，戲耍、合作、競爭、戰鬥……習得與各種人族相處的技能，他們又且沒有任何百科全書植物圖鑑可查看，但總也就認得了幾種切身的植物，能吃、不可吃、什麼季節可摘花採種偷果、不開花的野草卻更值採擷，因它那辛烈鮮香如此獨一無二，終至人生臨終的最後那一刻才最遲離開腦皮層。

是故他在樹上或草裡發現或抓來的一枚蟲，可把牠看得透透記得牢牢，以便日後終有機會知道牠是啥。

那時候也鮮有絨毛玩具，於是便對母親買來養大要下蛋的小絨雞生出深深的情感，自己擔起母親的責任日夜守護，唯恐無血無淚並老說話不算數的大人會翻臉在你上學期間宰殺了牠們。

那時離漁獵時代似乎較近，釣魚捕鳥是極平常的事，你們以簡陋的工具當做萬物中你們獨缺的爪翼，與你們欲狩獵的對象平等競逐，往往物傷己也傷，你眼睜睜見生靈的搏命掙扎、並清楚知道那生命那一口氣離開的意思，是故輕易就遠離血腥戲虐，終身不在其中得到樂趣。

因此你們都不虐待惡戲那流浪至村口的小黑狗，你們為牠偷偷搭蓋小窩，那藍圖是不久前聖誕卡上常出現耶穌降生的馬槽。焉知小黑狗不安分待窩裡，總這裡那裡跟腳，跟你上學，跟你去同學家做功課，最終跟你回家，成了你家第三或四隻狗。

那時奇怪並沒有流浪動物的名稱或概念，是故沒有必須處理的問題。每一個村口或巷弄口總有那麼一隻徘徊不去的狗兒，就有人家把吃剩的飯菜拌拌叫小孩拿出去餵牠，小孩看著路燈下那狗大口吃著，便日漸有一種自己於其他族類生靈是有責任有成就之慨。

那時候，誰家老屋頂發現一窩斷奶獨立但仍四下出來哭啼啼尋母的小仔貓，便同伴好友一家分一隻去，大人通常忙於生計冷眼看著不怎麼幫忙，奇怪小貓也都輕易養得活，貓兄妹的主人因此也結成人兄妹，常你家我家互相探望貓兒，終至一天決定仿傚那電視劇裡的情節促成牠們兄弟姊妹大團圓地把大貓們皆帶去某家，那曾共咂一奶的貓咪們互相並不相認的冷淡好叫你們失望哪，但你們也因此隱隱習得不以人一廂情願的情感模式去理解其他生靈。

那時候，人族自己都還徘徊在各種絕育或節育的關口，因此不思為貓們絕育，於是春天時，便聽那貓們在屋頂月下大唱情歌或情敵鬥毆，人們總習以為常翻身繼續睡，因為牆薄，不也常聽到隔鄰人族做同樣的事發同樣的聲響或嬰兒夜啼這些個生生不息之事嗎？

那時候，友伴動物的存在尚未有商業遊戲的介入，人們不識品種，混種，就如同身邊萬物萬事，是最自然的存在，你喜歡同伴家中的一隻貓，便追本溯源尋覓到牠媽媽人家，便討好那家的大人或小孩，必要他們答應你在下一次的生養時留一隻仔仔給你。你等待著，幾個月，大半年，乃至貓媽媽大肚子時，你日日探望……，這樣等待一個生命降臨的經驗，只有你盛年以後等待你兒你女的出生有過，所以怎會不善待牠呢？

因此那時候最幸福的事是，家中的那隻女孩兒貓怎麼就大著肚子回來了，因為屋內屋外貓口不多，你們絲毫不須憂慮生養眾多的問題，你們像辦一樁家庭成員的喜事一樣期待著，每日目睹牠身形變化，見牠懶洋洋牆頭曬太陽，牠有點不幼稚了，瞇覷眼不回應你與牠過往的戲耍小把戲，牠腹中藏著小貓和祕密都不告訴你，那是你唯一有悵惘之感的時候。終至牠肚子真是不得了的大的那一天，爸爸媽媽為牠布置了鋪滿舊衣服的紙箱在你床底，你守歲似地流連不睡，倒懸著頭不願錯過床下的任何動靜。

然後，永遠讓你感到神奇的事發生了。

那貓馬麻收起這一向的懶散，片刻不停地收拾照護一隻隻未開眼圓頭圓耳的小傢伙，媽媽（你的）為牠加菜進補得奶幫子果實一樣，小貓們兩爪邊吮邊推擠著溫暖豐碩的胸懷，是至今你覺得人間至福的畫面，你由衷誇獎牠：「哇，真是個好棒的馬麻！」

然後是小喵們開眼、耳朵見風變尖了，牠們通常四隻，花色、個性打娘胎就不同，你們以此慎重為牠們命名，那名字所代表的一個個生命故事也都自然地鐫刻進家族記憶中，好比要回憶小舅舅到底是哪一年去英國念書的，唔，就樂樂生的那年夏天啦！生命長河中於是都有了航標。

因此，你們可以完整目睹並參與一隻隻貓科幼獸的成長，例如牠們終日不歇地以戲耍鍛鍊狩獵技藝，那認真的氣概真叫你驚服。與後半生撿拾的孤兒貓不同，你日日看著貓馬麻聰明冷靜盡職地把整個祖祖宗宗們賴以生存的技能一絲不打折地傳授給仔貓們，乃至你們偶爾地求情通融（好比牠將仔貓們都叼上樹枒或牆頭要牠們練習下地，有那最膽小瘦弱你們最心疼的那隻獨在原處喵哭不敢下來，你們自慚婦人之仁地搬了椅子解救牠下來）完全無效，那馬麻，以豹子的眼睛看你一眼，返身走人。

那時候，人們以為家中有貓狗成員是再自然不過的，就如同地球上有其他的生靈成員的理所當然，因此人族常有機會與貓族狗族平行、或互為好友地共處一時空，目睹比自己生命短暫的族裔出生、成長、興盛、衰頹、消逝……，提前經歷一場微形的生命歷程（那時，天寬、地闊，你們總找得到地方為一隻狗狗、貓咪當安歇之處，你們以野花為棺、樹枝為碑，幾場大雨後，不復辨識，牠們既化作塵土、也埋於你記憶的深處，毋須後來的政客們規定你愛這土地，你比誰都早地愛那深深埋藏你寶貝記憶的土地）。

種種，奇怪那時候貓兒狗兒們也沒因此數量暴增，是營養沒好到讓牠們可以一年二甚至三胎嗎？又或牠們在各自的生存角落經歷著牠們的艱險就如同牠們歷代的祖先們？牠們默默地度不過天災（寒流、颱風）、度不過天敵（狗、鷹鷲、蛇）、度不過大自然媽媽、唯獨沒有（此中我唯一也最在意的）人的橫生險阻、人的不許牠們生存甚至僅僅出現在眼角。

我要說的是，為什麼在一個相對貧窮困乏的時代，我們比較能與無主的友伴動物共存，反倒富裕了、或自以為「文明」、「進步」了，大多數人反倒喪失耐心和寬容，覺得必須以祛除禍害髒亂的趕盡殺絕？這種「富裕」、「進步」有什麼意思呢？我們不僅未能從中得到任何解放、讓我們自信慷慨，慷慨對他人、慷慨對其他生靈，反而疑神疑鬼對非我族類更慳吝、更凶惡，成了所有生靈的最大天敵而洋洋不自覺。

曾經，我目睹過人的不因物質匱乏而主客悠遊自在自得不計較不小器，我不願相信這與富裕是不相容的。眼下我能想到的具體例子是京都哲學之道的貓聚落（尤以近「若王子寺」處），那些貓咪多年來如約不超過十隻，是有愛動物的居民持續照護的街貓而非偶出來遊蕩的家貓（觀察牠們與行人的互動和警覺度可知），牠們也觀察著過往行人，不隨意親近也不驚恐，周圍環境的氣氛是友善的，沒有櫻花可賞的其他季節，哲學之道也沒冷清過，整條一公里多的臨人工水圳的散步道，愈開愈多以貓為主題的手工藝品小物店和咖啡館，顯然居民們不僅未把這些街貓視作待清除的垃圾，反而看作觀光資源和社區的共同資產。

這其實是台灣目前某些動保團體如「台灣認養地圖」在努力的方向，走過默默辛苦重任獨挑的貓中途、TNR之後（或該說之外，因這些工作難有完全止歇的一天），欲以影像、文字（如今年內我、朱天文、LFAF、駱以軍的系列貓書）、草根的社區溝通（如其實我一直很害怕的里民大會）……營造的貓文化，讓喜歡和不喜歡的人都能習慣那出現在你生活眼角的街貓、就與每天所見的太陽、的四時的花、的季節的鳥一般尋常，或都是大自然最令人心動愛悅或最理所當然的構成。

（早於一九八七年，歐洲議會已通過法案，「人有尊重一切生靈之義務」現為歐盟一二五號條約。）

我不相信我們的努力毫無意義。

我不相信，最好的時光，只能存在於過去和回憶中。

——原載二〇一〇年五月《印刻文學生活誌》第八十一期

建國村的少女夜憶

鍾文音

一九六六年生，台灣雲林人。淡江大學大傳系畢。紐約學生藝術聯盟習油畫創作兩年。被譽為九〇年代後期崛起的優秀小說家，兼以散文之筆寫家族寫旅行寫島嶼，多次囊括《聯合報》、《中國時報》、吳三連獎等十多項國內重要文學獎，現專事寫作。

著有短篇小說集、長篇小說集及旅行書多部，二〇〇六年台灣島嶼三部曲首部曲《豔歌行》獲得中文創作年度十大好書，台北十大文學好書。二〇一〇年已出版第二部曲《短歌行》。

修飛機的日本技師一早話別他美麗的妻子，他要驅車前往嘉義水上機場了。

他說只要妳抬頭就看得見我。

後來她一直養成了抬頭望天空的習慣，她看見飛機，就萌起往事如煙。飛羚機，大鐵鳥，載走她的愛，留下她仰望天空成性的渴切目光。

戰爭末期，虎尾樹林的隱密性成了日軍前進所，無數的飛機技師修復的是一去不回的送死機，無數的飛機技師往來雲林與嘉義兩地。

十八歲男孩即將為天皇打聖戰，他們不是天生熱愛飛翔的，他們甚至恐懼飛翔，但他們知道榮譽，也開始認知什麼叫一去不回的人生。因為他們的飛航訓練裡教官只教他們如何起飛，卻沒有教他們如何降落。他們年輕的生命裡只能起飛，沒有抵達，直到油料用盡，直到身毀形滅。

出任務前，他們的床邊被送來一個比他們還要年輕幾歲的鄉下女生，兩個還沒有開展的人生，兩具新鮮的肉體，該如何開始一段不會結果的事情？他們的愛情一樣只能開始，沒有結束。

虎尾的阿珍到現在常騎著歐嘟邁來到昔日的日軍前進所，這裡在戰後早已變成建國一村、二村，她的阿公曾經是這裡的居民，日軍相中此地後，把她的阿公和村民們趕去新的村落落腳。這裡是她少女時期的回憶基地，此已落魄異常，密密龍眼林和芒果林裡群聚著傾頹的房舍，人去樓空的屋內彷佛人才離去不久似的，四處散落著許多被主人來不及或者惡意遺棄的簡陋家具、碗筷、海報、地圖、月曆、西裝、被單……甚至在高階軍官房舍裡可以見到西洋物殘留，壞掉的鐘、硬殼行李箱、一隻大米老鼠玩偶……

阿珍常邁著彎曲的身體遊走這巨大迷宮，她本來想把米老鼠帶回去給孫子玩，不過兒媳婦罵伊：「不要撿垃圾，許是死人留下的。」這些房舍其實並非外表般簡陋，隱藏著許多往昔生活刻痕，有些屋子進入後又蜿蜒出無數的房間，串連著記憶，被孤立或遺忘的南方村史。

在此地流連的我乍遇阿珍以為是幽魅現身，我們在陰幽迷宮裡互見，彼此都約莫要驚叫起來了。

是人，不是鬼魂，最多只是一道歷史的陰風而已。

安魂後，才知阿珍阿嬤常來此。除了照顧房舍外面的田，她更是愛在此散步。到處走著，瞧著考古學家似的精爍目光，仔細地看著門牌，褪色春聯，歪倒破門，碎裂窗子……面向窗口的日本俊美少年側影。

「阮尪係中國輪。」後來嫁給外省來台小兵的阿珍阿嬤這麼地說著，人成了輪，語氣平靜，無任何怨言，像是兩個人的紅線早就綁在一起似的了然，甚至對際遇帶點輕盈的再次凝視。

孤伶伶的籃球場也坐著一個老人，看起來像是老兵，午後正在樹影下打起瞌睡來，前方是帶他們來此溽熱小島的蔣偉人銅像，他的人生被騙了很多回，不差這一次。他成了眷村的孤獨身影，面對著他抵達島嶼的最初居所，他初識了南方的姑娘，年輕的姑娘，聽不懂他說的話，只是搗著嘴一逕咯咯笑著，營養不良的瘦削身骨，日後將在無盡的夜裡，讓子宮住進一個又一個不同的房客，這些房客日後將被叫成「芋仔蕃薯」。

那是怎樣的年代？

阿珍不敢想，卻又往往情不自禁地甘願被這些往事幽魅狠狠地牢牢給抓住。比如她日日來此，對兒孫說是來巡田水，看看花生有沒有被老鼠吃去，但其實她腦中盤旋的常是昔日的男人形影。她靠往事過活，因為這往事讓她的人生有了重量，不至於輕飄飄地飛上天空。

中國尪無知伊的過去，她直至伊死前都沒打算告訴過伊。這不是什麼光彩的事，但卻如霧般地瀰漫了她一生的港灣。這面對台灣海峽的港灣曾經迎接兩個男人的到來，他們都說著她聽不懂的話，一個給了她一夜，一個給了她一生。

和她共度一夜的第一個陌生男子是阿本少年郎，很多年後，她才知道什麼是「神風特攻隊」，有去不回的人生，只起飛不降落的飛翔，只離岸不靠岸的男人。那一夜，其實什麼也沒做，如牆上懸掛的兩張肖像，一切如冷空氣地靜靜的。太年輕，太傷感，太懵懂，或者太不知所措？那張臉，俊美且淨肅，看不出死神即將往他身上狠狠掠去的傷痕黯影，看不出即將按下熄燈號的肉身？生如朝露，明日將消亡於虛空中的太陽。

不是所有的侵略者都如獸，也非所有的人談起刻板名詞都是制式的感情，其間的個體幽微與細節差異，實則千千萬萬種。阿珍明白，但她的許多女伴不明白。就像不明白她為何又嫁給了中國人？

一切都源於那一夜的誤打誤撞。

她看過那張神風少年青春卻即將赴死的臉孔後，她日後人生就聽憑際遇的差遣。她想如何抵抗？怎麼選擇？即使是自選的難道就會更好？主動飄來她生命河流的難道就沒有幸運的成分？

一定有的。就像那一夜，她想沒有人像她那麼幸運的，她遇到的竟是愛情最乾淨最純粹的形貌，沒有任何利益參雜，也無身體主權的施與給，一切只是淡淡的，羞怯的，自說自話的，沉默的，凝視的，張望的，感傷的，流淚的，撫慰的……

阿珍握有愛情地貌的初次風景，這讓她提早看見愛情美麗的可能。

然而阿珍的少女伴阿華就很少想起這些事，她的不幸，讓她內傷。這也養成了阿華日漸成為村裡務實的女人，她想到的都是人生失去與獲得之間的秤斤秤兩。「想這些作啥？想東想西又不能當飯吃。擱再講，阮係恨死他們。」

阿珍阿嬤還是喜歡來這裡尋尋，那裡望望的。像是回憶之犬，總是眷戀老窩與舊主。外面南方陽光燦爛，燻烤得肌膚如麥。黃昏前她頭戴上花斤斗笠，說是要去巡花生田。「老鼠愛吃土豆，吃得很肥，要去趕老鼠了。」

超現實的回答，阿珍阿嬤的感性與理性。

望著背影，想著她和神風少年的兩張臉，未經風霜的臉，只消一夜，即老了。

自此她和對岸來的老兵，也可以靜靜地一起老去了。守著這些高大的樹林，守著蕭條的眷村房舍，守著被老鼠偷吃的花生田，守著才開始就結束的愛情祕密，守著以為很快結束卻彼此纏繞一生的「中國人之台灣某」的身分。什麼是身分？什麼是認同？阿珍不知，或也不想知。

我的眼睛迷離，我的心迷惘，在日落前我身陷高大樹林裡，竟頓時無法移動腳程，我彷佛聽見無數的靈在此交談，各種口音交錯。日本音，外省腔，客家話與閩南語……，在密密樹林裡飄忽而過。

在虎尾，詔安客和我錯身，詔安客多能說雙語，家裡說客家話，外面說閩南語，正確而無誤，輕易變身。虎尾外來者移入的歷史最早可推鄭成功，鄭成功在山城詔安抓來不少男人，最後他們落腳雲林各地，成了台灣最早的羅漢腳。我的祖譜寫著，明末清初年間自詔安來的敘述背景。

祖靈久遠，而我從不知虎尾有如此龐大的建國一村和建國二村，我從不知在高大的樹林裡原來躲藏著許多美麗房子，許多難言故事。更讓我驚訝的是這座眷村前身是日軍前進所，日本人相中此地樹林的隱密，於此建立修飛機與醫院等前進所的基地。台灣房舍頓時成了日本居所，戰後又成了眷村。

在台灣許多的眷村裡從不曾有個這樣清楚的多次變遷史：閩客台灣——日本——外省——台客……許多外省人在此眷村卻過著台灣南方田園生活史，他們有的放下槍桿，開始鋤草植栽，一如當年的客家莊融入（喬裝）了閩南村。

我想起小時候常看見外省人身影，大姨也嫁外省人，原來有許多是從這裡來的異邦男。原來我和他們的世界這麼靠近，原來這土地有這麼多不為人知的人間事。

「這眷村一定要保留。」阿珍阿嬤騎摩托車前回頭丟了這一句話給我，從頭到尾，她都以為我是記者，因為我手裡拿著相機。她特意告訴我故事，因為她徘徊此地終年，僅此一次遇到一個提筆者。她很聰明，一眼就看穿我是個報信者，會把沉湮老故事傳達給樹林之外的人知。

——原載二〇一〇年十月十八日《中國時報》

光影迷離

林文義

一九五三年生，台灣台北人。曾任《自立晚報》副刊主編、國會辦公室主任、廣播與電視節目主持人，現專業寫作。

著有散文集《迷走尋路》、《邊境之書》、《歡愛》等三十多冊；小說集《北風之南》、《藍眼睛》等六冊；詩集《旅人與戀人》；主編《九十六年散文選》。

臨鏡，呼喚童真的自我；
背向，學習浮世之偽飾，
靈魂，尋不著肉身？

A

南方芒果樹開出檸檬黃花穗，絲絮般怒放猶若煙火。視野從寢室上方的天窗一大片綠，那春末的綠竟感覺含帶著某種初夏將至的微微躁動，我深刻明白，這躁動無關乎季節之遞換，而是自己隱約不安的忐忑心情。

綠色軍便服。這位於台南府城與成功大學廣闊校區接壤的陸軍第四補給庫營房，遍種芒果樹；應該就是日本殖民時期留下的古老植栽，粗壯而巨大的主幹朝上散開葉片如傘……在這裡，我習慣仰首四十五度角，非是故做傲岸，而是一向喜愛看樹望雲，彷彿天生的自然主義者，相對應亦是後來一生秉執的自由主義之延伸；二十二歲，青春正好，卻行入軍隊。

軍隊？所有的青春年少都不能拒絕。三年前盛夏的台中烏日成功嶺，大專入伍生暑訓，首次觸摸到美軍二戰留下的M1步槍，沉甸、厚重，身高低矮的學員幾乎齊頭等高。十八、十九的少年群落卻是新鮮、亢奮，如同初萌的性欲般地荷爾蒙充沛，熬過慌亂又規律的暑訓兩月，才得以光鮮、亮麗地闊步走進大專門牆。記憶不忘的話，後來的詩人苦苓曾以〈嶺上〉榮膺時報文學散文獎，此文綿裡針地明褒暗貶；小說家小野則以頌揚的劇本，配合政令宣導攝製電影，以「擎天鴆」形之青春的蛻變。在此沒有月旦之意，七〇年代如我，是那般的一廂情願，黨國教育如此的成功，愚民政策那樣地相信——不久將來，我們誓必追隨永恆的蔣介石總統，反攻大陸，解救水深火熱的同胞。

是的，高中二年級就加入國民黨的懵懂少年，來到服義務役的軍隊，文科出身的我理所當然被指派到政戰單位。平日工作很單純，十六歲投身盛名小說家及漫畫家李費蒙（牛哥）門下習畫之我，壁報編繪如同桌上取橘之輕而易舉；再來的任務就是上屬監察官吩咐下來的檢查所有民間寄來軍隊的家書信函……一枚長方形橡皮圖章：「無安全顧慮」。編壁報、寫宣導於我絕對盡責，檢查信件我絕對失職，因為早諳「隱私權」之定義正是對人性的起碼尊重，窺人隱私一向是我所排斥；也因之如此敷衍、虛以委蛇，還是終被識破這對「國家安全」毫無建樹的怠惰，反挫到此後被折逆的報復幾達一半，苦不堪言的軍旅生涯；從此，決意下半生自許為「永遠的反對者」至今無悔。

B

從我獨居的寢室到辦公所在，距離約五百米。想像一個沉悒的少年軍人，身著野戰服，公文袋裡放置的是兩冊隨身鍾愛的文學書籍：沈臨彬《泰瑪手記》、楊牧《葉珊散文集》。還是在工作時間被看見了。秀緻清麗的女政戰上尉驚異地借過那本普天版四十開本的黑皮小書，直視封面那猶如三島由紀夫般愁慘的作家——天啊，沈臨彬！你認識他？幹校情史最豐富的藝術系學長呢……下一冊文星版的楊牧散文初集就不是先前驚喜的語氣，這不關楊牧之書，而是出版單位。與之相對而坐辦公的漂亮女軍官，一向眷慕她的溫柔婉約，竟是直接了當地警示——這文星出版社思想有問題，別忘了，他們有殷海光和李敖……微頓一下，那雙美麗、晶亮的眼眸深意凝視我，聲調低緩而小心，彷彿善意提醒的耳語——還有，你在外邊投稿發表的事，上面都知道了，自己要謹慎些；你可以參加國軍文藝金像獎嘛，寫那些小情小愛做什麼？只會傷了軍人志氣……恍然大悟，原來軍隊裡，從上到下，我那青澀不成熟的散文習作竟然有這麼多「讀者」？原來，他們早就把我剖析得如同水晶般清楚，在黑盒子的軍隊，七〇年代的每一個人全然透明。

我，還是抵死怠忽職守地絕不檢查信件，我只熱切且想念地每天等待從北方捎來的情書；那種南北隔離，相思難捺的苦戀，來自於擅於鋼琴、舞蹈的女孩。父親是海軍退役中校，如今是貿易商，母親是知名廣播人，山東與台灣合體的戀人，牽繫我何如的殷切思念……終於，在我服役期滿的前半年，還是失去了這曾在我灰暗、不自由的軍旅歲月心靈僅存倚靠，祈盼一個未來美麗願景，令我折傷、心碎的鍾愛女子。我沒有埋怨，青春、美麗的女子自有她的選擇與認定，全然不符合她雙親的學歷要求，必須出身台灣大學才是理想夫婿。

我太散漫，過於任意隨性。制式的台灣教育流程我難以適應，只耽溺於傾往的文學、繪畫；在這塊至今依然疏人文、重利欲的島國上，注定是風中之燭，暗夜微星的蕭索與孤寂。

C

閃雷和暴雨的不祥異夜。一隻眨亮的流螢入我失眠的床帳中，綠光一抹猶如碧璽燦麗；你，想告知我什麼？我兀自請問這細如芥子的生命，一閃一眨，光影明滅，彷彿一種神祕的符碼，慰我鄉愁，遺我情念，或者是隱約萌生的文學主題？他們已警告我，不許再書寫，否則只有自陷危境。文學是一種病毒。國民黨宣稱，被驅逐出中國大陸，是因為工人運動、學生抗爭以及左傾文人；所以，魯迅的耿直、沈從文的溫厚都不容於堅壁清野的「反共基地」。國民黨才是正統，名之「中華民國」承自革命尚未成功的孫逸仙博士，流亡的末代軍閥腳踩台灣土地，頭頂台灣天空，猶做著遙不可及的復國之幻夢；必須以謊言接續謊言，自慰愈加躁鬱卻時不我予的挫敗。都快九十歲的老人，依然堅執著不渝的謊言，如此悲壯的荒謬，他明知就在我出生的一九五三年之時，中國解放軍渡過鴨綠江，支援北朝鮮對抗美國的韓戰結束，協防台灣條約裡已然禁令與中國交戰。

不祥的閃雷和暴雨一夜。晨時濛霧的營區異常靜寂，我起身收妥被褥，空氣中飄來芒果花香的平常之中彷彿有了不平常的微微騷動；行至餐廳，老班長們淚泫哭號，悲情難抑——

> 他，不是親口答應我們？說：帶我們出來，一定再帶我們回去大陸。他，竟然先走了？老總統啊！

我們佩戴黑紗。我們停止所有休假，任何人不許對外聯絡。開始教唱〈總統紀念歌〉，艱深的文言文，老班長們各式南北腔音，沉甸如石的追思或者更多是，離鄉大半生的老軍人絕望的自我創痛？一人死亡，眾者幻滅。沉寂、噤聲的島國，所有報紙、電視都以黑白兩色呈現，而歷史、公義的是非黑白如何論定？一九七五年四月五日，「民族救星」蔣介石總統「崩殂」，決定奉厝桃園慈湖，不是回葬中國浙江奉化原鄉……老先生回不去，也一直不讓隨他而來的外省族群回家；那是多麼錯亂、流離的悲情年代，二十二歲的少年軍人思索著。

我木然地注目黑白電視機螢幕，部隊輔導長正為了爭吵離家的妻子惶惑外尋，囑我這幹事一定記得安撫動盪難安的老班長們……台北孫文紀念館，白菊花簇擁著一具死灰枯槁的屍體，圖匕現般地驚歎號！因為戴喪守孝留起鬍髭，年輕時在俄國充當人質的長子，含悲忍淚地在巨大的靈車前，緩緩跪了下來。舊時代就要過去了吧？我側首中山室窗外的那片繁茂開花的芒果樹，府城的天空那般晴藍，偶爾飄過的浮雲，白若棉絮，台北家鄉離我三百里。

D

有人問起：我的書末所附寫作年表何以略去一九七五至一九七九年所出版的四本散文著作，究竟是遺漏或是蓄意不提，所為何來？明確答案是：蓄意遺漏。三冊散文、一冊合集，累積初習文學十年的愚痴與紊亂，自我情緒多過於文學美質的嚴謹制約，是自己無以容許的悔憾；非因青澀、自憐，我必須坦誠自剖，彼時還在混沌未明的擬摹、恣意發洩階段，太多的雜質，生命的猶疑、跳躍，不安的因子，褻瀆了莊重的文學殿堂，更是無形戕害了己身。我立誓殺死從前的我，剖骨刮肉地還原最初之純淨，猶若火浴後重生之鳳凰，回歸本質。

全然暫別文學書寫，決絕地賦予自我兩年的文字隔離，像是癌症病人的斷然態度，不是痊癒，就是死滅。手中之筆卻不曾放下，只是轉換了形式，描繪線條，著以彩墨；唉，我竟然以連環圖畫、副刊插圖成為另一種文化生涯……漫畫從業員？不再藉之文字的堆砌華麗、夢幻詞藻，不再自憐自傷地懷情憶昔，很好。

玄奘大師從唐都長安西行，決意抵達古之天竺今之印度，帶回《大藏經》，慈悲傳予中土百世千代……樸拙的線條落下，十六開大白紙，先用粗簽字筆及三角尺準確定好格子，四方一長，細簽字筆描圖畫線，直接落筆不須先打鉛筆草稿；並非自信工筆了得，而是不諳草稿何是？散文風格未明，漫畫竟然姿型獨具，黑白兩色演示出令自我都感驚心的木刻版畫效果……千年之前，孤寂西行的玄奘大師一定在我蒼茫、困惑的剛退伍，初就業的不安中，給予我無垠的智慧與慈悲的念力，成全此次圓滿的西行之繪的創意巧思，純粹的手藝人……。

文學過多的愁緒，相對漫畫的諧趣，我不禁深深懷疑自己是否隱約呈露某種分裂？野草般孤獨的童年，及至成長過程中，性喜結交友朋，酒聚歡歌，是否正是一種渴切的彌補反射作用？一向耿直、愚痴的自己，最大的弱點在於相信人心本善；此後因之不諳世間應對，人與人之間的詭譎、利害交錯的刀光劍影，被不明地誤解，被惡意地扭曲，耳語以及謠傳種種的莫衷一是之神傷感喟……我終究是個不合時宜亦隱含格格不入之人。

遙想八〇年代初期，日、台合資商社附屬出版，忝身為首任總編輯，引介我就職的朋友是我直屬的社長。在一次歲末與協力印刷廠、打字店、發行商餐聚之晚，他們趁著酒酣耳熱，推心置腹的時刻，忍不住指控社長慣於要求回扣之謬舉；幾乎不敢相信擅於丹青、書法之人竟然有此陰暗？幾乎痛苦一夜徹底失眠。翌日以朋友之情印證詢之，社長先生最初驚怔，繼而是泰然的防衛姿勢，留給我一句「諍言」；事實上這句話日後思之索之亦不無道理——「你這樣的執拗，注定一生是個失敗者。」

是啊，不計利害，不諳世故，只一意尋求人間的真情實義，以文學美質做為生命信仰之我，果真人生一路顛躓、動盪，昔友已成昨日一夢，漸老遲暮，回想，還是感激他的諍言。

E

一九七五年台南手記數則：

虎頭埤，冷冽深夜。我們在荒蕪的丘陵上夜間演習，空包彈在黑暗裡發出紅橙色火花，是多麼魅人的美；它包含著一種死的誘惑。夜宿相思林裡，包藏在厚厚棉質軍用夾克裡的軀體，仍抵禦不住逐漸加深的凍寒；而我將卡賓槍墊在鋼盔底下，躺臥下來，滿空星子急驟地向我飛閃而來。寂靜荒原，晚風猛烈拍擊著相思樹枝椏，身旁的楝花樹，竟撒落如雪般的葉子……竟覺得這些落葉是淚滴，猛然想起遠方的母親——是否母親又落淚了？

實彈射擊，隆田基地。黃沙飛揚，遠方綿延的丘陵似乎荒瘠，在遠方稜線上，有支紅色小旗孤獨站立著。鋼盔沉重地緊壓住腦門，後背汗潮，很不舒服。迷彩靶二百五十碼，變得很微緲，必須瞄準，再扣板機；散兵坑裡逐漸增多的彈殼，加上硝煙氣息，彷似戰爭。戰爭，該有許多猛烈的死在進行著吧？

手竟然微顫，撫摸著積塵的書籍，它們主人離家後，就失去倚靠，任塵埃肆然沉積著。細心擦拭它們，覺得書籍像我的兄弟，甚至如愛侶般親密。在士林小街散步，總對這小鎮的喧譁感到不適和陌生；書店裡買到鄭愁予詩選集，是此次北歸唯一的收穫。我一直喜歡他，其一是詩作裡的浪漫色彩，其二是他能夠不為虛名所惑，並能忍受寂寞。去看過清姨，她仍然孤零地守著深山裡的岑寂，唯一變遷的是，她開始學著以纖瘦的右手撥弄六弦琴。

營區對面的榮民醫院，許多正在養病且年已老邁的榮民，黃昏時刻，總成群圍坐於路旁的石柵欄，以著孤悽、落寞眼神，望著逐漸降臨的沉沉夜色。我不明白，他們年輕時是怎般英挺的少年英雄？我只知道，如今他們逐漸走完一生，彷彿已然斑剝了的雕像；除了醫院裡濃烈嗆鼻的藥水味，除了深藍色的病服，是否也想到過外面的世界？

營區東去三百米，專做軍人生意的小戲院，陰溼、簡陋，卻吸引許多年輕軍人，由於它偶爾夾映些色情影片。我覺得：做愛並不可恥，但影片傳述的手法太缺乏美感，令人覺得並非兩情相悅，卻如野獸交媾般可笑。但有時也可看到非常有深度的好片，像《日以作夜》——連台北都未放映，賈桂琳·貝茜純熟演技，以及她那出色的風貌和罕見的氣質，令人難忘。

逐日以手記書寫，排遣南方軍旅之心的荒蕪與對北方的思念；哪怕在夜間演習的暫歇時刻，借以月光，還是偷暇撰之，猶若：情書。

F

無以容身在你虞我詐的現實環境，難以置己在虛矯偽飾的工作職場，毅然決絕辭卸編輯職務，亦同時遺憾地折裂一廂情願的傾圮友誼。自問：這般癖性，如何與世俗共沉淪、同墮落？自以為是高標準的律己求它，事實是阻礙他者的絆腳石，人間多端，所為何來？

失業固然沮喪。我買了一盒巧克力回家，餵食五歲女兒，看她圓胖、白皙的稚顏浮現驚喜的笑意，我傷楚之淚幾乎奪眶而出……女兒啊，妳竟有一個如此無用、失敗的父親。悄默坐回書房，拿出蒙塵久矣的白紙及筆墨，繼續以漫畫、插圖做生涯；大報副刊主任的大學老師，好意探詢我是否有意願前去任職？如同大旱甘霖，多麼感心激動，預先告之已簽呈上去，而後卻杳然無息；不是老師的推薦不力，卻是我暗地參與黨外反對運動的行止，報方高層難以接納，可能也帶給老師些許困擾與不安，這是年輕、率性之我應得的反挫，怨不得人。

女兒的母親多少微慍，印證我是個不負責任的丈夫，僅堅執所謂的「理想」，現實謀生基本的索需竟困頓若此，如何養兒育女？如何維持一個家庭最起碼的安定？顯然，我是做不到她的要求，怒斥丈夫是自私之人，繼而形成逐漸疏冷的漠然、難捺，幾無對話的往後可能……她，沒有錯，是愚痴的我不符合這女子最初的期望。我總懷抱著一個單純、無瑕之遠夢，構築一個美麗、靜好的家園，伴隨妻兒平安到老；耽溺於「理想」的「自私」者，卻在無意之間，裂解此一原該化夢成真的願景……終究覆水難收，昔夢已滅，徒留自譴以及微憾。

幾個月後，竟然置身於生命難以想像的陌生之鄉。任職於香港外國通訊社的少年摯友，詢之我協助採訪意願，曾是台大外文系的港、英混血兒的帥氣男子，將我帶領到戰火延綿的荒原國度：阿富汗。台灣護照遞入印度新德里國際機場海關，換來嚴苛而微帶侮辱的質疑；分持港、英雙護照的摯友拍案怒斥，非以曾是印度前殖民地的民族傲慢，而是工作憑證明白標示，我這台灣人乃是這家舉世聞名的外國通信社的「臨時聘僱人員」，採訪團隊一定必須全員經過印度，再往西北邊境進入巴基斯坦。

遙遠的阿富汗，六月星光滿天的磊岩山脈層疊延伸，少時讀到地理課本上的「白夏瓦」真切地抵達。對通訊社主管的摯友而言，是分內工作，於我來說，卻是憂喜參半的意外旅人；我來此之前並未預告家人、朋友，只是為了一份猶若速食店打工般地性質；疼惜我的少年摯友知我失業不捨，以十五天付我美金兩千塊錢為酬，盼我前去戰火中的伊斯蘭之土，條件是我必得絕對保密，否則怕出境不了台灣。

近三十年後，午夜夢迴，偶會閃眨過阿富汗的剎那片景，一生至此，依然不曾仰首見過晶亮如鑽的滿天星光，閃亮得令我幾乎泫然淚下般之純淨，卻很少在自我的文學上詳細書寫；彷彿神啟般地懾慄，伊斯蘭信徒的喃喃禱告，在俄國隼梟式攻擊直升機的巨大陰影下，被燒夷彈焚毀的村落與婦孺，淺薄如我，竟然拙於描述……更確切說，我只是為了一份工作藉以謀生，百年異國的民族悲劇，千迴百折，我能置言何如？往後，這片斷的「臨時打工」的「外勞」之我，追隨摯友，去了彼時還是印尼統治下，未曾獨立的東帝汶、北呂宋親見毛派游擊隊領袖，那是政治，無關於我的文學。

港、英混血摯友不幸葬身於巴爾幹半島，似乎是波士尼亞與塞爾維亞的種族之爭，也不知道是何方的狙擊手？據說，我的少年摯友只是從旅館穿過街道，僅為了在採訪空暇想去享受一杯黑咖啡，俄製AK47的子彈穿透太陽穴……得年四十歲；兩年後，他的遺孀才以一封寄自吉隆坡的英文信告之我此一噩耗。

後人讀我散文，欣羨遍行五十餘國之經歷，事實上是匆然一瞥，大多是荒蕪廢墟的內戰之地；八〇年代，我逐己於外，彷彿漂鳥孤獨遠颺，家人、朋友時而難覓我飄忽身影，迷離般失蹤，以為我的旅行僅因為文學，如是嗎？

G

她，在我六樓副刊編輯檯前坐了很久。這樣地角力般僵持，令我一時之間不知所措……北美回來的前輩小說家，親自帶來一疊十萬字的小說稿件，要求以最快速度連載刊出。之前時刻，請她給我翻閱片晌，我凝神虔誠拜讀，前輩作家一雙鷹目直視，我請編輯奉茶以待，她沒有端起那微燙的白瓷茶盅，一再急躁地追問：可不可以快刊登？可不可以？你，立刻給我確切答案！我漫聲應答：讓我再拜讀幾頁。前輩作家巡搜著我俯首細讀的專注，逐頁循字逐句，無以掩飾地偶爾蹙眉、狐疑的我之神色終於引爆她的不耐與微慍：請你快決定吧！三個月後要在台灣出書，拜託你，全文刊完。

前十頁，中十頁，後十頁……六百字手寫稿件瀏覽而過，平庸而凡俗，心裡冷冽而失落了。忽然憶起少時讀過法國早慧作家莎岡小說：《日安，憂鬱》幾乎驚為天人，往後的莎岡卻再也沒有如是的亮眼之作。前輩作家帶來一部全然失手的長篇小說，用或不用？我陷入天人交戰之中。從海外歸來，文學從事半生的前輩小說家，如若斷然排拒怕人在座前有傷敬意，貿然輕用，良心又對不起讀者，怎麼辦？終於，我勇敢抬起頭來，冷靜地面對她。

副刊摘用三分之一可否？月底連載。這是我百般無奈的允諾，祈盼前輩作家應聲說可以。沒有回話，只見一張激怒出青筋地不以為然的冷傲——不行！十萬字一定要全部刊完。我挺直腰身，不知如何是好地苦笑了，不是對她，而是向著副刊編輯同仁；顯然，年輕的他們比我更明白地顯現出慌亂、不安。我絕不能因此動搖了同仁的自信與工作上的勤奮，我沉定、不帶任何情緒地說——就三分之一。請大姊見諒，敝刊待登稿件很多，我們已經優先將您作品插隊了，請原諒副刊作業的難處，感謝。

冷空氣凝滯。前輩作家咬牙切齒，我與之隔著一米之遙，卻彷彿海角天涯之遠……就這樣決定吧。我緩緩起身，象徵送客的無奈示意。真的很不願意如此地不歡而散，身為副刊編輯人，好作品到手，歡迎都來不及了；問題是，這小說的水準，早已無她年輕時的銳氣與創意。凝滯著、僵持著……一聲悶雷般地抗議——今天，你若不答應全文刊登，我就坐在這裡，不離開……我，毅然離座，頭也不回。

十分鐘後，返回編輯檯，前輩作家已憤而下樓（同仁告之）。我天真地以為事情已告段落，案前電話驚然響徹，竟是報社發行人，這同樣是從北美大陸回來接掌父業的儒雅醫師，天生的老好人在電話裡說，前輩作家在發行人辦公室，指摘我「態度傲慢」。我只能簡單稟報原委，他息事寧人地說：你就勉為其難吧。

勉為其難？彷彿一記悶棍猛地敲擊下來。發行人電話掛下，我無力地輕歎、搖頭，又接連另一個電話乍然而至。總主筆，我的詩人老友，無奈地乾笑幾聲，感同身受地微歎——你，辛苦了。以前我在副刊時，這種事遇多了。唉，你就委曲些吧，刊出了事，人家都直接找上發行人了。算了，當做沒看見吧。

推開六樓通向陽台的落地窗，我兀自點燃香菸。黃昏暮色一片金黃的微炙悶熱，我必得自嘲、自慰般地忍受這種不潔的悵然；大屯山、七星山在此向晚猶若剪影延綿，一架從林口台地逐漸緩降到淡水河左岸的三重市，接近右岸大龍峒的民航客機，白鳥般地輕盈如雪片飄過，我的心在盛夏此刻，竟是異常冰冷。

忽然憶起，死於法國巴黎的早慧作家：邱妙津……赴法前一個月，她帶著長篇小說：《鱷魚手記》來。倒戴著洋基球帽，《新新聞週報》的年輕記者；羞怯、忐忑地不敢端起桌前的熱咖啡。她小心翼翼地探問，副刊能否連載？讓她可以安心前去巴黎留學。我說，妳享用咖啡就是，副刊非常樂意刊登妳的長篇小說，請告訴我離台時日，我們決定在妳赴法前一星期鄭重推出《鱷魚手記》，前三天先做預告。

邱妙津一臉難以置信之訝然，連問：為什麼？您才翻看幾頁就答應了？我引用龍應台評小說的名句勉之：「一顆蘋果好壞，咬一口即知，何必整顆吃完才得結論。」早就閱讀過邱妙津的佳構《寂寞的群眾》、《鬼的狂歡》，如此才情秀異的年輕好手願意將新作交給副刊，是編者的榮幸，更是讀者的福分……我感念邱妙津的好小說，痛惜她自戕的早逝；映照昔時前輩作家的迷思，徒留慨然萬千。

H

曾經滄海，桑田如今。我與之文學對談的大學中文系教授亦是散文評家，府城台南是她朝思暮想的家鄉，隨時有鄉可回；於我卻是年少青春最為沉鬱、無歡的禁錮之地，一襲綠色野戰服，迫我噤聲，令愛折翼，是我過於懦弱抑或不諳世俗險惡？天真的背面意味自我的幼稚與愚痴，耽溺於允為信仰的文字美學以及線條、顏彩的眷戀，被現實惡意所吞噬的少年幻夢，青春如此慘綠的耗損與自虐般的迷離。

何時，日本殖民時代的市役所、國民黨統治下的台南市政府，這大正式的古老建築而今成為國家文學館？得以同座與秀緻慧黠的教授評家懇談散文的歷程，美麗與蒼涼的人生過大半，繁花盛景或荒蕪廢墟。我想私下問她：此後的路徑是深入幽林或行向無垠面海？潮汐滌足，事實上似乎再也前去無路；旅人已經走了太遠，終於感到厭倦，無翼可飛，無鰓可潛，無言以對，留下已然初老的筆墨，彷彿遺言。

散文對談會後，佇立於國家文學館門前，竟一時不知所向何從？曾經青春的軍人穿街越巷，延平郡王祠對面的古老咖啡店，安平漁港的清末磚房，近海處羅列的木麻黃，彷彿依稀的台江內海……今時問起，已然猶若雲夢昔故，物換星移三十年，府城已非舊憶昔景；那麼我的遙遠鄉愁就更為遙遠了，駐足處難以挪移腳程，終究來自北地之人，陌生還是更陌生。

小東路如何去？他們遙指火車站方向左轉成功大學再右往，直行可到永康。我再急問：昔日的砲兵學校旁的陸軍第四補給庫營房還在嗎？還有，營民醫院，手記所留下的浮光掠影，群聚在石柵欄坐看的老軍人們呢？三十多年前的一九七五，手記早已焚於灰燼，青春已然葉落化泥，怎麼我這遲暮、初老之人，依然殷殷遙念；忘卻的以後，記憶的竟是從前？

怎麼回家？教授評家問起。

台南機場。我漫聲應答。

似乎毫不留連。她說：西門路度小月擔仔麵、東門城鱔魚麵、孔廟旁莉莉冰果店去否？近黃昏用完晚餐再搭飛機回台北吧。曾是熟稔的老店名號，此刻聽之入耳竟彷彿不識。舉目，四月下句的夕照暈黃，館藏的鍾理和先生的泛黃手稿若魂魄有知，一定記得那年初夏我在仍未完工的紀念館投宿，睡前伴隨平妹老夫人靜賞以作家夫婦為題改編的電影《原鄉人》而含淚追念。楊逵先生在鶯歌山居，為我煮水餃、共飲紹興酒，笑呵呵地說起綠島的海岸春來開滿野百合花，彷彿禁錮的苦難如晚風吹過。

晚風吹過舉目所見的暈黃夕照。入眼熟悉的是不忘的芒果樹，街角深巷的長牆伸延出壯碩粗大的枝幹，絲絮般怒放著猶若煙火的檸檬黃花穗……濛著乳白色朝霧的營區，青春沉靜的年少軍人脅下挾著一冊從北方家鄉帶回的《鄭愁予詩選集》輕歌般地吟誦著——

這次我離開你，便不再想見你了，
念此際你已靜靜入睡。
留我們未完的一切，留給這世界，
這世界，我仍體切地踏著，
而已是你底夢境了……

——原載二〇一〇年十月十八日～十九日《自由時報》

烏石柔軟

瓦歷斯・諾幹

一九六一年出生於泰雅族部落Mihu（今台中縣和平鄉自由村雙崎），漢名吳俊傑。台中師專畢業，現任部落母校自由國小輔導主任。創作囊括詩、散文、報導文學集，現致力於部落書寫、第三世界觀察與記錄。

著有《伊能再踏查》等。

我們台灣的社會現實日趨紛雜八卦的模樣——夾雜著爆料、嘲諷、仇恨為根基的日常敘述——像三廳編劇那般奇思異想的天馬劇本，已經在通俗而低下的戲劇節目唾手可得，只要不願踵繼其後，現實的模樣依舊找得到誠懇樸拙的口述傳統：集合幾代人的智慧，回憶的本質不在對事件的衍化膨脹，而在於持久勞動的孤絕。這種人文的本質是我們無知所俱存的，儘管不假外求，我們卻疏於檢視。

勾勒以「烏石」命名的地誌，台灣鄉鎮聞名的有兩處：台東「烏石鼻」是觀賞潮間帶海洋生物的最佳去處，也是東部潛水和磯釣的天堂；「烏石港」曾經是蘭陽第一大城，頭城的重要門戶，如今轉型為觀光休閒漁港。至於宗教信仰的「烏石媽祖」，為宋咸平二年，以黑沉香木所雕，迄今已逾千年，為當今世上所知最古老的媽祖寶像，這尊媽祖供奉在大陸漳州漳浦烏石天后宮，此為後話。我的重點在於鮮為人知的——烏石坑。

烏石坑座落在大安溪支流烏石坑溪沿岸所形成的聚落，「坑」意指山谷中的小窪地，「烏石」是指烏石坑溪沖激出土的上好硯材。讀過漢書的老人家說過，硯的石質，重要的準則是石材內沒有雜質，硯石細膩，以手按在磨墨的硯堂上，就像摸在小孩細膩皮膚的觸覺，又有冰冷和水潤的感覺。石質佳美是一般研墨實用的基本條件，也是好硯的最重要部分，然後再觀其石紋、石眼，最後才是看其雕工，好的雕工是就採得的原石，依其形狀適度雕琢，渾然天成，其雕琢與硯石相得益彰。簡單地說，烏石捧在手掌上，夏天也覺得涼快。等到六〇年代之後，出礦口給盜石人挖空，一次暴雨的襲擊，大自然以巨石封沉了礦口，材質最佳的烏石就拱手讓位給濁水溪的螺溪石。我不必證明這一則傳說的真偽，老人家留下來的一口烏石硯，如今供奉在烏寶宮與諸神一同俯察人情事故。

第一代來到此處的族民，並不清楚這條夏季狂怒奔馳的野溪名稱，溪水原來並不叫作烏石坑溪，而是當地原住民泰雅人口傳中一條充滿歷史情境的名字——爆出火花（Quong Gan）。第一代族民大致以台灣中部流散四逸的羅漢腳為主，他們簽下了賣身契，決定以自己飄蕩的靈魂向茫茫四顧的命運挑戰，告別了西部田疇平野與熟悉的街弄氣味，由日本警察帶領，越過彼時還是隘勇線的牛欄坑——裡頭攔著像野牛一樣狂暴的番人——彼時平埔族隘丁喜歡以嘲弄的口吻恐嚇翻山越嶺的族民，族民面面相覷，第一次感受到不曾有過的類屬於「家族」的凝聚力，有別一人吃飽全家飽的荒蕪歲月。族民深入荒野，理蕃道路間或出沒腰掛番刀、上下額一記青色文記的泰雅人，以神情溫婉的態度觀之似為無害，不知道是凜於帶隊的日警或是皇民教化之功。直到進入「爆出火花」——野溪蜿蜒如蛇、兩岸巨木蔽天的森林地帶，族民始知「伐木工」的印記將寫上日後的族譜。

東勢林業博物館原藏有「木馬」，二〇〇七年五月十三日在火神光臨之際焚毀殆盡。我不想重述火神在暗夜中爆烈的行止，歷史上已經不乏灰飛煙滅的殘酷記憶，讓我們重回第一代族民的荊棘紀錄：「肩背兩側結痂的傷痕是木馬人的勳章。」這句底層人民的語錄並未記載在任何一冊官方的典籍頁面裡，卻足以透過耳膜直達腦海，重構一幅一幅電影手法需要展示的畫面：隨著山勢矗立的森林；上下起伏的木馬道上，脾氣執拗的木馬人操作木馬；氤氳的森林滲有勞動的汗水酸味；一列泰雅人走在獵徑，發出難以理解的招呼聲；鳥飛過林梢；山谷炊煙流，一棵棵躺死的巨木在集木場上。木馬是由兩根六呎多長的赤柯木製成，兩頭削成往上翹起有如雪橇型式，中間以橫木連結，中央一根則是作為工人扛在肩上的支架用，前端以繩子拉出，作為工人拉木馬的肩帶，運送過程中，每八到九呎並不時以油筆仔沾烏油點在軌道上，減少木馬運送過程的摩擦力。木馬人不畏上坡，氣力每天都灌得飽足飽足，一雙小腿不輸原住民泰雅人，小腿肚蓄積岩塊似的堅忍，就害怕每一回下坡的路段，只要繩索禁不住巨木重力加速度而扯斷，連人帶木將一同摔落山谷。因為生活像螻蟻那麼卑微，我們不知道哪一個族民的經歷在天上諸神看來是重要的，雖然偶爾的事件洩漏感人或者粗鄙的事蹟，可是膜拜與敬神依舊支配第一代族人的想像世界，就在今日通往山村國小分校的大橋一端，左邊有一座小巧的土地公廟，在上個世紀四〇年代，族民上山下山，總要合什靜禱求取平安，因為人間太紊亂，諸神過於忙碌，第一代族民在每個月總是有人摔落谷底，宛如輕盈的紙片翻飛著。

諸神揀選過的族民，在光復後產生了第二代，但是二代族民依舊身無長物，卻有了根深柢固的簡陋工寮形式的家屋，原因是第一代族民經歷著過於痛苦的生活煎熬，帶動枯燥而匱乏的心靈世界來到二十里外的小鎮尋歡作樂所致，貧窮是台灣社會五〇年代的傳染病，它的附屬產物是自卑，但在自卑這一枚毫不起眼的錢幣的背面卻是愛面子。二代族民繼承了第一代堅忍不拔的性格，在巨木群砍除殆盡的山坳裡向國家林務單位申請了耕地權，幾個圖案的果園於是在雪山山脈南麓闢劃出藝術家也無法達成的地景圖案，他們也逐漸蛻變成安身立命、紮根於土地的「山地人」——有如電腦程式改進版Bate 2.0。

烏石坑溪右側平台與兩岸山谷開始熱鬧了起來。二代族民急於搜索有關血緣的標誌，那些曾經散失於西部平原，乃至於越過黑水溝的異鄉故土，最早興建成聚落的是唐山寮，阿山寮繼之，後有七洞寮，它們分布在烏石坑野溪兩側或寬或窄的小台地上，從西部迎來灰色的香火與堂號，在整座大安溪史稱「北勢八社」的腹地備極艱辛地站穩了根據地，開疆闢土的燒焚整地不比拉木馬的工作輕鬆多少，勞動的影子看似與榛莽搏鬥一般，成為一位盡忠職守的果農必須經歷果樹芽苗的腐爛獲致啟示，關於土地的知識，並不如第一代只要蠻力即可生存，族民在幾次的果子變異當中，體會到知識與經歷的互通，他們必須比拉木馬更要有耐心、更寬容、更理智。

時光是一條河流，海一段水流是如此清澈無比，但陽光下反映的光影卻又何其相異。在前一代的土地知識底下成長的第三代族民，他們的雙腿慣於奔馳在土石草莢上，七〇年代的教育普及化使得族民越過溪水來到木造自由國小就讀小學，文字的閱讀深入胸脯，讓每一顆跳動的心臟有了翅膀的種子。開山作農只是面向世界的其中一個卑微選擇，他們邁開前行代遺傳下來矯健的腳步，戀物癖一般地汲取異於山村的商業邏輯，等到飛黃騰達，穿西裝、打領帶，開著雪亮雪亮的轎車刷新黃昏的山村，不要忘了常民的勞動記載著隱密的連續性，族民儘管華服上山，土地公廟前依然要頂禮膜拜，讓香煙裊繞，讓福德正神看到開山的族民，在岩石淬煉下的軀體，有一顆顆柔軟的心。

上一個世紀的最後一年，「九二一大地震」地龍翻身，牠的頭部正好從烏石坑騰躍而起，或許是族民柔軟的心志安撫了碎裂的山岩，或許是土地公憐憫苦難的命運，幾年之後，滿山遍植了日本甜柿，甜度與硬脆媲美隔座山甜柿專業區的摩天嶺，甜柿祭如期在十月盛產期開幕，敬奉諸神的烏寶宮擴建落成，「一顆柔軟的心，才能栽培又脆又甜的日本甜柿」，作為第四代的族民，這句話就像土地的格言。柔軟的心要有強韌的生命支撐，就像柔弱的河水要有堅硬的岩盤承載。假如你循著第一代的腳步前進，由東勢客家小鎮通過牛欄坑，產業道路帶著你越過穿龍，左側大安溪湯湯流盪，這樣就接近烏石坑口，再往前，一座矗立高挺的牌樓，兩側的祝文指引你來到故事的起點：

烏石坑境天惠物阜民康樂　風調雨順
寶宮地聖母比人文毓秀昌　國泰民安

這是一座持久勞動的社區，前面的篇章只記錄了幾代人交付的事件以及命運所留下來的痕跡，我覺得故事的正文現在才要開始，因為文字本身就是故事的隱喻，隱喻將帶領我們進入族民的心靈版圖。

——收錄於《一個墜落的女體》（台中縣立文化中心，二〇一〇年十一月初版）

本文獲第十三屆中縣文學獎散文獎

避雨

呂政達

呂政達，一九六二年生，台南市人，輔仁大學心理系博士生。曾長期在自立晚報任職，擔任記者、副刊主編和總主筆等工作。曾獲《中國時報》文學獎散文首獎和評審獎、《聯合報》文學獎散文大獎、梁實秋文學獎散文第一名和第二名、第一屆宗教文學獎短篇小說評審獎。

著有《走出生命幽谷》、《偷時間的人》、《與海豚交談的男孩》、《怪鞋先生來喝茶》、《孤寂星球，熱鬧人間》等。

就是你嗎？

事隔三十年，我的伊媚兒飄進這個問題，沒有來由的一個邀約，來自高中同班同學。我幾乎已想不起他的長相，如果此刻在街上相遇，我還能認出他嗎？伊媚兒如此寫道：「那天涼亭裡站著八個人，我始終記得是八個人。如果那天你也在那裡，相約春節的第四日，重回涼亭相見。」

那座公園還在吧，現在回去只剩清明、春節或祭拜的節日，匆匆經過高中旁的公園，林草繁綠，遮住想望進去的視線。幾年前地方版說市政府將人造湖填塞，難道，最後他們決定留下涼亭，像為這場同學會留下最重要的布景，像來自記憶的驚歎號。

再多的記憶是沒有的。我其實從未再回去過，只知道校門已經移了方位，高三時，我騎腳踏車趕到學校常已遲到，我壓低帽緣擋住大半臉孔，逃避教官的注視且迅速滑進校園。我想後來教官可能記得我的名字，卻多半想不起臉孔。我養成每隔一陣在臉書上找高中同學的習慣，有名字前來相認，便問有沒有其他同學的訊息。久久，不再有回音，卻有陌生的名字來說我的訊息讚。

讚，有沒有驚歎號的意思？高三的國文老師就常在我的作文後，紅筆一連畫幾個驚歎號。那次作文簿發回來，我得到三個驚歎號，同學間傳出一陣騷動，我從作文簿抬起頭，他已站在講台前，與老師對峙，像不肯退下的敗將。老師濃重的河南腔堅持他得重寫這篇作文，「同學，我是為你好。」老師說，要把作文簿還給他，他不肯收下。

我後來陸續聽說這位國文老師的事。他是典型的老兵，打過共產黨，渡過長江一路向南，烽火連天，戰爭納藏在記憶變成一只沾血的背包。他移防到一個滿眼盈綠的熱帶島嶼，在高中謀到教職，教我們這班隔年他即退休。

後來，我也知道在那篇〈家事憶往〉的作文裡，我的同學，三十年後將要發出伊媚兒的這個名字，寫下了二二八。他寫他的叔叔在結婚前夜被一群人帶走，從此沒有再回家。他寫整個家族的尋找和探聽，小時候，深夜傳來狗吠聲，他的祖父每每醒來，打開所有燈，把所有人都叫到廳堂，等這陣吠聲停息。我的同學寫道，他曾陪祖父站在一棟建築物前，只記得離體育場不遠，很久後，才有人開門叫他們走了。再沒有多餘的記憶。那是我生平第一次聽說二二八，發生在過往的島嶼上。

我卻再怎麼也想不起，自己得到三個驚歎號的〈家事憶往〉，寫下了何等記憶。我記得春節時全家拜訪親戚，總在那時會拿到壓歲錢。在暗得只見得到香頭明滅的廳堂，自走鐘規律聲響，有挽著頭髻的大嬸婆。她死去時，晚輩們在身旁跪拜，我還得退到門楣外，像戲院最後排的觀眾。我努力回想，也只記得她臉上的皺紋線。

會不會是，要再鑽進更神祕的心內，更費力地挖掘。像小學時騎腳踏車經過的醬瓜廠，常看見穿白汗衫納涼的水波伯。每隔一陣，爸爸就帶我去跟水波伯請安，我傻愣愣站在陽光下，頂著三分頭，他同樣坐在陰暗屋內，光線明暗反差，我記憶裡的老人，於是總像團停止移動的黑影，緩慢的，從黑影核心傳來應聲：「回來了，回來就好。」

從哪裡回來呢？我一直沒有問這個問題。屋後院擺滿醃醬瓜的甕，聲勢嚇人的，隨著南風飄送，過多的鹹味占領感官，讓我只想快快逃離。

一回，爸爸帶我走到醬瓜廠前，迎面迎來醬瓜鹹味，「爸，我要去補習。」我說，「補數學的時間快到了。」爸爸也沒說什麼，隨我去，我在補習班外打了一下午的彈珠台。

那麼神祕的行走，回響，從家門口到醬瓜廠的細石子路，我記得每個轉角，跟每一隻屋簷上的貓打過照面，爸爸拱著肩走路的身影。許多年後，我才從媽媽嘴中得知，水波伯有個兒子跟爸爸是好友，一起讀書、參加排球隊，一起追女孩。二二八那年兩人才上初中，那天過後，水波伯的兒子卻從此再無消息。

最後一次，有這樣的印象，我已上大學。過年，爸爸照常帶我來，我在彷彿仍停留鹹味的廳堂，見到雙眼已盲的水波伯，他緊緊抓住爸爸的手，像再也不願放開，「吃過飯再走，不然，我不會瞑目。」

爸爸在老人耳旁高聲喊道：「天色晚了，下次再來吃飯。」夜色，就這樣撲撲落在我們身上。

我再一次聽說二二八，是在南門的古牆邊。教英文的姨丈從國中退休後，一頭鑽入台語文和文史工作。那一天家族聚會後，我們腆著飽滿胃袋，沿南門的古牆走回家。附近，有鄭成功部隊駐守的遺跡，那個將軍在城門旁磨劍或試騎一匹馬。再早的年代有王妃為遜帝跳井，結束一個風雨飄搖的年代，我從小愛在填平的古井邊流連張望，祠內神主牌結纏蛛網，是最後的留戀。蟬鳴稍歇，姨丈在前頭停下，指著古牆上的杳杳凹痕，說：「軍隊進來留下的，都還在。」我還未曾意會過來，後頭的表弟似已聽過多回，熟門熟路低聲說：「二二八啦。」

那年，我堪堪只過二十歲，才到國文老師穿著寬大軍裝，心情慌亂隨部隊上船的年齡，黑水在艦頭劃開重合，蝦兵蟹將紛紛逃離，甲板上寒涼異常，我猜想那日海峽上空彌罩冷氣團，他再怎麼努力向前看，也看不見前方島嶼的風景，如巨鯨浮影。

記憶裡，國文老師講過幾回家鄉的事，我記得讀韓愈文章時他異常激動，似乎是同鄉。但他鄉音濃重，一開口：「想當年我們家鄉……」像嘴裡含著饅頭，聽得我們掩嘴笑。我始終感謝他在作文簿後批的驚歎號，有很長一段時間，我一攤開紙振筆書寫，靈感仍在意識外徘徊，先感覺有雙眼睛從高中的教室直直射來。

我當然記得他叫同學重寫時的無奈，兼且熱切的神情。那時，白色恐怖仍留在多數人的記憶，課本不教，報紙不寫，回家後沒有人談起，卻像隱形墨水書寫的，每個人的身世。他對時代氛圍的驚懼，像始終未醒來的噩夢，但是，我那一代的學生，為什麼非得承擔他的驚恐呢？我們的背上，明明才嘶嘶索索長出兩根肉芽，眼看要蛻化成翅膀？

下一次上課，作文沒有重寫，同學倔強地說：「我寫的都是事實。」唉，老師重重歎息一聲，「我不要在我的班上出這種亂子。」動手撕掉那篇作文。同學拿起作文簿走回座位，靜默，終於收拾書包走了，有幾名同學跟隨他的腳步離去。老師站在講台前，搖頭，卻沒有攔阻。日後，我盯著這個闖進我電腦網路的名字，標楷體十四級，感覺異常的清楚。同學，你為什麼能如此輕易地辦到呢？我在冗長煩悶的會議中途毅然站起身，想要離去，眾人無聲地看著我的舉動，「看這隻飛蛾怎樣以優美的姿勢撲進火堆。」我彷彿聽見這樣的低語。

後來，後來就下了一陣雨，濃濃稠稠的雨，沾黏所有記憶和當下，像時間已濃稠到分解不開，在一鍋沸滾的漿液裡攪拌銅鏽和鮮血，像雨落在沒有名字的墳墓，卻淋醒了安睡的魂靈。

「就是你嗎？」我逗留到深夜閱讀這封伊媚兒，他應該是上網搜尋，找到我的部落格，可能也發給所有他找到的高中同學，敘述他記得的往事。「我們翻出學校圍牆，背著書包，躲進涼亭避那場雨。雨來得又快又急，典型的南方梅雨，我差點以為雨將會下到時間的盡頭。八個人看著這場雨，都沒有說一句話。」

然而，為什麼得在一個安靜深夜，雷鳴般，驚擾起歷史的安睡？為什麼，得再次提醒已逐漸遺忘的我，沒有，我後來並沒有長出翅膀？

它出現在我面前，安靜的歷史缺口，我無法向一個看不見的人解釋，其實，我也沒有看見。你將如何向我解釋一個斷裂，一道漩渦的空洞，或歌唱到一半就夭折的旋律？

我從此將生活裡遇見的祕密，神祕地掩蓋，小時曾經發問，大人卻欲言又止，或「小孩子有耳無嘴」的輕噓，都歸給那個看不見的東西，給它一個符號，三個阿拉伯數字，歷史如果真的死去的味道，如同一次全開封的醬瓜甕，總是飄來的第一陣氣味。

那道氣味飄散在水波伯的葬禮，從此成為絕響。送葬的子孫行列留著一個位置，給水波伯沒有回來的，失蹤的兒子。沒有人幫他捧斗，那個插柱香，象徵子孫繁茂的米罐，直接送到水波伯的墳頭。「給水波伯燒一把香。」我聽見爸爸的聲音飄散在哭聲般的風中。水波伯走後，就不再醃醬瓜，後院填起水泥，只是後來我一直喜歡吃蔭瓜，輕輕打開透明的窄口瓶，小心不要打擾裡頭精靈的安睡。我吃第一口醬瓜仍常陷入恍神，那是來自記憶的強大魔法，「很鹹喔。」同伴望著我的表情，同情地說。「是苦，真的是苦。」我默默回答。

我一直猜想，為什麼爸爸帶我去見水波伯，卻從不告訴我關於二二八的事情。後來我這樣相信，爸爸將我這個長子，當成他的子嗣，他帶著自己的子嗣去見水波伯，始終是場尊貴的儀式，要告訴一個老人，這世間始終還有兒子，兒子還會有兒子，我曾默默地以自己的存在，成為那個儀式的重要角色。

直到解嚴前，記憶裡，爸爸絕少與我談政治，更多時候，那一代的人總將心事藏起，如發酵的醬瓜，封口杜絕外界的探知。他去世前幾年，一次，和我去聽政見會，會場氣溫熾熱，喇叭時而齊響，數千個聲音一起吶喊，舉起顏色鮮明的布條。會後，候選人的車隊出發遊行，人群身影晃錯，我和爸爸跟在隊伍裡走，走著走著，我拉起他的手，怕走散了，那其實是我僅記得唯一一次牽爸爸的手。走著走著，像時間已沒有盡頭，所有的喧鬧，遠方已沒有地平線，記憶裡沒有不曾歸來的兒子。千門萬戶外有場雨躲著，在等我們。

總是有場雨躲著。日後，我常想像跟隨爸爸的身影走進城市，思緒沒來由轉岔，在街道深處，那年軍隊穿越同樣的古城門。五十年代，一把火燒掉了古蹟，隨後照原式樣建起城門。雖然，我仍想像新漆的牆頭會留有彈痕，甚至留下血跡和哭聲。熟悉的城市，陌生的城市，一個共同的，卻未曾充分訴說的巨大身世。當雨終於落下來，每個人都淋到雨，來不及躲避。

我始終想問爸爸，卻已不再能得知答案：「於是，爸爸，」我盡力做出輕鬆的模樣，「那年以後，你失去了什麼？」

比較感覺到的，卻是我所失去的。我始終記得，和同學的最後一次見面，畢業典禮後，在公車站牌前相遇，彼此加油，望向仍不可知的未來。他的公車來了，臨上車前，他回頭跟我說：「別怕，這世界將會是我們的。」我向他點點頭，願意相信他的樂觀。

我足足等過三十年，在深夜的電腦螢幕前，不可知的磁波吞吃我的歲月，我望著他的名字，輕聲說，同學，顯然我們的願望沒有實現。

別怕，我跟爸爸說，我們要回家了。連續鍵入三個驚歎號，回信給他，不是，不是我。那天，我留在教室寫完作文，這才是我面對人世的態度，我記得後來下起一場雨，在綿延不止的往事裡，從那時一路淅淅瀝瀝。

別怕。我跟自己說，別怕，雨終究會停。

我伸出手，不知想抓住什麼，便關掉電腦。

——原載二〇一〇年十一月二十三日《自由時報》
本文獲第六屆林榮三文學獎散文獎二獎

我與金門的四個年代

吳鈞堯

一九六七年生，福建金門人。現職《幼獅文藝》主編，小說獲《中國時報》、《聯合報》、《中央日報》等小說獎，散文獲梁實秋、台北文學獎、《中央日報》、教育部等散文獎，二〇〇五年因耕耘《幼獅文藝》及寫作班有成，獲頒五四文藝獎章。

著有《金門》、《荒言》等，另著有學術論文《金門現代文學發展之研究》，金門小說《火殤世紀》。

一、一九四九

台灣是政治之島，造訪重慶、河北、武漢等地，朋友都表示，愛看台灣政治新聞，熱鬧有趣哪，彷彿電影戲碼。

一個詞，迸出了政治的牙縫：移民。

移民得分新舊，以一九四九年為界，你是前頭來、或者後頭來，常主宰一個人的政治靈魂。看兩頭爭鬧，我常想起故鄉金門。它是二十世紀的名戰場，大陸爭它，為了統一；台灣爭它，也為了統一。

我在兩邊的激烈爭奪時，出生、成長。十二歲搬到台灣，同學最喜歡問我前線的事，不知道是對新鮮刺激感到好奇，還是對死亡與恐懼的揭底？我仰賴我的戰地傳奇，引人指指點點。

我最常說的是躲防空洞。半夜，砲彈轟隆隆來，還小的時候，被父母、兄長，拎著，長大後，便跟著大人，尾隨時明時滅的蠟燭，藏進漆黑潮溼的防空洞。快二十人，擠幾平方公尺，背挨著背、腿疊著腿。幾支蠟燭被人捧在手心，大家望著光，不管年長還是年少，大家都以老去的臉，望著。我好奇審看，有時候覺得，這一切跟我毫無干係。

砲彈咻地劃過，它將炸落，還是飛一段，再炸落？

大家聽仔細了。倏然，大地發抖。

記憶中，隔天早上醒來，常濃霧滿天。我草草喝過稀飯，走小徑、穿廟口，經過有狼狗守護跟衛兵站崗的哨站，前往學校。士兵集合，操練、跑步，高唱愛國歌曲，途經蔣介石塑像，則肅穆以對。常可撿到中共空拋的文宣，露水重，仍可一頁頁掀開，大談內地建設，工商發展突飛猛進，幹部與農民合照，一個一個，都笑口常開，完全不同老師上課所說的飢寒交迫。

金門，曾是一個多元之島，卻因為一九四九而思想單薄，抬頭看，似乎正見蔣介石、毛澤東，架金門為擂台，各自繫綁拳擊手套，相互叫戰。

兩岸的偉人今已作古，福建的大小嶝、金門與馬祖，殘留戰爭遺跡，成為觀光重點。二〇〇五年，我循小三通到廈門，大陸遊客驅船金廈海域，「一國兩制」與「三民主義統一中國」海上共陳，遊客獵奇拍照，不時議論嘻笑。

一九四九，變金門作戰地，戰場遺跡，卻也成為老一代金門人的鄉愁。幾次回鄉，明知道防空洞已被填平，卻站在舊址張望。

一個詞，迸出了記憶的細縫：政治哪。

這是我年長之後，才知道的殘酷。

二、一九七九

太武山，金門最高點。我後來得知，山的命名，得自遠古時代，太武夫人於山巔吞吐日月，修煉仙術。小時候不知成仙傳說，只聽說太武山雖屬堅硬花崗岩，卻山腹鑿空，內置槍械室、營舍、電影院與醫院；又說裡頭阡陌縱橫，像迷宮，不慎走失，就可能找不到出口。

兩岸對峙，讓一座山，失去萬年骨，若太武夫人下凡重遊，可還識得？

太武山是軍事重地，只開放農曆元月初九，放行善男信女，前往山巔海印寺焚香祈禱。進出太武山，都會經過一只大勒石，上頭刻著「毋忘在莒」。最早是在一九五二年三月，蔣介石親為題字，金門各界銘刻紀念，真正讓它成為知名景點，卻在一九六四年，駐太武山五四〇九部隊士兵郭兆烈，發起「毋忘在莒」運動，各界熱烈響應。

四十年後，我不禁好奇，小小一名班兵，何以有此宏觀，發大志、做大事，並順利使他的思維，無懼軍法、穿越鐵絲網，在各地綻放？

「毋忘在莒」雖是名點，卻得下車登高，多數觀光客寧就翟山、水頭。我回鄉，常爬太武山，見居民晨起健走，不見觀光客興奮留影。那四個字，兀自靜靜鎮守，苦等著願意被它驚起的人。

一九七九年，「毋忘在莒」曾是鄉愁慰藉。這一年七月，我十三歲，與父母遷居台灣，沒電、沒網，只賴書信往返，後來，我進戲院看電影，在唱國歌的影片上，看見這幀石刻。同年十二月，中共與美建交，民心浮躁，不少人賤賣家產，遁逃他國。這四個字再被炒熱。隔年一月一日起，中共停止單號砲擊金門，爺爺、奶奶，終不必為躲砲彈，而漏看連續劇；這是一九七九年，屬於我的大事。

幾年前應廈門文協邀請，遊覽鼓浪嶼、大小嶝。大嶝島，像另一個金門，重建軍事廣播站，布置文物，招徠遊客。室中展示對峙時期，兩岸空投與海漂物資，並表列男女兩位戰士英勇事蹟，比如潛伏金門次數、斬敵幾員、蒐回多少情資等。金門稱這號人物做「水鬼」，卻是這頭的英雄。

我望著展場外，全球最大的軍事喇叭，依稀聽到許多個童年的午後，空氣中震盪著播報員字正腔圓的聲音。

原來正是你啊，隔著海，跟我述說不同的故事。

我看著它。一個朋友，認識三十多年了，卻直到今天才見面。

三、一九八九

金門向外界開放它的神祕，是一九九三年二月，觀光開放以後。在那之前，流行一個說法，要到金門，唯有娶妻金門姑娘，才得以來。傳聞終歸傳聞，還沒聽說有人為了金門，押注他的愛情，倒是台灣男丁服役時，贏得芳心，娶回不少金門姑娘。

一九八七年九月，遠航波音七三七試飛金門成功，先一步踩穩未來的觀光基礎。我八八年退伍，乘遠航客機飛抵故鄉，是畢生難忘的經驗。往昔，金門、台灣只賴船班，兩個島，三百公里路，又吐又顛三十小時，方可到達。而今，我飛越台灣海峽，看澎湖列島如星洲排列，再看見我的島鄉如一隻彩蝶，躍舞藍藍大海。

我八七年途經的田間小路，過十年，將不復存；村子裡的防空洞、碉堡跟撞球室，將隨著金馬撤軍，兩岸戰爭形式改變且關係和緩而頹圮、消失。今日往金門參觀戰事設施，多屬以前列管、現今開放的戰略建設。軍隊住滿村落山頭，唱歌答數的震撼聲勢，只能在記憶中，慢慢迴盪。

八七年，堂嫂且做起軍隊生意來，洗燙一套軍服，收費二十元。我借機車，遊剛開放的翟山坑道。坑道於六〇年開挖，入口猶記「毋忘在莒七大精神」信條，內置百來米、通往大海的水道，船隻可直接開進卸貨，再迴轉開出。近些年，坑道陸續開放，瓊林坑道以瓊林村為腹地，地基挖空，村子底下，通道滿布。金城坑道則迤邐數公里，搭配最新的燈光跟音效，配有專人解說。最早開放的翟山，則在二〇一〇年夏天，假坑道舉辦音樂演奏。

對遊子來說，最懷念的，當然不是戰地設施，卻是戰地限制下，跟人、跟土地的關係。

我最記得那一碗清冰。一九八九年八月，我考上大學後，回鄉報喜，入夜，與伯母、堂哥、堂嫂、以及姪兒、姪女，搬板凳移至外頭的夜。我們喝茶配花生，滿天星，讓不香的茶都變得香甜。夏熱，真想吃一碗冰，我溜到雜貨店買冰，沒錢，只能買清冰，灑甜水而不澆紅豆跟花豆等作料，提回家，伯母罵說，憨兒啊，怎花錢買冰？伯母雖這麼罵，心裡卻是甜的。

幾碗冰，十多個人吃，在物資不好的年代，吃著吃著，就吃出滿滿的淚水了。

三十年後，伯父、伯母過世，三位堂哥已另起新厝居住。大風習習，黑夜戚戚，我站在舊宅門前，卻還記得那碗清冰的顏色。

四、二〇〇四

二〇〇一年彷彿金門元年。這一年，金門與福建馬尾、廈門實施小三通，隔年中秋，金廈舉辦兩岸海中會，各自搭乘船艦，到兩島海岸中線，為金廈交流「破冰」。一九四九年之前，金廈之間有水無冰。爸媽說，以前哪，農民收成好作物，多運上船，到廈門兜售。

中秋月圓，我帶孩子與李昂、羅門等作家代表，於快風中前進大陸，兩岸代表各在船的一邊，握手、贈禮。

二〇〇三年，我嚴整看待返鄉生活一事，媽媽帶孩子到萬華龍山寺，求得上上籤，不料ＳＡＲＳ爆發，歸鄉路阻，只得抒鄉情為論文跟小說，於〇九年完成論文《金門現代文學發展之研究》、小說《火殤世紀》。人生際遇，福禍難定，因為寫以及研究，得以知曉金門身世淒苦，島上軍事建設雖是觀光重點，卻也說明它的工具性命運：明鄭時圖謀「反清復明」，到了民國又肩負「反攻大陸」。

〇四年，碉堡再生，金門縣政府、文建會籌幄「碉堡藝術館」，蔡國強任策展人，九月十一日開館，迄隔年二月二十八日止。我恰與大陸畫家劉小東同住一個旅館，他以農民、軍人、小孩等人物述說金門，畫就十多幅，幾年後，這批作品以讓人咋舌的高價拍賣售出，我看著報導，回想劉小東的木訥質樸，為金門、也為他高興。

「碉堡藝術館」創意足、噱頭多，如垠淩清涼上陣，描繪戰地壓抑的情慾；李錫奇懸炸彈於天空，讓人驚悚；張永和以籐包裹戰地設施，以溫柔替代殘酷。在學童的展場上，為碉堡繫上一個個瓶中信，內置愛與和平的小紙籤。

回鄉總會抽空回家，探望舊人與舊事。參訪「碉堡藝術館」後，我重返后湖垵湖國小，憑弔國小時光。后湖人口外流嚴重，教室雖多，每一班卻不過三、五人。

防空洞靜默，操場無言，我探往學校左側碉堡。小學五年級，有一天，碉堡外頭，忽然多出一個墳，我跟同學議論紛紛，是誰死了，怎麼死的？引起疑惑與陣陣討論的墳，卻已消弭了，而今堡倒屋毀，樹影遮天。

重返校園，不僅懷舊，還為一個、為許多個，失去名字的亡魂悼念。戰爭已遠，和平已至，不管是這一邊或那一邊的戰士們，都請接受我們的哀悼跟歉意。

我望著草長樹深的碉堡舊址，在自己心中，悄悄起了一座墳。

——原載二〇一〇年十二月《明道文藝》雜誌第四一七期

兩百里地的雲和月

蔡怡

一九五〇年出生於屏東東港大鵬，長於岡山。大學畢業於台大中文系，在台大中文研究所肄業一年，轉赴美國改讀教育，獲印第安納州Butler Univ.教育碩士、密西根州Wayne State Univ.教育博士。在美國工作生活十六年後回台定居。曾獲第五屆懷恩文學獎兩代組首獎、第三屆《人間福報》文學獎佳作、流離與團圓徵文佳作、私人企業全民寫作徵文佳作。曾任私人企業教務長，負責英語教材研發、出版，現居台北，專事寫作。著有《繽紛歲月》一書。

到了晚年，爸爸痴了，憨了。他什麼都忘了。

他總是問我：「女兒啊，我是民國哪一年到台灣來的？我是怎麼來的？」

但是，他卻從來不忘記責備自己，在民國三十七年初沒有回老家。他總是呆望著天空，喃喃自語：

「民國三十七年初，我到了濟南，離老家聊城就只有二百里地，為什麼……為什麼……我沒進去看看哪？」

在抗日戰爭外地流亡十年一直沒回過家的爸爸，為什麼來到聊城門口的濟南沒見到父母呢？從小到大我聽爸爸一再地解釋，所得到的答案是抗戰勝利不久，聊城就被共軍包圍了，雙方經過一年多的浴血奮戰，聊城才被共軍解放，開始清算地主、霸佔土地，所以曾去四川念書被列為「重慶份子」的爸爸，若返鄉會帶給他父母更多的災難。

正在他猶豫不決時，傳來膠濟鐵路即將被共軍攔腰切斷的消息，再拖延他將回不了青島——那兒有他的工作，還有他熱戀中的我媽媽。因此他一步一回頭地跳上了回青島的火車，以為改天再來看他父母。

誰知道，誰知道，這一錯過，竟成永別。他隨後跟著國民政府來到台灣，從此沒再見過父母一面，造成他一生椎心的痛。

這是我所知道的原因。但三年前，我把爸爸山東聊城老家裡唯一活著的親人，我的姑姑，接來台灣後，才知道故事還有另外的版本。

姑姑說，爸爸當年沒見到父母家人，還有一個我們從來不知道的因素，是爸爸不知如何處理、如何面對一個他並不愛的鄉下元配劉金娥。

爸爸是兩代單傳的獨子，所以在十四歲時，父母就作主替他娶了年紀比他大好多又不識字的妻子劉金娥。父親並不想接受這樣的安排，但溫順的他只有藉求學念書之故，一直在外地住宿來逃避劉金娥。抗日戰爭爆發，爸爸流亡大江南北，沒機會再回家了。

勝利後，因為聊城被共軍包圍，爸爸有家歸不得，就滯留在青島女中教書，在那兒他認識了在教務處工作的一位新女性，我的媽媽。他們一起打乒乓球、一起談詩、論詞，因為年齡相近、興趣相投，兩人的感情迅速發展成熟。所以爸爸在民國三十七年兼程由青島趕去濟南，打算回鄉稟告父母，他想和母親結婚的打算。誰知才到濟南，有位堂兄專程從聊城送口信來，說家裡的田產、糊口的工具全部被共產黨充公，以後的日子怎麼過，老人家完全沒把握，想把媳婦劉金娥送到濟南，請爸爸趁天下尚未大亂時，把她帶在身邊，這樣才算對已經守了多年活寡的劉金娥有個交代。

事情的發展完全出乎爸爸的預料，本性溫和善良但有些懦弱又怕麻煩的爸爸，不敢違背父母旨意，又不願接納劉金娥，在倉促間選擇踏上回青島的火車，以為先拖延一下，再慢慢考慮劉金娥的問題。

誰都沒想到，他這個在兵荒馬亂、煙塵瀰漫的情況下做的決定，造成大家終生的遺憾。

爸爸離開家鄉後不到兩年，姑姑就嫁做人婦離開自己的娘家，娘家父母只有靠劉金娥來伺候、照顧了。

在共產制度下，爺爺奶奶與劉金娥都住在人民公社裡，一九六四年，爺爺因嚴重胃出血，嚥不下公家配給的雜糧，在食堂裡工作的劉金娥就偷一大瓢給高幹吃的白米飯，用報紙包著放在懷裡，趁午休時跑兩里路回家孝敬爺爺。她這一跑就是五年，直到一九六九年爺爺去世為止。爺爺沒見著幾代單傳的獨子，死時不能瞑目。

七〇年代大陸土改失敗，再加上長年的旱災，農村裡簡直沒東西吃了。姑姑因為有台灣關係，身分不好，又連生了五個女娃兒，遭夫家嫌棄，把她給休了以劃清界線。過年時，她帶著五個孩子回娘家。劉金娥看到一群小蝗蟲來，嚇得她趕快把為奶奶做的幾個白麵饅頭，裝到布袋裡，高高升起，掛在屋樑上，讓姑姑那群小孩，誰都拿不到，只有乾瞪眼的分兒。劉金娥把我們的奶奶視為她的親娘，永遠擺在第一順位。

一九七九年奶奶嚥氣前，一直相信她的獨子還活著，千叮嚀萬囑咐，要劉金娥一定得守在蔡家等我爸爸回來。其實不需要奶奶叮囑，在蔡家已經四十五年的劉金娥，壓根兒就沒打算再邁出蔡家大門一步。

爺爺、奶奶都死了後，劉金娥因為沒有一兒半女，晚年就更淒涼，跟著一個姪子，過起寄人籬下的日子。

後來爸爸雖然暗地裡經常寄錢給她，以彌補多年對她的虧欠。但姑姑說，寄去的錢劉金娥無權支配，都被姪子拿去蓋房子、娶媳婦用了。所以晚年劉金娥的日子過得非常拮据，她去世前把唯一一件像樣的棉襖送給姑姑。姑姑在袖口裡發現有個暗袋，裡面放著劉金娥一生最後的一點私房錢，才不過數百人民幣，但她瞞著身邊的人，把這最後一點心意，留給夫家唯一的親人，我們的姑姑。

「這對我們蔡家貢獻最大的女人，就這樣默默結束了她的一生！」

姑姑給我看一張照片，是我們以前的祖墳靈地。我看到零散的土丘在一片麥田裡，其中一個在爺爺、奶奶墳腳下比較新的小丘，有泥土做的小墓碑，上面歪歪斜斜地刻著「劉金娥」三個字，好像訴說著她那無依無靠、孤孤單單的一生。

對我而言，劉金娥本是個陌生的女人，但聽完姑姑的描述，我默坐一旁，說不出話來，任眼淚流了再流，任內心一再地呼喚：「大娘啊！大娘啊！」

不知道坐在一旁的爸爸，有沒有聽懂姑姑的故事？只見他呆望著天空，喃喃自語：「民國三十七年，我去了濟南，離老家聊城就只有兩百里地，為什麼……為什麼……我沒進去看看哪？」

——原載二〇一〇年十二月一日《聯合報》

本文獲第五屆懷恩文學獎兩代寫作組首獎

你們國家的作家，都是這麼富有嗎？

——關於尤薩首次訪台前後的一些雜憶

季季

王錦河／攝影

本名李瑞月，一九六三年省立虎尾女中畢業。一九六四年開始專業寫作。一九八八年獲邀參加愛荷華大學「國際寫作計畫」。曾任《聯合報》副刊組編輯、《中國時報》副刊組主任兼「人間」副刊主編、時報出版公司副總編輯、《中國時報》主筆、《印刻文學生活誌》編輯總監。現任國立政治大學「文學創作坊」指導教師、蘆荻社區大學「環島文學列車」講師。

出版小說《屬於十七歲的》、《拾玉鐲》；散文《寫給你的故事》、《行走的樹》；傳記《我的姊姊張愛玲》、《奇緣此生顧正秋》及主編年度小說選、散文選、時報文學獎作品集等三十餘冊。

首先這是一個祕魯的故事。

最重要的，這是尤薩與台灣的故事。

馬里奧．巴加斯．尤薩（Mario Vargas Llosa, 1936-），今年的諾貝爾文學獎得主；一九七七年首次訪台時，我有幸在殷張蘭熙女士的家中與他有過一面之緣。

〈尋釁〉與「浮舟」

在祕魯一個濱河城市，一棵高聳堤岸的豆莢樹被颶風颳倒了，年邁的根離了土，黃葉紛隨風去，只餘日漸乾枯的身軀橫躺於大片的河床上。暴雨來臨，龐然樹身隨著漲至河床的濁流漂移，當地人稱之為「浮舟」。年復一年過去，「浮舟」漂離城市漸遠，枝幹大多被河泥掩埋，若隱若現的舟形成為某些人祕密集會的地點。

兩個被當地神父斥為「畜生」的哥兒們，由於「你還像男人嗎？」之類的話題起爭執，某個冬天的週末約定深夜十一點前往警察不易來到的「浮舟」比個高下。一個是身材魁偉面目猙獰左足略跛的「瘸腿兒」；他的跛足據說是「睡夢中遭一野豕咬住的紀念」。一個是瘦削的胡斯托，臉頰有道從嘴角直抵額頭的紫色疤痕，一說是幼時挨揍留下的，他父親雷翁爹卻說那是他母親生他時，發現河水漲進家們，「一時驚懼，血跡凝成的疤痕。」

他倆由各自的哥兒們陪同至「浮舟」，事前知情的胡斯托父親雷翁爹也悄然而至。他不是來勸阻胡斯托，而是來為兒子打氣並傳授竅門：「保持距離，不停地在他四周跳躍，見他疲憊，伺機下手……」說完各種注意重點，輕拍兒子肩膀道：「好了，上吧，進退要有法度，像位好漢……」

烏雲掩月的深夜，兩方人馬擦亮火柴畫好中間空地，在微光裡細瞇著眼注視「瘸腿兒」與胡斯托各持短刀走入。兩個暗影於是開始迂迴，躍動；忽分忽合，忽起忽落；間雜著如野獸般的叫嘯，喘息，以及驟然拔高的哀號。幾個回合之後，「瘸腿兒」意識到可能刺死胡斯托，高聲向雷翁爹哀求道：「告訴他別打了！」然而雷翁爹斷然咆哮道：「少廢話，打下去！」

最後，胡斯托由四個哥兒們「像抬起棺柩一般把他抬在肩上，以整齊的步伐，走在河堤的小道上」，慢慢抬回城郊的小山丘，他父親雷翁爹獨居的孤零小屋……

以上是我首次讀到尤薩小說成名作〈尋釁〉的故事大要；是他一九五七年出版第一本書所收兩個短篇中的一篇。當時他僅二十一歲，就讀於祕魯首都利馬的國立聖馬可大學文學語言研究所一年級，並以此篇獲得法國的《法國雜誌》文學獎。

〈尋釁〉係由陳長房教授翻譯，收錄於鄭樹森主編的《當代拉丁美洲小說集》（一九八七．聯合文學）。書末並附一篇一九七七年在美國一份文學雜誌發表的尤薩訪談錄，由蔡源煌教授中譯，我印象最深刻的是他所熱中的小說角色：

> 在小說中最有趣的角色經常是最邪惡的……，但是我最羨慕的，最令我動心的是那種雖然失敗而卻絲毫不放棄，那種儘管知道他們會慘遭失敗，還是一逕奮鬥到底的人。

尤薩曾三次訪問台灣。但是很遺憾，一九七七年他首次訪台時，早已出版過《城市與狗》、《綠房子》、《酒吧長談》等名作，台灣卻尚未出版他的小說譯本。當時台灣翻譯的大多是歐美與日本的小說，幾乎沒有拉丁美洲作品。但因一九七七年在殷張蘭熙女士家的晚宴見過尤薩，聽他說了一句讓眾人哈哈大笑的話，一九八七年終於讀到他的小說覺得格外親切。不過，二十一歲的青年寫出〈尋釁〉那樣飽滿的搏鬥張力與異於常人的父親形象讓我心驚，中年尤薩在訪談錄裡的那幾句話則讓我深受震撼與感動，其餘緒至今未息。

殷張蘭熙與筆會季刊

尤薩初次訪台時正當四十一歲盛年，寶島也開始經濟起飛。今年十二月十日，七十四歲的尤薩就要在瑞典首都斯德哥爾摩出席二〇一〇年諾貝爾文學獎授獎典禮。這是該獎一九〇一年設立以來，全球獲此殊榮的第一百零七人（一九一四，一九一八，一九三五，一九四〇—四三曾因兩次世界大戰等因素停辦七次；曾有四次兩人同時獲獎）。

一九九三年尤薩在普林斯頓大學任客座教授時出版其回憶錄《水中魚》，提到他的三次台灣之行，特別強調「受到最精采的接待是在台灣」；這句話背後的關鍵人物之一即是殷張蘭熙女士。

很多年輕輩的朋友也許會問：「殷張蘭熙，是誰啊？」如果我答：「她是殷琪的媽媽」，他們就會恍然大悟了。——殷琪，大陸工程公司董事長，前台灣高鐵董事長，是殷張蘭熙的小女兒，曾經嫁給一個美國作家，一個台灣攝影家；結束第二次婚姻後兩次未婚懷孕，已經擁有兩個女兒……。如此傑出又特立獨行的女性，是從怎樣的娘胎來到這個世界？

殷張蘭熙女士（一九二〇—），一般的朋友尊稱她殷太太，文藝界相熟的友人則暱稱她Nancy；一九七二年十二月英文《中華民國筆會》（"*THE CHINESE PEN*"）季刊創刊即擔任主編長達二十年。她的父親是湖北人，留學美國時於一九一七年娶了美國女子，婚後返國定居。張蘭熙不幸十歲喪母，但從未喪失樂觀善良堅毅的本性，從成都私立華西大學（由美、英、加等國五個教會合辦）外文系畢業後還赴哈佛大學研究。一九四九年她隨夫婿來台，曾任東吳大學副教授，出版個人英文詩集，並且不遺餘力譯介台灣當代年輕作家與作品至國外出版。她的中國話標準，英文又好，而且嗓音清亮，儀態典雅容貌甜美，待人和藹熱情，見過她的人無不喜歡她。主編《*THE CHINESE PEN*》期間，她找人翻譯，親自校對，發排，二十年間全心全力未嘗懈怠。

大陸大樓與〈夜行貨車〉

殷張蘭熙的夫婿殷之浩（一九一四—一九九四）是台灣營造業龍頭大陸工程公司董事長，曾經承造圓山大飯店等知名建築並長期支援中華民國筆會，使她能無後顧之憂地出錢出力，每年組團遠赴各國參加國際筆會年會，結識多國作家，並邀請他們訪台；包括一九七六年在倫敦當選第四十一屆國際筆會會長的尤薩。

一九七七年十二月尤薩訪台時，大陸的文革結束一年多，台灣的鄉土文學論戰近尾聲，行政院長蔣經國繼續推動十大建設並傳出可能競選下屆總統；大陸工程公司所承造的高速公路圓山跨河長臂橋也將完工通車。而入獄七年歸來的陳映真，已在大陸工程公司一九七三年完工的大陸大樓裡的溫莎藥廠上班兩年多，中午偶爾在樓下的大陸西餐廳與吳耀忠等老友聚會聊天，觀察來來去去形形色色的上班族。大陸大樓位於忠孝東路四段二九〇號，是台北市東區最早推出的辦公大樓，高十一層，長一百二十八公尺，除了大陸工程公司總部，還有許多大企業與外商公司進駐。剛剛經歷了半年多鄉土文學論戰的硝煙後，陳映真決定以大陸大樓為背景，撰寫他指控資本主義跨國企業的「華盛頓大樓」小說系列；第一篇〈夜行貨車〉已經啟動，第二篇〈上班族的一日〉尚在醞釀。也許因為鄉土文學論戰的旗幟鮮明，他沒有受邀去附近的浩然大廈參加歡迎尤薩的晚宴。

我一向是默默的寫作者，不喜參與活動或論戰，與文友在大陸西餐廳聚餐時，最喜歡坐在靠牆的角落欣賞牆上有著百步蛇圖騰的排灣族浮雕，沒想到有一天會被邀請到距大陸大樓僅一百多步的浩然大廈與尤薩見面；當時他除了擔任國際筆會會長，也是英國劍橋大學教授。

浩然大廈與「民主的社會主義者」

在大陸大樓的斜對面，臨著光復南路中華電視台附近矗立著幾座米黃色高樓名曰浩然大廈，是大陸工程公司一九七四年建造的。殷張蘭熙就是在光復南路一八〇巷十號十二樓的浩然大廈家中為尤薩舉行了盛大的歡迎晚宴。而我，起先是不想去參加的。

一九七七年秋末，馬各介紹我到《聯合報》副刊組上班。十一月下旬去報到，瘂弦接副刊主編不久。聖誕節前兩天，大概是星期四吧，下午五點多，瘂弦走到我的座位旁低聲說：「剛才殷太太來電話，請我們二十七日早一點下班去她家吃晚飯。」

我愣了一下，因為我那時還不是筆會會員，與殷太太也不熟。瘂弦解釋說，國際筆會會長尤薩二十六日來台灣，只停留四天，「這個會長是祕魯人，小說家，」瘂弦強調道：「聽說很支持我國會籍的。」

我自覺英文不好，去了也不能和那小說家說什麼，於是很直接地向他解釋不想去參加晚宴。瘂弦苦笑著說：「去嘛，殷太太人很熱情的，她請的也大多是文藝界朋友，妳應該熟的，不說英文也沒關係。」

我仍然說，「最好不去。」

殷太太彷彿隔空聽到我的話，瘂弦回到他的座位沒兩分鐘，我桌上的分機響了，傳來一串銀鈴般悅耳的聲音：「季季啊，我是Nancy啊，剛才我請瘂弦邀請妳，他跟妳說了沒？妳二十七日那天一定要來呀！從你們報社走到我家，七八分鐘就到了，很近的！」我支支吾吾說著不去的理由，她在那一頭說：「哎呀，英文不好有什麼關係？小說寫得好才重要呀，我們中國人又不是用英文寫小說！我們筆會季刊已決定翻譯妳那篇〈拾玉鐲〉，正在找人翻譯，那篇有些台灣鄉下的用語，必須找個比較了解台灣農村的人來翻譯。」我禮貌地謝謝她，她又接著說：「這次來的尤薩是很有名的小說家，只是我們台灣不太重視拉丁美洲文學，懂西班牙文的也不多，現在還沒有翻譯他的作品；翻譯啊，真的很重要，不過也真的很難！我們前些天一起在澳洲雪梨開國際年會，還和尤薩說到這個問題，他這人很豪爽很可愛的……」

聽了這一長串銀鈴悅耳，不想去的話就難再啟齒了。

十二月二十七日是星期二，黃昏六點一過瘂弦與我匆匆從四樓編輯部搭電梯下樓。聯合報社那時還在忠孝東路四段五五五號，與光復南路口只隔著一道長長的松山菸廠圍牆，以及圍牆中段一幢有著橘紅色斜背式屋頂的韓國大使館（如今三者皆已夷為平地）。走出報社向右行過那道圍牆，轉進光復南路不久就找到了殷家。頂樓的雙拼房子，左邊是典雅溫馨的客廳，擺了幾盆高大的熱帶盆栽，一室綠意盎然；右邊是簡潔明亮的西式餐廳，四排長型紅木餐桌，每排五張桌子，每張可對坐四人，看起來比大陸大樓那家西餐廳還大得多。尤薩由彭歌陪去故宮參觀，正在趕回的途中，陪客則已來了林海音、齊邦媛、王藍、琦君、曾虛白、馬星野、陳紀瀅，以及筆會的助理殷允芃、劉克端等人。我們與殷太太及先來的貴賓打招呼後，殷允芃邀我與劉克端同坐在門口的一桌；「我們三個是小朋友，坐這裡就好。」——和曾虛白（一八九五—一九九四）那些大老比起來，我們三個女生確實算小朋友。

還有一些外國人陸續來到，殷允芃與劉克端說他們都是長期替筆會季刊翻譯的生力軍，大多在台灣工作或讀研究所。

不久尤薩來了，大家起立鼓掌歡迎，殷太太與彭歌陪著他介紹陪客，他笑著一一與每人握手問好。他的身材高大，濃眉大眼鼻梁英挺且頭髮微捲，鐵灰西裝白襯衫，優雅之中流露著帥氣。

中華民國筆會從一九七三年就由陳裕清擔任會長，彭歌任祕書長。陳裕清的正職是海工會（僑委會前身）會長，時常出國處理華僑事務，那天又不在台灣，由彭歌向來賓簡介尤薩的生平與作品。彭歌強調尤薩是「第一位擔任國際筆會會長的拉丁美洲作家」，也婉轉地提到尤薩從年輕時代就是個左派，向他提出訪台的邀請時，有點擔心他會拒絕；不過他現在自許是個「民主的社會主義者」，對拉丁美洲某些標榜社會主義卻施行極權統治的軍事政府極不認同……。最後彭歌特別強調：「這是國際筆會一九二一年成立五十多年來，第一個在職的會長來我國訪問，我們感到非常榮幸。嚴家淦總統也很重視他的來訪，明天下午要在總統府接見尤薩先生……。」

殷太太與彭歌邀大家舉杯歡迎尤薩到訪，侍者開始上菜，英文與中文與笑聲在杯盤刀叉聲中此起彼落。甜點與水果上來時，前面的殷太太等人突然陪著尤薩向門口走來，說要去客廳看電視新聞；「聽說有大新聞。」她說。

老三台的時代，晚間新聞固定七點半播出，我們跟著到了客廳，見到年輕的殷琪和一個金髮青年站在牆角，也在期待那條大新聞。

「大新聞」當然放頭條，原來是台北市議員康水木提議「敦請蔣院長競選第六任總統」，議長林挺生、副議長張建邦與全體議員「一致通過決議」；決議文說他「誓守民主陣容，舉世咸表讚佩……」

當時民進黨尚未成立，反國民黨者皆稱「黨外」，康水木是黨外議員，其堂兄康寧祥且是黨外大將；在場的國民黨大老沒說什麼，林海音卻快人快語說道：

「喲，還請個黨外出來給太子抬轎子！」

「是啊，現在都什麼時代了，幹嘛還搞這一套？」坐在地毯上的殷太太說：「他最好不要接受，真的，最好不要接！」

殷太太悻悻然從地毯上站起來說：「唉，傳說就要變成事實啦，這種事我們也管不到，還是回去吃甜點吧！」

尤薩身邊有個外國學生幫他翻譯，只見他不時地點頭，若有所思；不知是認同議會的決議案，還是認同殷太太的話。他對曾經留俄的蔣經國背景，應該有幾分了解的。也許，他認為蔣經國也和自己一樣，已經是一個「民主的社會主義者」？

一個小說家的問題或一句幽默的小說結尾

吃了甜點和水果，侍者送上了熱茶，殷太太站起來說，在短短的二十多天中在三個國家和尤薩見面，真是很特別的緣分：第一次是十二月五日，菲律賓筆會在馬尼拉舉行太平洋區作家會議，她和彭歌、王藍、殷允芃一起去參加；第二次是十二月十日，他們四人轉往澳洲的雪梨參加次日開始的國際筆會第四十二屆年會，十二月十八日結束後尤薩趕回倫敦，和家人過完聖誕節又千里迢迢來到台灣；「尤薩先生是在很繁忙的行程中擠出這四天來我國訪問的，現在請他給我們說幾句話。」

尤薩的話很簡短，首先謝謝Nancy安排這麼豐盛的晚宴，然後說很遺憾，行程匆忙，「沒有時間多看看，對你們的國家還缺少了解，不過你們故宮的藝術品實在了不起，以後有機會，我一定要再來好好地欣賞——」他停頓下來環視了餐廳一周，笑著說：「我只有一個問題想請教各位：你們國家的作家，都是這麼富有嗎？」

回答他的，是一陣爆響的哈哈大笑。

「難道我問錯了？」他說：「在我的國家，作家大多是很窮的，我在祕魯的時候，為了養三個孩子，曾經兼好幾份差呢。」

彭歌於是笑著回答他：「我們的作家也大多是很窮的，只有Nancy家這麼富有！」

而Nancy，只是沉默地快樂地笑著。

也許因為Nancy一向謙虛，尤薩以前並不清楚她的家世背景。也許尤薩早已知道，只是以他小說家的機智，即席書寫了一句幽默的小說結尾。

我們會永遠記得她

一九九〇年尤薩第三次訪台，最遺憾的是Nancy已患失憶症，沒能再接待他。此後他即未再來台。

Nancy也許已忘了那個夜晚的笑聲，但我相信，尤薩和我們眾多文友一樣，會永遠記得她；一個多元文化的融合者；一個熱情果敢，甜美溫暖，努力燃燒自己奉獻他人的時代女性。

——原載二〇一〇年十二月五日《聯合報》，此文為增訂版

附錄

九十九年度散文紀事

杜秀卿

一月

・一月十二日，台北國際書展公布年度之書得主，非小說類由王鼎鈞《文學江湖／王鼎鈞回憶錄四部曲》、藍佩嘉《跨國灰姑娘》及中國大陸作家野夫《江上的母親》獲得。

・一月十七日，作家羅葉過世，得年四十五歲。羅葉本名羅元輔，一九六五年生，早期創作以詩為主，後轉小說，旁及散文。

・一月二十九日，作家蕭颯辭世，享年七十六歲。蕭颯本名蕭超群，一九三四年生，二十歲即在文壇嶄露頭角，著作豐富，類型多變。

三月

・三月九日，九歌出版社舉辦「九十八年散文選、小說選、童話選新書發表會暨年度文學獎贈獎典禮」。《九十八年散文選》主編為張曼娟，選出年度散文獎為隱地〈一日神〉。

・三月九日，作家杜文靖過世，得年六十三歲。杜文靖一九四七年生，投入鹽分地帶文藝營達三十年，創作涵括小說、散文、台灣歌謠研究等。

・三月二十一日，第十二屆台北文學獎公布得獎名單，散文類：成人組首獎王文騏〈歡迎光臨「鳥居」一一三號〉，優選鄭衍偉〈陶淵明說悄悄話——士林下樹林街〉，佳作六名；青春組首獎謝松宏〈仰牆〉，優選熊家瑜〈磨菇城〉，佳作六名。年金類入圍的有劉韋利〈模擬城市〉、楊馨玉〈貓中途公寓三之一號〉、李永松〈部落台北〉、張放〈茶客〉。

・三月二十三日，作家桓來辭世，享壽八十八歲。桓來本名趙廷俊，一九二二年生，創作文類以論述、散文為主。

四月

・四月一日，第三屆福報文學獎揭曉得獎名單，散文首獎宋蕭波〈回家〉，二獎吳蘊陽〈頂針與篦子〉，三獎劉奎蘭〈蛭〉，佳作三名。

・四月十五至二十四日，「21世紀世界華文文學高峰會」在全台舉辦七場座談會，與會者皆為兩岸三地知名作家，包括高行健、劉再復、馬森、瘂弦、李歐梵、王蒙、閻連科、劉心武、陳若曦等。

・四月十八日，作家王令嫻辭世，享年七十九歲。王令嫻一九三一年生，早期以小說創作為主，兼有散文及兒童文學，作品重質、委婉而樸實。

五月

- 五月四日，中國文藝協會歡慶一甲子，出版由張默、魯蛟及辛鬱編撰的《文協60年實錄》，記錄台灣多年來文藝界蓬勃發展的歷史與見證，並移師花蓮舉行「第五十一屆中國文藝獎章及九十九年榮譽文藝獎章」頒獎典禮。
- 五月十日，第二十八屆全國學生文學獎公布得獎名單，散文類：大專組第一名楊婕〈房間〉，第二名許俐葳〈說謊的事〉，第三名朱宥勳〈九月家事簡〉，佳作三名；高中組第一名朱峻賢〈托缽〉，第二名曹育涵〈擠壓〉，第三名李思慧〈心愛的弟弟〉，佳作十名；國中組第一名粘媁婷〈幸福〉，第二名林昕穎〈夜跑〉，第三名蕭亦琛〈旋轉木馬〉，佳作五名。
- 五月十五日，在明道大學中文系舉行「王鼎鈞學術研討會」，以「王鼎鈞的人與文」為主題，探討散文名家王鼎鈞其人及其時代相關研究、作品對文壇的影響、回憶錄的文學價值與意義等。
- 五月二十二日，作家秦嶽辭世，享年八十一歲。秦嶽本名秦貴修，一九二九年生，創作文類以詩為主，兼及散文。

六月

- 六月十四日，第十一屆磺溪文學獎評選結果出爐，特別貢獻獎謝四海，散文類得獎者不分名次：陳津萍〈相識〉、楊秀然〈火燒稻田〉、林佳慧〈局外人〉、林明霞

〈粥味人生〉、蕭吟薇〈幽闇之洋〉。

‧六月十八日，第七屆浯島文學獎公布得獎名單，散文組第一名薛素瓊〈流金童年〉，第二名周志強〈記憶中的防空洞〉，第三名陳金水〈搖到外婆家〉，佳作七名。

‧六月三十日，第十八屆南瀛文學獎公布得獎名單，散文首獎連泰宗〈稻米香〉，優等張耀仁〈自己的房間〉，佳作四名；評審特別推薦獎陳朝松。

七月

‧七月二十三日，二〇一〇花蓮文學獎揭曉得獎名單，散文類：菁英組優等獎楊書軒〈想像的終點——記干城車站之旅〉、劉崇鳳〈搬〉，佳作十二名；新人組優等獎六名。

九月

‧九月二日，第十二屆南投縣玉山文學獎得獎名單出爐，文學創作獎散文組：第一名楊秀然〈重讀者〉，第二名陳儒逸〈入山〉，第三名高鳳池〈獨語〉，佳作二名，南投新人獎二名。

‧九月八日，二〇一〇年新竹縣吳濁流文藝獎得獎名單出爐，散文類首獎歐陽嘉〈鮮鮮河水〉，貳獎方秋停〈串串海之歌〉，參獎陳金聖〈剪髮〉，佳作四名。

‧九月十二日，第十二屆中縣文學獎公布得獎名單，散文類不分名次：吳俊傑〈烏石柔軟〉、林芳妃〈月亮放風箏〉、周翊雯〈此岸彼岸〉、胡志政〈羔羊‧總是沉默〉、張欣芸〈失竊的靈魂〉、曾湘綾〈回頭〉。

•九月十四日，第十三屆大墩文學獎公布得獎名單，散文類第一名陳栢青〈你還記得誰的臉〉，第二名呂政達〈破神〉，第三名薛好薰〈內太空飛行〉，佳作四名。

•九月十五日，九十九年教育部文藝創作獎得獎結果揭曉，教師組：散文組特優郭昱沂〈兩公分〉，優選林富士〈不寐〉、顏嘉琪〈夜宴〉，佳作三名；學生組：散文組特優陳　青〈對折書〉，優選羅智如〈圍裙〉、林佑軒〈醜男子〉，佳作三名。

•九月十五日，作家黃樹根過世，得年六十四歲。黃樹根一九四七年生，創作文類有詩、散文及小說，認為寫作應該寫自己心中最赤裸、坦誠的作品。

•九月十五日，作家杜十三過世，得年六十歲。杜十三本名黃人和，一九五〇年生，創作以詩、散文為主，觀念新穎、文風多變。

•九月十六日，第三十二屆聯合報文學獎公布得獎名單，散文類首獎楊莉敏〈看太陽的方式〉，評審獎孫明成〈圍〉、馮傑〈一把碎銀〉。

•九月二十四日，第三十四屆金鼎獎舉行頒獎典禮，現場揭曉得獎名單，圖書獎文學類與散文相關者：劉克襄《11元的鐵道旅行》、焦桐《暴食江湖》、蔣勳《美的曙光》，非文學類則有齊邦媛《巨流河》、陳柔縉《人人身上都是一個時代》、龍應台《大江大海一九四九》、陳映真等著《人間風景陳映真》。

•第六屆台北縣文學獎公布得獎名單，散文類首獎楊美紅〈魚的安棲〉，貳獎王文美

〈在這裡住下來〉，參獎宋文淯〈家鄉〉，佳作四名。

‧第十六屆府城文學獎揭曉得獎名單，散文類正獎楊淑媛〈典型在夙昔　墨香盈府城〉，貳獎胡鼎宗〈琴灰漫舞〉，佳作二名。台語文學散文類正獎陳正雄〈灶雞仔〉，貳獎林美麗〈幸運草〉，佳作二名。

十月

‧十月一日，第二屆馬祖文學獎揭曉得獎名單，散文類首獎劉馨蔓〈一段山路的距離〉，優選劉宏文〈馬祖散步〉，佳作二名。

‧十月八日，第一屆桐花文學獎揭曉得獎名單，散文類首獎方秋停〈桐林‧花雨〉，優等獎湯苡萱〈野桐〉，佳作八名；小品文類十名。

‧十月十四日，第三十三屆時報文學獎揭曉得獎名單，散文組首獎楊邦尼〈毒藥〉，評審獎張怡微〈大自鳴鐘之味〉、曹疏影〈錦鏽，或蒙古人在翁布里亞〉；小品文組優選方秋停、伍季等十名；書簡組優選丘愛霖、安耀潛等十名。第五屆人間新人獎得主為然靈。

‧十月十五日，高雄文藝獎公布評選結果，作家錦連、鍾鐵民獲獎。

‧十月十六日，第四屆蘭陽文學獎舉行頒獎典禮，散文組第一名陳文琳〈遺失一間平房〉，第二名李清錮〈與颱共舞〉，第三名孫藝玨〈故事正要開始〉，佳作三名。

‧十月十九日，九十九年台灣原住民族文學獎公布得獎名單，散文組第一名李迎真

〈外祖母與我〉，第二名程廷〈我們部落〉，第三名伊書兒．法林基楠〈失控的獵槍〉，佳作四名。

‧十月三十一日，第十三屆夢花文學獎舉行頒獎典禮，散文首獎、優選從缺，佳作鄭玉姍、薛好薰等十二名；青春夢花散文國中組優選呂紫媗、謝依儒等十名，高中組優選黃佳宜、黃景濤等八名。

十一月

‧十一月四至六日，海外華文女作家協會於台北舉行第十一屆雙年會，並發表該會年度出版的二本書《全球華文女作家散文選》、《全球華文女作家作品目錄》。

‧十一月五、六日，成功大學舉辦「陳之藩教授國際學術研討會——文學與科學的對話」。陳之藩創作文類以散文為主，著有《在春風裡》、《劍河倒影》等，他以科學家的眼睛、文學家的感悟和筆觸，成就其獨特的散文風貌。

‧十一月十日，第九屆文薈獎揭曉得獎名單，散文組第一名劉英俊〈蝶〉，第二名沈眠〈強迫症患者筆記〉、小米〈我姊啊〉，佳作五名。

‧十一月十一日，中山文藝獎舉行贈獎典禮，九十九年度文藝創作散文獎得主為李惠綿〈愛如一炬之火〉。

‧十一月十三日，第十五屆桃園縣文藝創作獎舉行頒獎典禮，大專及成人組首獎從缺，貳獎李永松〈北橫、部落、泰雅族人〉，參獎王文美〈記憶的味道〉、陳韋任〈溫柔書房〉、鄧榮坤〈已經是九月的午後〉，優選五名，佳作八名；本屆新設青春少年組，入選黃彥綾、黃伯逸、呂宛儒。

・十一月十五日，吳三連獎舉行頒獎典禮，本屆文學獎散文類得主為楊敏盛（筆名阿盛），阿盛為台灣少數的專業散文作家，被視為是庶民散文的代表作家。

・十一月二十日，第六屆林榮三文學獎舉行頒獎典禮，散文獎首獎劉祐禎〈六色的原罪〉，二獎呂政達〈避雨〉，三獎沈政男〈說話的魚〉，佳作三名；小品文獎十名。

十二月

・十二月一日，第五屆懷恩文學獎公布得獎名單，兩代寫作組首獎蔡素清口述、蔡怡執筆〈兩百里地的雲和月〉，二獎盧平源口述、盧可欣執筆〈立夏那日的午後〉，三獎鄒簡阿菜口述、黃春美執筆〈我不要嫁給阿春〉；社會組首獎高知遠〈阿嬤的包仔粿〉，二獎陳春有〈閹豬少年〉，三獎沈政男〈做工人的小孩〉，優勝十二名；學生組首獎劉峻豪〈拍痰〉，二獎陳英任〈贈衣〉，三獎陳彥誌〈門縫裡的光〉，優勝十二名。

・十二月二日，第二十三屆梁實秋文學獎舉行頒獎典禮，散文創作類文建會優等獎為黃克全〈生死簿〉、廖淑華〈迷航〉、張英珉〈腐・生〉，評審獎吳妮民、謝孟宗、薛好薰、李振弘。

・十二月十一日，第三屆青少年大武山文學獎舉行頒獎典禮，散文類前三名得獎者為林雍璇、沙子倫、朱序峰，佳作三名。

・十二月二十五日，「二〇一〇開卷好書獎」名單出爐，十大好書中文創作類與散文相關者有：劉克襄《十五顆小行星》、舒國治《水城台北》、唐諾《在咖啡館遇見14個作家》、楊照《如何做一個正直的人》、吳億偉《努力工作》。

註：蒙文訊雜誌社提供剪報資料，謹此致謝。疏漏之處在所難免，懇請不吝指教。

F1068	大眼蛙的夏天（小說）	徐嘉澤著	240元
F1069	丈量黑夜的方式（散文）	馮　傑著	240元
F1070	風華的印記（散文）	曹又方著	199元
F1071	故事效應：創意與創價（評論）	楊　照著	250元
F1072	研讀張愛玲長短錄（評論）	陳子善著	260元
F1073	城市邊上小生活（散文）	楊　明著	250元
F1074	青衣（小說）	畢飛宇著	280元
F1075	我們應該有第二次工業革命（評論）	李家同著	240元
F1076	海峽心・兩岸情（散文）	張克輝著	280元
F1077	境明，千里皆明（散文） ——境的菩提	林清玄著	250元
F1078	全球華文女作家散文選（散文）	石麗東著	300元
F1079	終於起舞（新詩）	李東霖著	200元
F1080	白先勇與符立中對談（散文） ——從台北人到紐約客	符立中著	300元
F1081	文學中的男人與性（散文）	謝鵬雄著	260元
F1082	屋頂的石頭在說話（新詩）	歐陽柏燕著	220元
F1083	黃光男的藝術散步（散文）	黃光男著	320元
F1084	三個永遠（小說）	馬景珊著	320元
F1085	不遠的地方（散文）	凌明玉著	250元
F1086	葡萄熟了（散文）	王鼎鈞著	280元
F1088	九十九年散文選（散文）	宇文正編	380元
F1089	九十九年小說選（小說）	郭強生編	360元

◎定價如有調整，請以各該書新版版權頁定價為準。

◎購書方法：

- 單冊郵購八五折，大量訂購，另有優待辦法。
- 如以信用卡購書，請電（或傳真 02-25789205）索信用卡購書單。
- 網路訂購：九歌文學網：www.chiuko.com.tw
- 郵政劃撥：0112295-1　九歌出版社有限公司
- 電洽客服部：02-25776564 分機 9

F1040	在矽谷喝 Java 咖啡（散文）	陳漢平著	250 元
F1041	弄堂裡的白馬（附朗讀 CD）（小說）	王安憶著	260 元
F1042	我這溫柔的廚娘（散文）	虹　影著	250 元
F1043	推拿（小說）	畢飛宇著	280 元
F1044	一束樂音（新詩） ——語蕊	張菱舲著	280 元
F1045	司馬中原笑談人生（散文）	司馬中原著	240 元
F1047	台灣觀點：書話東西文學地圖（評論）	李奭學著	270 元
F1048	管簫二重奏：禪意畫情（新詩）	管管、蕭蕭著	200 元
F1049	春光關不住（小說）	張瀛太著	210 元
F1050	好兒女花（小說）	虹　影著	350 元
F1051	門內的父親（散文）	徐嘉澤著	230 元
F1052	憶春臺舊友（散文）	彭　歌著	200 元
F1053	親愛練習（小說）	張耀仁著	280 元
F1054	司馬中原鬼靈經（散文）	司馬中原著	250 元
F1055	人間異色之感官胡亂推理事件簿（小說）	成英姝著	280 元
F1056	九十八年散文選（散文）	張曼娟編	360 元
F1057	九十八年小說選（小說）	駱以軍編	320 元
F1058	愛如一矩之火（散文）	李惠綿著	260 元
F1059	心美，一切皆美（散文） ——心的菩提	林清玄著	250 元
F1060	孩子，我想說的是……（散文） ——書煒媽咪寫給寶貝愛的 40	林書煒著	300 元
F1061	天使的微光（散文） ——一個女醫師的行醫記事	林育靖著	240 元
F1062	蘭花辭（散文）	周芬伶著	250 元
F1063	花甲男孩（小說）	楊富閔著	250 元
F1064	我看日本文化精神（散文） ——有感人生	賴東明著	260 元
F1065	虎尾溪的浮光（散文）	古蒙仁著	220 元
F1066	北港香爐人人插（小說）	李　昂著	260 元
F1067	情深，萬象皆深（散文） ——情的菩提	林清玄著	250 元

F1012 天闌（新詩）	張菱舲著	220 元
F1013 花朵的究竟（散文）	硯　香著	300 元
F1014 書話中國與世界小說（評論）	李奭學著	250 元
F1015 舞女生涯原是夢（小說）	鍾　虹著	260 元
F1016 在歐洲天空下（散文）——旅歐華文作家文選	丘彥明編	260 元
F1017 西洋文學關鍵閱讀（散文）	謝鵬雄著	250 元
F1018 月光照不回的路（散文）	辛金順著	210 元
F1019 燕尾與馬背的燦爛時光（新詩）	歐陽燕柏著	180 元
F1020 閃亮的生命（散文）——10 個不向命運屈服的故事	蔡文甫編	230 元
F1021 創造奇蹟的人：閃亮的生命 2（散文）	蔡澤松編	240 元
F1022 九歌繞樑 30 年（社史）——見證台灣文學 1978～2008	汪淑珍著	200 元
F1023 詩歌天保（評論）——余光中教授八十壽慶專集	蘇其康編	360 元
F1024 30 年後的世界（散文）	封德屏編	240 元
F1025 在夜雨中素描（新詩）	王　丹著	200 元
F1026 追求成長的十堂課（散文）	朱　炎著	210 元
F1027 小林的桃花源（小說）	康芸薇著	230 元
F1028 公務員快意人生（散文）	王壽來著	230 元
F1029 流動的美感（散文）	黃光男著	260 元
F1030 跣足舞者（新詩）——綸音	張菱舲著	230 元
F1031 天使補習班（散文）	游乾桂著	250 元
F1032 青春一條街（散文）	周芬伶著	240 元
F1033 九十七年散文選（散文）	周芬伶編	350 元
F1034 九十七年小說選（小說）	季　季編	300 元
F1035 先說愛的人，怎麼可以先放手（散文）	廖輝英著	240 元
F1036 等待（散文）	何寄澎著	250 元
F1037 或許，與愛無關（小說）	袁瓊瓊著	250 元
F1038 邊界（新詩）	陳義芝著	230 元
F1039 收藏的雅趣（散文）	漢寶德著	320 元

F⑦⑧①	九十五年散文選（散文）	蕭　蕭編	350 元
F⑦⑧②	九十五年小說選（小說）	郝譽翔編	320 元
F⑦⑧③	酒入愁腸總成淚（散文）	朱　炎著	250 元
F⑦⑧④	一次搞丟兩個總統（散文）	馮寄台著	260 元
F⑦⑧⑤	風弦（新詩）	張菱舲著	250 元
F⑦⑧⑥	莊子的蝴蝶起飛後（評論）——文學再定位	黃國彬著	220 元
F⑦⑧⑦	男人的風格（小說）	張賢亮著	300 元
F⑦⑧⑧	慢活人生（散文）	白　靈著	200 元
F⑦⑧⑨	平原（小說）	畢飛宇著	320 元
F⑦⑨⓪	自由的翅膀（散文）	龔鵬程著	220 元
F⑦⑨①	王丹看美國的人文與自由（散文）	王　丹著	220 元
F⑦⑨②	獨釣空濛（新詩）	張　默著	350 元
F⑦⑨③	巧婦（小說）	南　郭著	280 元
F⑦⑨④	斷掌順娘（小說）	彭小妍著	200 元
F⑦⑨⑤	穿過一樹的夜光（散文）	楊錦郁著	200 元
F⑦⑨⑥	熊兒悄聲對我說（小說）	張瀛太著	220 元
F⑦⑨⑦	張愛玲的文字世界（散文）	劉紹銘著	230 元
F⑦⑨⑧	人生的探索與選擇（散文）	孫　震著	260 元
F⑦⑨⑨	跳舞男女：我的幸福學校（散文）	邱坤良著	320 元
F⑧⓪⓪	戀戀九號宿舍（散文）	羅文森著	250 元
F①⓪⓪①	師友‧文章（散文）	吳魯芹著	250 元
F①⓪⓪②	火鳳燎原的午後（散文）	陳大為著	200 元
F①⓪⓪③	沉靜的老虎（新詩）	虹　影著	200 元
F①⓪⓪④	尋回失落的美感（散文）	韓　秀著	240 元
F①⓪⓪⑤	幕永不落下（附有聲書）（散文）	李家同著	（平）280 元 （精）350 元
F①⓪⓪⑥	我這人話多：導演講故事（散文）	王正方著	230 元
F①⓪⓪⑦	李順大造屋（小說）	高曉聲著	280 元
F①⓪⓪⑧	除了野薑花，沒人在家（新詩）	李進文著	250 元
F①⓪⓪⑨	我將如何記憶你（散文）	宇文正著	220 元
F①⓪①⓪	九十六年散文選（散文）	林文義編	380 元
F①⓪①①	九十六年小說選（小說）	李　昂編	250 元

F752 九十四年小說選（小說）	蔡素芬編	260 元
F753 聲納（評論） ——台灣現代主義詩學流變	陳義芝著	260 元
F754 喇叭手（小說）	劉非烈著	230 元
F755 偷窺——東華創作所文集 I（散文）	郭強生編	230 元
F756 風流——東華創作所文集 II（文集）	郭強生編	260 元
F757 談笑文章（散文） ——夏元瑜幽默精選(三)	夏元瑜著	220 元
F758 有一道河從中間流過（散文）	陳少聰著	250 元
F759 漢寶德亞洲建築散步（散文）	漢寶德著 黃健敏編	300 元
F760 善男子（新詩）	陳克華著	240 元
F761 就是捨不得（散文）	郭強生著	220 元
F762 為了下一次的重逢（散文）	陳義芝著	250 元
F763 你逐漸向我靠近（散文）	李瑞騰、李時雍著	210 元
F764 紫蓮之歌（散文）	周芬伶著	240 元
F765 迷・戀圖書館（散文）	王　岫著	250 元
F766 放一座山在心中（散文）	蕭　蕭著	220 元
F767 我看美國精神（散文）	孫康宜著	250 元
F768 七個漂流的故事（小說）	洪米貞著	250 元
F769 文學的複音變奏（評論）	李有成著	240 元
F770 站在耶魯講台上（散文）	蘇　煒著	250 元
F771 風華 50 年（散文） ——半世紀女作家精品	丘秀芷編	320 元
F772 喜歡生命 ——宗教文學獎得獎作品精選（文集）	宗教文學獎編輯委員會總企劃	360 元
F773 樂活人生（散文）	賴東明著	250 元
F774 那一夜，與文學巨人對話（散文）	張純瑛著	220 元
F775 效法蕭伯納幽默（散文）	沈　謙著	260 元
F776 大食人間煙火（散文）	廖玉蕙著	240 元
F777 移動觀點：藝術・空間・生活（散文）	邱坤良著	300 元
F778 上海魔術師（小說）	虹　影著	280 元
F779 飄著細雪的下午（文集）	趙民德著	260 元
F780 朔　望（新詩）	張菱舲著	230 元

九歌最新叢書

F⑦㉓權力與美麗 ——超越浪漫說女性(評論)	林芳玫著	250元
F⑦㉔桂冠與蛇杖 ——北醫詩人選(新詩)	陳克華、湯銘哲編	(平)220元 (精)300元
F⑦㉕煮字為藥(散文)	徐國能著	200元
F⑦㉖面對尤利西斯(評論)	莊信正著	260元
F⑦㉗咖啡和香水(小說)	彭順台著	220元
F⑦㉘砲彈擊落一個夢(小說)	歐陽柏燕著	220元
F⑦㉙以蟑螂為師 ——夏元瑜幽默精選(二)(散文)	夏元瑜著	220元
F730告別火星(散文)	柯嘉智著	200元
F731請帶我走(小說)	張抗抗著	220元
F732與星共舞(詩)	謝　青著	190元
F733狂歡的女神(散文)	劉劍梅著	250元
F734從兩個蛋開始(小說)	楊爭光著	300元
F735與海豚交談的男孩(散文)	呂政達著	200元
F736浮生再記(散文)	沈君山著	350元
F737不負如來不負卿(散文)	周夢蝶著	240元
F738密室逐光(小說)	李偉涵著	280元
F739我的藝術家朋友們(散文)	謝里法著	240元
F740孤獨的眼睛(散文)	龔鵬程著	250元
F741苦惱與自由的平均律(新詩)	陳　黎著	200元
F742玉米(小說)	畢飛宇著	250元
F743看地圖神遊澳洲(散文)	夏祖麗著	210元
F744逃逸速度(散文)	黃國彬著	200元
F746愛上圖書館(散文)	王　岫著	250元
F747靠近　羅摩衍那(新詩)	陳大為著	200元
F748一頭栽進哈佛(散文)	張　鳳著	240元
F749一首詩的誘惑(詩賞析)	白　靈著	230元
F750第二十一頁(散文)	李家同著	220元
F751九十四年散文選(散文)	鍾怡雯編	320元

九歌文庫 1088

99年散文選

Collected essays 2010

主編	宇文正
執行編輯	陳逸華
發行人	蔡文甫
出版發行	九歌出版社有限公司
	臺北市105八德路3段12巷57弄40號
	電話／02-25776564・傳真／02-25789205
	郵政劃撥／0112295-1
九歌文學網	www.chiuko.com.tw
印刷	晨捷印製股份有限公司
法律顧問	龍躍天律師・蕭雄淋律師・董安丹律師
初版	2011（民國100）年03月
初版8印	2014（民國103）年05月
定價	380元

書號	F1088
ISBN	978-957-444-756-5

（缺頁、破損或裝訂錯誤，請寄回本公司更換）

本書獲台北市政府文化局贊助

國家圖書館出版品預行編目資料

99年散文選 / 宇文正主編. – 初版. --
臺北市：九歌, 民100.03

面； 公分. -- (九歌文庫 ; 1088)

ISBN 978-957-444-756-5(平裝)

855 100001090